GW01315846

EL MUNDO

EL MUNDO AL REVES

SOL Y LUNA POR LA TIERRA

MALO ESTA EL ENFERMO

TOMA CHIQUILLA

EL GATO EN LA JAULA

QUE RISA HOMBRES SALEN

ES BUENO PESCAR POLLOS

EL PERRO CASTIGA AL AMO

MUERTE COCHINA

ASAME BIEN COMPAÑERO

VAMOS A BAILAR

ROMPEME LAS COSTILLAS

AL REVES.

4
EL PERRO ESQUILADOR

5
NO ME ENGAÑES

6
LOS HOMBRES MANSOS

10
QUIETO BARBARO

11
SACA LA PATA

12
UNA LIBRA PESA ESTO

16
ARRE BURRO

QUE ESTEN LIMPIAS

18
EL PERRO EN LA CAMA

22
PARA MAÑANA SERA BUENO

23
ARRE CABALLO

24
PATAS ARRIBA

CIEN CUENTOS POPULARES ESPAÑOLES

Selección de
José A. Sánchez Pérez
Prólogo de
Carmen Bravo-Villasante

Érase una vez...
BIBLIOTECA DE CUENTOS MARAVILLOSOS

Érase una vez...
BIBLIOTECA DE CUENTOS MARAVILLOSOS

1.ª edición: 1992
2.ª edición: 1995
3.ª edición: 1997
4.ª edición: 1998

José J. de Olañeta, Editor
Apartado 296 - 07080 Palma de Mallorca

ISBN: 84-7651-061-6
Depósito L.: B-39.883-1998

Fotocomposición: Comp. Mecánica Ferrer- Palma
Impreso en Liberduplex, S.L. - Barcelona
Printed in Spain

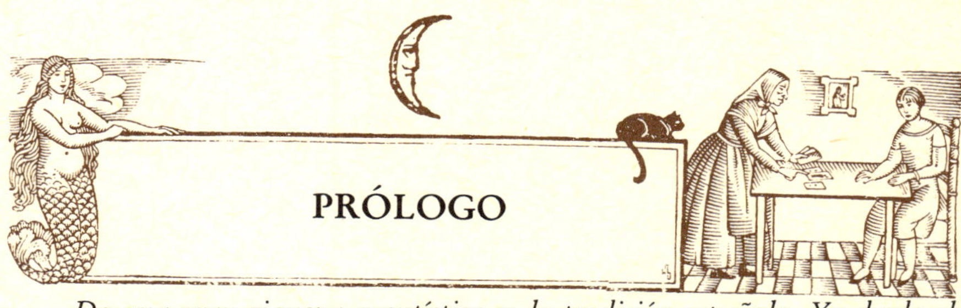

PRÓLOGO

De una gran riqueza cuentística es la tradición española. Ya desde el siglo XIII se publican en castellano la mayor parte de las colecciones orientales: indias y árabes. Tanto el «Panchatantra», como el «Mahabharata», como el «Calila y Dimna», «Las Mil y Una Noches», y el «Sendebar» se difunden en España, que sirve de introductora de toda esta literatura en Occidente.

Diversos autores castellanos publican cuentos. El mejor ejemplo es el del Infante Don Juan Manuel en el siglo XIV, autor de «El Conde Lucanor», que contiene cincuenta cuentos. El famoso «Libro de los exemplos» con cuatrocientos sesenta y siete cuentos tuvo una gran difusión.

En el siglo XVI se publican muchos libros de cuentos, de sucedidos y de anécdotas chistosas. El género está de moda, pues es de lectura variada y entretenida. Juan de Timoneda publica «El Patrañuelo» (1578), «Sobremesa y alivio de caminantes» (1563) y «Buen aviso y portacuentos» (1564) y Melchor de Santa Cruz de Dueñas «Floresta española», en la que hay cuentos que luego serán muy populares. En el «Fabulario» (1613) de Sebastián Mey hay numerosos cuentos españoles. No vamos a enumerar las colecciones posteriores del siglo XVII que contienen cuentos. Sólo decir que durante varios siglos la publicación de cuentos populares ha tenido una gran acogida por parte de los lectores.

Si el siglo XVIII abandona el género, en cambio en el XIX vuelve a florecer el gusto por la cuentística popular. Es el gran momento europeo en que los folkloristas recogen un material precioso, y algunos escritores lo reelaboran: éste es el caso de Andersen.

Los hermanos Grimm en Alemania, Afanasiev en Rusia, Pitré en Italia, Absjørsen en Noruega, Cosquin en Francia, Leite de Vasconcelos en Portugal reúnen cientos de cuentos populares, que se editan una y otra vez sacando del olvido esta maravillosa producción. Anteriormente hemos de citar a Gian Battista Basile, a Charles Perrault, a Boccaccio y a Chaucer, con sus cuentos de camino.

En España el interés por el cuento popular se debe a los grandes folkloristas como Fernán Caballero, recopiladora de los «Cuentos de encantamiento» *y a Antonio Machado Álvarez, creador de la* «Biblioteca de Tradiciones Populares», *que consta de once tomos, donde se publican cuentos recogidos por diversos especialistas, entre los que destaca, por el número recogido, Sergio Hernández Soto, recopilador de la cuentística extremeña.*

La labor de Antonio Machado Álvarez tiene continuación en años posteriores. Aurelio de Llano y Rosa de Ampudia publica ya en el siglo XX los «Cuentos asturianos», *y Constantino Cabal los* «Cuentos tradicionales asturianos». *Manuel Llano publica los cuentos de la Montaña, es decir de Santander. En las numerosas revistas sobre folklore se publican cuentos recogidos de la tradición oral de las diversas provincias españolas.*

En 1923 ven la luz los «Cuentos populares españoles», *en tres tomos, de Aurelio M. Espinosa, que no sólo es una imponente recopilación, sino un estudio con notas comparativas de cada cuento. En 1942, ante una producción tan notable y dispersa, el ilustre matemático José Augusto Sánchez Pérez, autor de numerosos libros históricos sobre las ciencias y las letras árabes, y sobre ciencias exactas, hace una recopilación de muchos de estos cuentos, a los que une otros, recogidos por él mismo en labor de campo, hasta formar una colección de cien cuentos.*

La mayor parte de ellos están tomados de colecciones anteriores, sobre todo de la «Biblioteca de Tradiciones Populares», *así:* «Juan soldado», «El ratoncito Pérez», «El príncipe Tomasito», «El Castillo de Irás y No Volverás», «El Príncipe Oso», *etc... De Aurelio de Llano y Rosa de Ampudia es* «El pastor verdades» *y* «La mujer que no comía»; *de Manuel Llano* «La justicia de las anjanas» *y* «Un Juan Tenorio montañés»; *de Fernán Caballero* «El zurrón» *y de Aurelio M. Espinosa* «La mata de albahaca».

En fin, no vamos a seguir analizando las procedencias. Éste no es un estudio erudito. Habría que citar los préstamos de los cuentos de Antonio de Trueba, de Francisco Rodríguez Marín y de otros varios. Aunque sí sería interesante señalar la procedencia de cada cuento, sus diversas versiones y sus derivaciones, como hace el recopilador cuando ofrece una variante en Ávila de «La mujer que no comía» *y más adelante, en 1952, cuando publica sus* «Cuentos árabes populares» *(Instituto de Estudios Africanos).*

Por nuestra parte diremos que en el caso del cuento «El viejecito y la luna» *podemos citar versiones de este breve cuento en la colección de Leite de Vasconcelos* «Contos populares e Lendas» *portugueses, en los* «Cuentos irlandeses» *de W.B. Yeats y en los* «Cuentos» *de Bechstein.*

Como ejemplo curioso diremos que el cuento n.º 9, titulado «¡Piojoso, piojoso!», *de la mujer discutidora y obstinada, tiene antecedentes en el*

«Corbacho» *del Arcipreste de* Talavera *en el cuento de* «La mujer porfiosa», *y en* «La porfía de los recién casados» *de* «El Fabulario» *de Sebastián Mey, donde ella porfía por comerse tres huevos en vez de dos.*

Los cien cuentos populares españoles proceden de todas las regiones españolas, desde Andalucía hasta el Norte, incluyendo la región castellana y aragonesa. Estos cuentos, aunque escritos en lenguaje coloquial, se ajustan a un molde literario común, de modo que no reflejan el tono rústico de los informantes, como hacen otros folkloristas recopiladores, fieles a una realidad por ruda que sea.

Sánchez Pérez suprime los principios y finales de cuento, que siempre son tan característicos, pero en nota introductoria nos dice que pueden añadirse y ofrece una serie de principios y de frases finales. Al empezar el cuento se puede decir: «Pues, señor...»; «Érase que se era...»; «Había una vez...»; «En cierta ocasión...»; «Esto era...»; «Has de saber para contar, y entender para saber, que esto era...»; «Erase vez y vez...»; «Haga usted cuento de saber que...»; «Era esta vez, como mentira que es...».

A estos principios añadiremos nosotros algunos muy pintorescos: «Allá por los tiempos del rey que rabió...»; «Cuentan los que lo vieron, yo no estaba, pero me lo dijeron...»; «En tiempos de Mari Castaña...»; «Cuando las ranas tenían pelo y las gallinas tenían dientes...».

Y para final de cuento puede utilizarse cualquiera de las frases siguientes: «Y colorín colorao, este cuento se ha acabao...»; «Aquí se acabó el cuento, como me lo contaron te lo cuento...»; «Y fueron felices, y comieron perdices, y a mí no me dieron porque no quisieron...»; «Y se acabó el cuento con pan y rábano tuerto».

Por nuestra parte añadimos los siguientes finales: «Y aquí se rompió una taza, y cada quien para su casa»; «Y como dice Don Pepín, este cuento llegó a su fin»; «Se acabó el cuento y se lo llevó el viento, se fue... por el mar adentro».

Podrían añadirse muchos más, pues la inventiva popular es casi inagotable, y estas fórmulas de entrada y de salida tienen mucho éxito ante los oyentes y los lectores, más entre los oyentes, ya que se supone que el cuento es oral. El principio de cuento sirve para preparar al auditorio, es una especie de conjuro para captar la atención y lograr el silencio, así como la fórmula final es una despedida, un cierre súbito que finaliza el cuento, otra forma de conjuro terminal.

Esta primera entrega de cien cuentos populares españoles es sólo un aviso para los lectores, una nueva sobremesa y alivio de caminantes, porque con el tiempo se podrá publicar otro volumen que contenga doscientos cuentos populares españoles, y más adelante otro con trescientos cuentos, y así

más y más, tanta es la riqueza cuentística de nuestra tierra que anda dispersa por regiones y que poco a poco va siendo recogida por eminentes folkloristas.

Carmen Bravo-Villasante

CIEN CUENTOS POPULARES

1. EL CUENTO MÁS CORTO

Un ratoncito iba por un arado, y este cuentecito ya se ha acabado.

2. MARÍA SARMIENTO

Éste es el cuento de María Sarmiento, que fue a ciscar y se la llevó el viento. Echó tres pelotitas: una para Juan, otra para Pedro y la otra para el que hable el primero. Yo puedo hablar, porque tengo las llaves del Cielo.

3. EL GATITO

Éste era un gato que tenía los pies de trapo y la cabecita al revés. ¿Quieres que te lo cuente otra vez?

4. LAS TRES HIJAS

(Primera versión)

Éste era un rey que tenía tres hijas, las metió en tres botijas y las tapó con pez. ¿Quieres que te lo cuente otra vez?

(Segunda versión)

Un padre tenía tres hijas, las metió en una banasta, y con esto basta.

(Tercera versión)

Un padre tenía tres hijas, las metió en tres botijas, las tiró al tejao, y cuento acabao.

5. TODOS CON SUELA

Estaba un cura predicando acerca del consuelo que proporciona la ferviente devoción que se tiene a los santos, y, después de citar varios ejemplos de consuelos que los fieles habían recibido de los santos de su devoción, recapitulando, decía:

—De manera que San Juan consuela, San Pedro consuela, San Miguel consuela, Santo Domingo consuela...

Y cátate que en éstas entra un arriero, que precisamente había ido al pueblo aquel a vender suela para el calzado, y al oír que el predicador decía «San Juan consuela, San Pedro consuela, San Miguel consuela, Santo Domingo consuela...», creyendo el pobre hombre que todos estos santos habían ido juntos a alguna feria a vender suela como él cuando vivían en el mundo, interrumpió el sermón gritando:

—Pues los tonticos de Dios, ¿ánde iban todos con suela? ¿No podían haber llevado algún cordobán?

6. LA CONFESIÓN DEL MEDIO TONTO

Se estaba una vez confesando un muchacho, y cuando el confesor le preguntó si tenía algo que decirle del séptimo mandamiento, contestó el chico:

—Pues acúsome, padre, de que soy medio tonto.

—Bien, hombre, bien; pero eso no es pecado; eso no es más que media desgracia. Te pregunto que si has cogido algo que no sea tuyo.

—Es que como soy medio tonto, en el tiempo de las eras, aprovecho cuando no me ve el vecino y cojo trigo suyo y lo pongo en la era de mi padre.

—Bueno, ¿y cómo no se te ocurre coger el trigo de la era de tu padre y llevarlo a la del vecino?

Y dijo el chico:

—Porque eso sería ser tonto del todo.

7. LAS OREJAS DE SAN PEDRO

Hay en un pueblecito de Andalucía una imagen de San Pedro, de madera tallada, que tiene una oreja más grande que la otra, y dicen que así las tenía San Pedro, porque cuentan que una vez iban por un camino el Señor y San Pedro, y que iban hablando de cosas sin importancia, cuando preguntó el Divino Maestro:

—Oye, Pedro, ¿qué clase de fruta es la que más te gusta?

San Pedro iba a decir que las uvas, pero para que el Señor no le afeara su afición al vino y no fuera a secar las viñas, pensó decirle que los higos, porque como no le gustaban, no le importaría que se secaran todas las higueras del mundo. Así es que dijo San Pedro:

—Señor, la fruta mejor de todas, lo mejor de lo mejor, son los higos. Donde estén los higos, no hay nada más que valga.

Y le dice el Señor:

—¡Cómo me extraña el que yo no supiera que te gustaban tanto los higos! Pues mira, ya que me dices eso, desde ahora en adelante y para siempre, tendrán las higueras dos cosechas al año: una de higos y otra de brevas.

Y San Pedro, que pensó que si hubiera dicho uvas habría vino nuevo dos veces al año, le dio tal rabia, que se cogió una oreja y se dio un tirón tan fuerte que se le quedó más larga que la otra.

8. EL QUESO DE LA VIEJA Y EL VIEJO

Una vieja y un viejo tenían un queso.

Vino un ratón y se comió el queso, que tenían la vieja y el viejo.

Vino un gato y se comió al ratón, que se comió el queso, que tenían la vieja y el viejo.

Vino un perro y mató al gato, que se comió al ratón, que se comió el queso, que tenían la vieja y el viejo.

Vino un palo y le pegó al perro, que mató al gato, que se comió al ratón, que se comió el queso, que tenían la vieja y el viejo.

Vino el fuego y quemó el palo, que pegó al perro, que mató al gato, que se comió al ratón, que se comió el queso, que tenían la vieja y el viejo.

Vino el agua y apagó el fuego, que quemó al palo, que pegó al perro, que mató al gato, que se comió al ratón, que se comió el queso, que tenían la vieja y el viejo.

Vino un buey y se bebió el agua, que apagó el fuego, que quemó al palo, que pegó al perro, que mató al gato, que se comió al ratón, que se comió el queso, que tenían la vieja y el viejo.

El buey se acostó y el cuento se acabó.

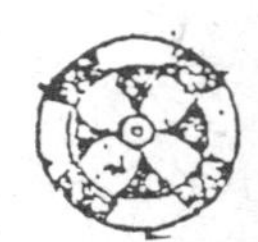

9. ¡PIOJOSO, PIOJOSO!

Éste era un matrimonio mal avenido, porque ella era rica, caprichosa, dominanta y con mal genio, mientras que él era pobre, buenazo y sin carácter.

Siempre que se ponían a disputar acababa ella insultándole y diciéndole: «¡Piojoso, piojoso!»

El pobre hombre sufría con paciencia a su mujer, pero ya empezó a molestarle tanto oírse: piojoso, piojoso.

Un día que salieron juntos de paseo, iban andando, y discutiendo, y ella le volvió a decir:

—¡Piojoso, piojoso!

—Mira —dijo él—, ya no te consiento que me vuelvas a insultar. Y como me vuelvas a llamar piojoso, hago un escarmiento contigo.

—Pues te lo diré siempre que se me antoje; ¡piojoso, más que piojoso!

Y dijo el marido:

—Está bien, está bien, tú lo has querido.

Él se calló, siguieron andando, y cuando llegaron a un puente sobre un río, la cogió de pronto y la tiró al agua diciendo:

—Toma, para que me vuelvas a llamar piojoso.

La mujer, yendo por el aire, le decía: «¡Piojoso, piojoso!» Y cayó al agua, y le gritaba: «¡Piojoso, piojoso!» Y empezó a hundirse, y cuando ya le cubría el agua la cabeza, sacó los brazos, juntó las uñas de los dedos pulgares y le estuvo haciendo señas hasta que se ahogó.

10. EL CASTIGADOR DEL CUERPO

Un pobre pecador muy aficionado a la bebida, queriendo librarse de ese vicio que tan frecuentemente le dominaba y que tan poco le favorecía en la consideración de sus semejantes, determinó castigar su cuerpo, dándole lo contrario de lo que le pidiera.

Y poniendo su pensamiento por obra, en cuanto tuvo sed, en vez de dirigirse al porrón, como tenía por costumbre, se preguntó a sí mismo:

—Cuerpecito mío, ¿qué quieres, agua o vino?

—Vino.

—Bueno; pues por esta vez... pase —y bebió vino.

Al poco rato volvió a tener sed y dijo:

—Cuerpecito mío, ¿qué quieres, agua o vino?

Ya no se atrevió su cuerpo a contestar tan ingenuamente como la vez anterior, y contra toda voluntad y con gran dolor de corazón, respondió:

—Agua.

Entonces el gran borrachinga, como quien tiene ocasión de echarla por la tremenda y de mostrarse riguroso con su cuerpo, dijo:

—Pues de castigo, ¡vino!

Y unas veces diciendo «por esta vez pase» y otras diciendo «de castigo, vino», siguió bebiendo como siempre, pero viviendo con la mayor tranquilidad de conciencia.

11. EL CHICO QUE LLEVABA LA COMIDA A SU PADRE

Éste era un chico que le llevaba la comida a su padre que estaba en el campo. Pero el campo estaba lejos, el chico no había comido todavía, se le iba abriendo la boca muy a menudo por el camino, no tenía alientos para distraerse cantando, y sin darse cuenta de lo que hacía, fue metiendo la mano derecha en el cestillo que llevaba en el brazo izquierdo; arrancó con los dedillos la cobertera de pan, sacó una tajadita y se la comió. Y así fue sacando y comiendo tajaditas y patatitas del guisado que le llevaba a su padre, hasta que una vez, por más que metió toda la mano en el puchero, no encontró nada que sacar y se lamió la mano y se chupó los dedos.

Entonces fue cuando cayó en la cuenta de que no debía haber hecho lo que hizo, y en parte por el arrepentimiento, en parte por el temor de que su padre le pegara una zurra tan grande como la merecía, y en parte porque ya estaba cerca del sitio donde su padre le aguardaba, se echó a llorar desesperadamente.

Continuó llorando fuerte y andando despacio y el padre le preguntó a gritos:

—¿Qué te pasa?, ¿por qué lloras?

El chico no contestó, pero fue llorando con menos fuerza y aún llegó sollozando. Volvió a preguntarle el padre:

—¿Qué te pasa, hombre, qué te pasa? Vamos, di, ¿por qué lloras?

Y el chico, entregando el cesto, dice con voz entrecortada:

—¡Que se me ha caído la comida y no he podido recoger más que el caldo!

12. EL RECIBO

Éste era uno que se vio en un apuro muy grande: tenía que pagar con precisión cincuenta duros y no tenía una peseta.

—¿Qué haré, qué no haré?

Se acordó de un amigo muy bueno y fue a contarle lo que le pasaba.

—Amigo —le dijo— me pasa esto y esto; necesito pagar cincuenta duros con urgencia y, si no los pago, no sé qué va a ser de mí. Mi crédito caerá por el suelo, mi honra padecerá atrozmente, mi mujer se va a volver loca, mis chicos no van a poder salir de casa de pura vergüenza... ¡esto es horrible!

—Pues mira —le dijo el amigo—, los amigos son para las ocasiones; has hecho bien en acordarte de mí.

Y sacó de un cajón un paquete de cincuenta duros.

El necesitado los tomó, dio las gracias más expresivas, prometió devolverlos en cuanto pudiera y aún tuvo el buen pensamiento de decir:

—Dame un papel, que te voy a hacer un recibo.

—Entre nosotros no hace falta recibo.

—Es que somos mortales.

—Bien, hombre, bien, como quieras.

Escribe el deudor el recibo y se lo entrega al acreedor. El acreedor lo coge y, sin leerlo ni nada, antes de guardarlo en un cajón de la mesa coge la salvadera, y el deudor, que ya se había tranquilizado con los cincuenta duros que llevaba en el bolsillo, le dice:

—No le eches polvos, no, que lugar tiene pa secarse.

13. EL ESCUCHE

Iba un hombre con su burro por un camino, tan despacio, tan despacio, que era cosa de morirse de pena al ver lo despacito que caminaba. Y eso que el burro no llevaba carga ninguna. Y el amo iba a pie detrás del burro, animándole, primero cariñosamente, y después, con una buena vara de fresno; pero... ni por ésas; aún así no salía de su paso el animalico, y de cuando en cuando se paraba; y es que el pobre estaba tan flaco que apenas se podía tener, cuanto menos caminar.

Les alcanzó un bromista de mala ley, y dice:

—¡Miá que te se va a sofocar el burro de tanto correr!

—Pues no será por falta de palos.

—¿Quiés que le eche un escuche y verás cómo anda?
—Échale media ocena, ¡qué me importa a mí!
Se acerca a la cabeza del burro, hace como que le habla al oído, pero lo que hace es echarle un pedacito de yesca encendida dentro de una oreja, y en seguida echa a correr el animal como alma que lleva el diablo, moviendo la cabeza nerviosamente en todas direcciones y sacudiendo sin cesar la parte dolorida.

Al amo del burro le dio una tentación de risa que no se podía tener al ver cómo corría un animal que ni aun andar andaba a fuerza de palos, y figurándose que corría tanto de puro contento, le dijo al del escuche:
—Pues, ¿qué le has dicho al burro que tanto corre?
—¿Qué le tengo icir? ¡Que va a ir muy baratica la cebada!

14. EL CHICO QUE COGIÓ FLORES

Un chico al salir de la escuela, pasaba un día por una plaza donde había un jardín sin verja ni nada. Miró por todo alrededor, no vio ningún guarda, y se puso a coger unas flores que se le habían antojado; pero cátate que cuando iba a echárselas al bolsillo del delantal, lo coge un guarda del brazo y le dice:
—Ahora a la cárcel por coger flores.
El chico no lloró, porque era travieso y porque creyó que no iba de veras; pero le dijo al guarda:
—Perdóneme usted por esta vez, que ya no lo haré más.
Y el guarda le dice:
—Bueno; pues por esta vez no te llevo a la cárcel; pero cuidado con que yo te vuelva a ver cogiendo flores, porque entonces sí que te llevo. Por esta vez me conformo con que tu padre pague una multa.
Y sacando una cartera preguntó al chiquillo:
—¿Cómo te llamas?
—Como mi padre.
—Y tu padre, ¿cómo se llama?
—Como yo.
—Y tu padre y tú, ¿cómo os llamáis? —preguntó ya enfadado el guarda.
—Los dos lo mismo.
Y echó a correr con todas sus fuerzas, dejando al guarda con un palmo de narices y con la cartera en una mano y el lapicero en la otra.

15. LAS DOS PALIZAS

Cuando el Señor y San Pedro andaban por el mundo, se enteraron de que Andalucía era la «tierra de María Santísima» y dijeron: vamos a ver qué tal tierra es ésa.

Después de mucho andar y andar, pisaron esta tierra bendita y dieron con sus huesos en Osuna. Se llegaron a la posada, para pasar la noche, y el posadero, después de darles de cenar, los alojó en una habitación junto al pajar.

Antes de dormir se pusieron a rezar. En el pajar había unos aceituneros que con el run-run de las oraciones no podían coger el sueño, y uno de ellos, que tenía muy mal genio, gritó:

—¿Queréis callarse ustedes?

Y como el Señor y San Pedro siguieran rezando, fue el aceitunero, agarró una tranca, llamó a la puerta, salió a abrir San Pedro y sin más explicaciones le pegó cuatro palos a San Pedro y se volvió al pajar.

San Pedro se volvió diciendo:

—¡Vaya un tío bruto!

Y le dice el Señor:

—Compadre Pedro, qué le vamos a hacer, ten paciencia y resignación y vamos a seguir rezando para ganar el Cielo.

—Pero, Señor, mire usté que si vuelve ese tío animal es capaz de romperme un hueso.

—Tú no te preocupes, Perico, que si vuelve saldré yo mismo a abrir.

Y siguieron rezando, reza que te reza, y en éstas, llama el aceitunero a la puerta. Abrió el Señor y el aceitunero dijo:

—A ti ya te he dao leña antes, ahora le toca a tu compañero.

Y se fue hasta donde estaba San Pedro y le pegó otros cuatro palos que lo dejó molido.

16. JUANILLO EL TONTO

Éstos eran tres hermanos jovencillos muy pobres, que se dedicaban a recoger basura por las calles y a pedir por las casas. Al más pequeño le llamaban Juanillo el tonto.

Una noche que habían cenado unas sobras de comida que les dieron en una casa, les quedó un trozo grande de pan y dijo el hermano mayor:

—Éste lo guardaremos para mañana.

Se acostaron y a la mañana siguiente dijo el mayor que había soñado que estaba en el Purgatorio y que había pasado muchas fatigas. El mediano dijo que había soñado que estaba en el Cielo y que lo había pasado muy bien. Y el pequeño dijo:

—Pues yo he soñado que no íbais a venir y me he comido el pan.

Se marcharon a recorrer el pueblo y se reunieron al mediodía. El mediano sacó un huevo duro que le habían dado y dijo que sortearían para ver a quién le tocaba. Pero el mayor, que no quería que se lo comiera el pequeño, dijo:

—No; se lo comerá el que le ponga el nombre más apropiado.

—Pues, vamos, empieza —dijo el pequeño.

Cogió el hermano mayor el huevo, le dio un golpecito suave, para romper un poco de cáscara en la punta y dijo:

—Esto se debe llamar *Casca cascorum.*

Pasó el huevo a manos del mediano, rompió con los dedos un trocito de cáscara, simuló que le estaba echando sal y dijo:

—Se debe llamar *Sal, sale, sapiencia.*

Llegó el turno a Juanillo el tonto, cogió el huevo, lo acabó de pelar y dijo:

—Esto se llama *Consumatum est* —y se lo comió.

17. EL MOCHUELO

Ya sabéis que los cazadores llevan fama de embusteros. Un día estaba un cazador en un gran corro de gente contando muchas cosas raras que en la caza le habían sucedido y, entre otras cosas, contó que una vez, estando en la cocina de una casa de campo, vio por la ventana una banda de perdices; va corriendo a coger la escopeta, que la tenía cargada en la sala en un rincón; vuelve a la cocina; apunta, sin mirar ni nada, por la chimenea, dispara y en seguida empiezan a caer perdices al hogar.

—¡Qué manera de caer perdices! —decía— ¿Cuántas perdices creen ustedes que cayeron?

Unos decían «¡cinco!». Otros, «¡ocho!». Otros se atrevieron a decir «¡veinte!». Y él dijo: «¡noventa y ocho!».

Todos se quedaron tan asombrados que ni aun se atrevieron a reírse; y el cazador, observando la estupefacción en que quedaron sus oyentes, dijo para corroborar su cuento:

—Aquí está mi criado que lo vio y no me dejará mentir. ¡Fulano! ¿No es verdad que el día que tiré por la chimenea cayeron noventa y ocho perdices?

—Y un mochuelo —dijo el criado.

—Ya ven ustedes. Y el mochuelo no lo vi yo.

Y el criado, que se conoce que se picó por si le tendrían a él por embustero, dice:

—Tampoco yo vi las perdices.

18. EL GITANO QUE ESQUILÓ UN PERRO

Estaba un carpintero cepillando tablas en la calle, junto a la puerta de la carpintería, y debajo del banco estaba un perro de lanas durmiendo a la sombra.

Pasó un gitano y dice:

—Maestro, ¿esquilo al perro?

—Esquílele usté —contestó el carpintero con un aire así como quien dice: «lo mismo me da».

El gitano, pronto y bien mandado, echa mano al perro, saca las tijeras y lo empieza a esquilar.

—¿Quiere usté que le deje un poquito de patilla?

—Déjesela usté.

—¡Ajajá! ¿Le parece a usté que le deje unos muñoncitos en las patitas?

—Déjeselos usté.

—¡Ajajá! ¿Quiere usté que le deje un moñito en la cola?

—Déjeselo usté.

—¡Ajajá! Pero, ¿ve usté, maestro?, parece otro. —Y le dio una palmadita en una nalga y echó a correr el animal.

—Y verdaderamente que parece otro; ¡tan feo como estaba el condenao y qué bien lo ha dejao usté!

—Hombre, me alegro que sea usté persona de gusto.

Limpia el gitano sus tijeras, se las guarda y dice:

—Vaya, maestro, págueme usté.

Y el carpintero, que seguía cepillando sus tablas, se encoge de hombros y dice:

—Si no es mío el perro.

19. EL TÍO BASILIO

El tío Basilio era un pobre hombre de esos que no se confunden con el común de los mortales, pero que no llegan a ser ni aun abogados de secano; uno de esos hombres que piensan que discurren, que siempre creen que están en lo firme, que no hay quién los apee de su burro, pero que cuando se ponen a dar su opinión en algún asunto, aunque no se les pida... ya, ya, salen con una pata de gallo y se imaginan que han dicho una sentencia.

Decía un día el tío Basilio, en la plaza de la iglesia de su pueblo, al salir de misa:

—Hombre, ¡pero qué estúpida es la humanidá! Parece mentira que anden todos tan descaminados en una cosa tan sencilla y tan clara. ¡Pero es que todos! ¡Sin dejar uno! Vamos a ver: ¿quién trabaja? Los pies. ¿Quién nos lleva adonde queremos ir? Los pies. ¿Quién lleva todo el día el peso del cuerpo? Los pies. Si acaso, los brazos, ¡bah!, trabajan por ahí algunos ratos, cavando una miaja, o haciendo que hacemos, pero... la cabeza, la cabeza; la cabeza es lo que yo digo. ¿Qué hace la cabeza? ¡Nada! ¿Qué trabaja ésa? ¿Qué trabaja? ¡Así va tan satisfecha y tan empinada, asomándose por encima de los hombros! Y ésa no tiene que llevar a nadie, ¡va siempre encima, como el aceite! Y luego, ¿qué pasa? Llega la noche, se va uno a dormir, y pa la cabeza, que no ha hecho nada en todo el día, una almohadica o dos, pa que descanse, y los pobres pies, que no han parao de trabajar, ¡anda! allá a lo último, de cualquier manera. Esto hacen todos, ¡yo, no! —dijo el tío Basilio esforzando la voz cuanto pudo— ¡Las almohadas, pa los pies, que son los que trabajan! La cabeza, de cualquier manera está bien; ¡pa lo que hace!

20. LAS TRES PREGUNTAS

Un Coronel vivía en un pueblo y en su casa tenía un rótulo que decía: «Vivo tranquilo». Esto era en tiempos de la Inquisición, y el Rey lo supo y lo mandó llamar. El Rey le había mandado llamar para que no volviera a poner aquel rótulo en la casa.

Cuando llegó el Coronel al palacio del Rey, éste le hizo tres preguntas para que le llevara las respuestas a los ocho días, y si no, penaba la vida. Las tres preguntas que le hizo eran: ¿Cuánto valgo?, ¿En cuánto tiempo se le puede dar la vuelta al mundo?, Dime una verdad mentira.

Conque se fue el pobre Coronel a su casa llorando y cuando llegó, les dijo a su mujer y a sus hijos:

—Vais a perder a vuestro padre. Me ha llamado el Rey para preguntarme cuánto vale, en cuánto tiempo se puede dar la vuelta al mundo y que

le diga una verdad mentira. Y me ha dado ocho días de plazo, y si en ese tiempo no le contesto, me quita la vida.

Llega en ese momento su asistente y le dice:

—¿No es más que eso? Pues pierda usté cuidao, que yo se lo arreglo todo. Quédese usté y déjeme ir a mí al palacio y verá cómo yo se lo arreglo todo.

Va el asistente al palacio vestido con la ropa del Coronel. Le dicen que suba. El Rey cree que es el Coronel y le hace la primera pregunta:

—¿Cuánto valgo?

Y le contesta el asistente:

—Pues mire usté, que al Rey del Cielo lo vendieron en treinta y cinco monedas; de manera que usté vale solamente treinta y cuatro.

El Rey quedó satisfecho y le hizo la segunda pregunta:

—¿En cuánto tiempo se le puede dar la vuelta al mundo?

Y le contesta el asistente:

—En un caballo de la carrera del sol, en veinticuatro horas.

Quedó el Rey satisfecho y le dijo:

—Ahora me vas a decir una verdad mentira.

Y le dijo entonces el asistente:

—Está usté creyendo que está hablando con el Coronel y está hablando con su asistente.

Y quedó el Rey satisfecho del todo y el Coronel quedó libre.

21. EL CHICO Y LOS FRAILES

Un día iban tres frailes paseando por un camino con el sosiego de costumbre, cuando a lo lejos vieron venir un chico, y uno de los frailes dice:

—Veréis cómo nos vamos a divertir con aquel pequeño: le marearemos a preguntas y veremos qué es lo que contesta, que no dejará de desatinar lo suficiente para que nos haga pasar un buen rato.

—Además, si sabe latín.

—Cá, no tiene trazas.

—Pues a ver si nos divertimos.

Siguieron los tres paseando, poco a poco; el chico iba hacia ellos bastante más deprisa, llegan ya a encontrarse, da sus buenas tardes el muchacho y uno de los frailes le pregunta:

—¿Adónde va este camino?

—Este camino no va a ninguna parte, que se está quieto.

—(Chúpate ésa) —le dijo un compañero por lo bajo.

El fraile aquel ya no se atrevió a hacer más preguntas; pero otro le dice, así como para entrar en conversación:

—Oye, ¿cómo te llamas?

—Yo no me llamo, que me llaman a mí.

—(Y vuelve por otra) —le dice entre dientes el compañero.

No escarmentado el fraile con la rápida contestación del rapaz, aún se atrevió a preguntarle:

—Y, ¿cómo te llaman?

—A gritos, cuando estoy lejos —dijo sin turbarse.

—(Vuelve, vuelve por uvas) —dijo *quedico* el primer fraile— (Y decías que no sabía latín, ¿eh?).

Ya no quiso preguntarle cómo le llamaban cuando estaba cerca; y el tercer fraile, viendo las buenas salidas del perillán y juzgando por ellas que era un tuno como una loma, quiso decirle pillo preguntándole:

—¿Qué hacen en tu pueblo con los chicos que son tan pillos como tú?

Y contestó el muchacho:

—¡Meterlos frailes!

22. LA HERRADURA

Cuando Jesucristo y San Pedro andaban por el mundo, iban un día juntos por un camino. San Pedro se quejaba de tener sed y de no encontrar fuente ni arroyo donde beber agua, ni fruta fresca para refrescarse la boca.

Jesucristo le dijo:

—Ten un poco de paciencia, que pronto encontraremos algo que te alivie la sed. En ese momento vio Jesucristo en medio del camino una herradura y dijo a San Pedro:

—Mira, Pedro, coge esa herradura.

Y San Pedro contestó:

—¿Para qué queremos una herradura sucia y vieja? ¡No merece la pena agacharse!

No se molestó en coger la herradura y siguió andando, pero Nuestro Señor se agachó, cogió la herradura y se la echó a un bolsillo.

Al poco rato se encontraron con un caminante que llevaba un borrico del ramal. Le saludaron, hablaron y se lamentó el hombre de tener que ir a pie hasta el primer pueblo, para comprar allí una herradura para el borrico.

Entonces Jesucristo le dijo:

—Yo te vendo ésta, si te vale.

El hombre vio que le servía a su borrico y le dio por la herradura unas monedas.

Siguieron andando y vieron acercarse a un hombre que llevaba una cestita. Le saludaron y al ver Jesucristo que en la cesta llevaba cerezas le preguntó:

—¿Me quieres vender unas cerezas por estas monedas?

El hombre le dijo que por esa cantidad se las daba todas; Jesucristo las cogió entregándole antes las monedas de la herradura, y siguieron andando.

San Pedro iba sin decir palabra, pero con mucha escama, comprendiendo que por no haber querido coger la herradura no tenía derecho a pedirle cerezas. Jesucristo se echaba a la boca una cereza y, como sin darse cuenta, dejaba caer una o dos al suelo. San Pedro, que iba rabiando de sed, iba cogiendo las cerezas que se le caían al Señor. Y cuando se acabaron de comer las cerezas, dijo Jesucristo:

—¿Ves, Pedro? No has querido agacharte una vez para coger la herradura y te has agachado cuarenta veces para recoger las cerezas que la herradura te iba a proporcionar.

* * *

(Este cuento mantiene viva la superstición muy generalizada en pueblos españoles, de ser un amuleto de buena suerte una herradura encontrada en el campo y clavada detrás de la puerta de la casa.)

23. EL FANFARRONCICO

Éste era un chico que estaba tan entusiasmado y tan hueco con las habilidades y valentías de su difunto padre, que no perdía ocasión para sacar a relucir la superioridad que, en todo y por todo, tuvo sobre todos los hombres el autor de sus días.

Una vez estaban unos cuantos viejos en la plaza hablando de diferentes cosas y llevando la batuta el tío Colás. En cuanto el rapazuelo, que estaba por allí jugando con otros, se enteró de que el tío Colás estaba elogiando a varios jugadores de pelota, se introdujo en el corro de los hombres y dijo:

—¡Tío *Colá!*, ¿verdad que mi padre era el que mejor jugaba a la pelota en toda esta tierra?

—Ah, sí; el padre de este chico era un gran jugador de pelota; tenía un saque, ¡Jesucristo!, ¡qué saque tenía aquel hombre y cómo volvía las pelotas!

Enseguida se habló de la barra, y vuelve el chicuelo y dice:

—¡Tío *Colá!*, ¡tío *Colá!*, *¿verdá* que mi padre era el que *má* tiraba a la barra en toda *eta* tierra?

—El padre de este chico jugaba muy bien a la barra: tenía un brazo... y no erraba el tiro.

Después se hablaba de correr. Ya estaba allí el huerfanito con su cantinela:

—¡Tío *Colá!*, *¿verdá* que mi padre... *verdá* que mi padre era el que *má* corría en toda *eta* tierra?

—Tampoco corría mal el padre de éste.

Después se hablaba de cualquier cosa.

—¡Tío *Colá!*, ¡tío *Colá!*, *¿verdá* que mi padre?... ¡Tío *Colá!*, *¿verdá* que?... ¡Tío *Colá!*, ¡tío *Colá!*, *¿verdá* que mi padre?... ¡Tío *Colá!*, ¡tío *Colá!*, *¿verdá* que mi padre era el que *má*?...

Y el tío Colás, que ya estaba hasta la coronilla de las impertinencias de aquel mocoso, que de hinchadico no podía pronunciar la *s*, sin dejarle acabar la pregunta, le dijo:

—Calla, hablador, calla; lo que era tu padre... un fanfarroncico como tú.

24. EL CELEMÍN DE TRIGO

Había en un pueblo un molinero que medía el trigo que compraba con una medida que cabía un celemín, pero que era un poco mayor de la medida justa, y con eso les robaba un poco de trigo a los vendedores en cada medida.

Y tenía en su casa dos graneros grandes llenos completamente de trigo.

Llegó el tiempo de la Pascua y se fue a confesar. Hizo un buen examen de conciencia y vio que no tenía que acusarse más que de estar midiendo el trigo con el celemín un poquito grande.

Y cuando llegó en su confesión al punto en que le preguntó el señor cura:

—¿Has hurtado alguna vez?

Dijo el molinero:

—Yo, nunca. Lo único que hago es que tengo un celemín un poco grande y como compro trigo, pues en cada medida me queda un poco de ventaja.

—Pues eso es hurtar. Y como todo lo que es hurto hay que restituirlo, y no vas a saber ni cuánto ni a quién se lo has de devolver, te vas a hacer otro celemín que le falte para la medida justa tanto como le sobraba al grande, y con eso vendrás a restituir todo lo que has hurtado.

El molinero prometió hacerlo así, le absolvió el señor cura, y al día siguiente ya se había hecho un celemín más pequeño.

Conque le llevó trigo un vendedor, se lo midió con el celemín nuevo, y se lo tuvo que pagar un poco más caro, porque había subido el precio del trigo.

Vino otro vendedor, también se lo midió con el celemín nuevo y se lo tuvo que pagar más caro, porque había subido otro poco más.

Y al año siguiente, cuando se volvió a confesar, le dijo el señor cura:

—¿Te hiciste el celemín más pequeño?

—Sí, señor, al otro día de confesarme hice el celemín más pequeño.

—¿Y lo has empleado todo el año?

—Sí, señor: pero lo que pasa es que después de comprar el trigo a dos que me lo vinieron a vender, como el trigo estaba cada día más caro, pensé que me convenía vender todo el trigo, y lo he vendido todo con el celemín pequeño.

25. LA REINA COJA

Ésta era una Reina coja que hacía cuanto podía para que nadie se lo conociera; pero todo el mundo sabía, no solamente que era coja, sino hasta de qué pie cojeaba. Ya sabía la Reina que había muchos que sospechaban su cojera, y que había hasta quien lo sabía de seguro; pero tenía un genio tan malo, que si algún desdichado se hubiera atrevido a decir que la Reina era coja y eso hubiera llegado a oídos de ella, no hubiera tenido más remedio que morir de Real orden.

Una vieja muy atrevida que tenía en poco los respetos humanos dijo en una boda para dar una muestra de su atrevimiento:

—Yo me atrevo a decirle coja a la Reina.

—¿A la misma Reina?

—A la misma Reina en persona.

—Ésa y la del candil, torcida.

—Que sí se lo digo.

—¡Decían!

—Antes de tres días lo vais a ver.

Hace unos hermosos ramos de flores con las más bonitas que encontró en los jardines de la Corte, va a palacio, pide una audiencia para pre-

sentar aquellos ramos a S.M. a fin de ofrecerle el que más le gustara, y cuando se vio en presencia de la Reina, dijo:

—Señora: He formado estos ramos con las flores más hermosas que he podido encontrar en los jardines, y voy a echarme por esas calles de Dios a ver si los vendo; pero antes he querido venir a ver a V.M. para tener el gusto de decirle que escoja y yo regalaré a V.M. el que más le agrade. V.M. escoja.

La Reina se puso a mirar detenidamente los ramos; se quedó admirada de verlos tan hermosos, y le gustaban tanto todos ellos, que no sabía por cuál decidirse. Mientras tanto le decía la vieja:

—Escoja V.M. Escoja, escoja. Si yo tengo mucho gusto en decírselo: V.M. escoja. ¿Cuál le agrada más a V.M.? Escoja, escoja V.M.

Y así estuvo diciéndole coja muchísimas veces, hasta que Su Majestad, sin caer en la cuenta, de tan embelesada como estaba, se decidió por uno de aquellos magníficos ramos.

26. LA CALAVERA

Estaba un cura predicando acerca de la poca importancia que tienen las cosas de este mundo y de lo vano que es el orgullo de los hombres, supuesto que poco después de su muerte ya se ha perdido en cuanto a casi todos la memoria de su existencia; y para dar más fuerza a sus palabras, coge una calavera que el sacristán había dejado en el púlpito por encargo del predicador y dice:

—Vamos a ver; aquí tenéis una calavera; esta calavera ha estado vestida de carne sonrosada como vuestra carne —y pasaba la mano por la cara—; aquí ha habido cabellos peinados con coquetería, como haréis vosotros con los vuestros —y frotaba toda la calva con la mano—; aquí ha habido unos ojos que habrán sido tan hermosos como los que adornan vuestra faz —y metía un dedo por cada órbita—; aquí ha habido una lengua que se habrá deshecho en alabanzas del dueño a quien pertenecía —y metía en la boca cuatro dedos—... ¿Qué queda? Nada; ya lo veis: una cabeza vacía por dentro y sin nada por fuera; una caja de hueso —y la hacía sonar con los nudillos—; ¡una miserable calavera! ¿Si será...? Pero, ¡quién lo sabe! ¿Si será...? —y nota que le va un bichillo a la cara y lo sacude con un cachete— ¿Si será de mi padre? ¿Si será...? —le va otro bichillo y se da otro cachete— ¿Si será de mi madre? ¿Si será...? —ve que salen de la calavera dos o tres bichillos y se da dos o tres cachetes— ¿Si será de mi abuelo? ¿Si será...? —otros dos o tres, y uno de ellos se le mete en la boca,

escupe enseguida y se pega cachetes— ¿Si será del padre —¡pun!—, o de la madre —¡pun, pun!— o del abuelo... de alguno —¡pun, pun, pun!—, de alguno de mis... amados oyentes? ¿Si será...? ¿Si será...? ¿Si será de algún otro...? ¿Si será de algún otro individuo de vuestra familia? ¿Si será...? —ahora lo ve bien claro: empiezan a salir avispas por ojos, narices, boca y oídos, y arroja la calavera al público, sin darse cuenta de lo que hace, diciendo enfurecido:

—¿Si será del demonio?

La calavera, que ya estaba muy pasadita, se hace quinientos pedazos; salen de una vez todas las avispas que quedaban en el avispero que contenía; los fieles piensan que la calavera es un infierno y las avispas diablillos disfrazados; lloran todos desesperadamente, sin poder resistir las picaduras, baja el cura corriendo y restregándose la cara con las manos, y se marcha a escape a la farmacia, acortando por la sacristía.

27. LA VELA DE DOS CUARTOS

Ya sabéis que esto de las perras es nuevo; antes hubo medios reales y cuartillos de real, aunque eso duró poco; y antes había cuadernas, cuartos y ochavos: un cuarto de entonces venían a ser tres céntimos de los de ahora, porque la peseta, que tiene cien céntimos, tenía treinta y cuatro cuartos.

—¡Qué cosa más rara! ¡Tener treinta y cuatro cuartos la peseta! Y lo que es cuartos de peseta no eran, porque si hubieran sido de peseta, la peseta hubiera tenido cuatro cuartos. Ni tampoco eran los cuartos, cuartos de real, ni de sueldo, ni de ninguna otra moneda. ¿De qué serían? ¿Si serían cuartos de luna?, ¿o cuartos traseros?, ¿o cuartos de alquiler? En fin, fueran de lo que fueran. Ello es que la peseta tenía treinta y cuatro cuartos, y a nadie le chocaba semejante cosa: todos lo consideraban como la cosa más natural del mundo.

Pues, señor, un día le dijo un padre a un hijo pequeño que tenía:

—Toma esta peseta y vete a comprar una vela de dos cuartos.

Coge el chico la peseta, se va a una cerería, y al poco rato vuelve con la vela y se la da a su padre.

El padre le dice:

—¿Y las vueltas?

—¿Qué vueltas?

—¡Toma! ¡Las de la peseta! ¡Esto sí que está bueno! ¿No te he dao una peseta?

—Sí, señor.

—¿Esta vela no es de dos cuartos?

—Sí, señor.

—Pues, ¿dónde está lo demás?

—¡Pero si está justa la cuenta!

—Vamos, vamos, vengan los treinta y dos cuartos que sobran.

—¡Si no sobra nada; si la cuenta está justa!

—A ver, a ver qué cuentas ajustas tú.

—Muy claras. Verá usté: Dos de la vela, ¿eh?

—Sí.

—Pues dos de la vela y de la vela dos, cuatro; cuatro por dos, ocho; ocho por cuatro, treinta y dos; y de la vela dos: ¡treinta y cuatro! ¡Uh! ¿Se ha convencido usté? ¿Ve usté cómo está bien la cuenta?

28. ¡ARRIMARSE A UN LAO!

Había en un pueblo una calle de mucho tránsito y tan estrecha, que en cuanto pasaba un borrico con un serón, rozaba a la vez en las fachadas de las casas a derecha e izquierda y la gente se tenía que meter en los portales, para evitar el peligro de los restregones.

Era tan frecuente la distracción de hombres y mujeres y, a veces, la mala intención de los que llevaban el burro, que el alcande mandó echar un pregón que decía que todo el que llevara una caballería por esa calle, tenía que ir avisando con voz bien fuerte: «¡Arrimarse a un lao!», y el que faltara a la orden del alcalde pagaría una multa.

Un buen día venía uno de los mozos más honrados del pueblo con su burro cargado de leña, entró en la calle y continuamente iba diciendo:

—¡Arrimarse a un lao! —cuando llegó cerca de un corrillo de tres mujeres que estaban hablando mal de sus maridos, tan enfrascadas en la conversación que no le oían o no le querían oír.

Al llegar junto a ellas gritó:

—¡Arrimarse a un lao!

Y las mujeres seguían criticando. El mozo, molesto, volvió a decir gritando:

—¡Arrimarse a un lao, tías cotorras!

Y como no se apartaban pasó con el burro y las arañó y estropeó los velos que llevaban a la cabeza.

Las mujeres le insultaron y le amenazaron con denunciarle al alcalde; pero él siguió su camino, llegó a su casa, descargó el borrico y se marchó a contar al señor alcalde lo ocurrido.

El alcalde, que sabía lo formal que era el mozo, dijo que en cuanto le denunciaran le llamaría; pero que no contestara a nada de lo que le dijera el alcalde, aunque le insultara, porque le quería hacer pasar por sordomudo.

Se marchó el mozo a su casa y al poco rato llegó el alguacil con la orden de que fuera al Ayuntamiento. El mozo llegó al Ayuntamiento, entró, se quitó la gorra y ni siquiera saludó. Allí estaban sentados el alcalde y las tres mujeres y dijo el alcalde al mozo:

—¿No sabes la orden que tengo dada?

Y el mozo calló.

—¿Que si no sabes la orden que he dao, so besugo?

Y el mozo, que si quieres.

—¿Pero es que te vas a burlar de mí?

El mozo estaba como si no fueran con él las preguntas y el alcalde, dirigiéndose a las mujeres, dijo:

—¿Qué queréis que haga con un sordomudo?

Y dice una de las tres mujeres:

—¿Sordomudo? ¡Qué sordomudo ni qué narices! Bien que gritaba al decir: «¡Arrimarse a un lao!».

—¿Ah, sí? Pues entonces no ha hecho más que cumplir mi orden, conque asunto terminao.

29. EL CUENTO DE LA BUENA PIPA

(Primera versión)

—¿Quieres que te cuente el cuento de la buena pipa?

—Sí.

—Yo no digo que digas que sí, sino que si quieres que te cuente el cuento de la buena pipa.

—Cuéntalo.

—Yo no digo que digas «cuéntalo», sino que si quieres que te cuente el cuento de la buena pipa.

—Haz lo que quieras.

—Yo no digo que digas «haz lo que quieras», sino que si quieres que te cuente el cuento de la buena pipa.

—Vete a paseo.

—Yo no digo que digas «vete a paseo», sino que si quieres que te cuente el cuento de la buena pipa.

—¡No!

—Pues ya que dices que no, no te cuento el cuento de la buena pipa.

(Segunda versión)

Pues señor, éstos eran dos, un corneta y un tambor; el tambor sacó la espada y el corneta... Pues señor; éstos eran dos, un corneta y un tambor; el tambor sacó la espada y el corneta... Pues señor; éstos eran dos, un corneta y un tambor; el tambor sacó la espada y el corneta... Pues señor, éstos eran dos...

(Y así se sigue hasta que el auditorio se escandaliza y manda callar al cuentista.)

(Tercera versión)

Pues señor, éstos eran tres, dos napolitanos y un francés; el francés sacó la espada, si la sacó o no la sacó, ¿quieres que te cuente lo que pasó?

(Y se repite lo mismo hasta el aburrimiento del público.)

30. LAS DOCE PALABRAS

Un viejo iba andando por un camino cuando se le apareció el diablo y le preguntó:

—¿Sabes decirme las doce palabras retorneadas?

El viejo le contestó que no las sabía, y entonces el demonio le dijo:

—Pues has de saber que muy pronto has de morir y si antes de las doce de la noche no las sabes, te iré a buscar, estés donde estés, y te llevaré conmigo.

El pobre viejo siguió su camino muy afligido y preocupado, cuando le salió al encuentro otro viejecito, que al verle tan triste le preguntó:

—¿Qué te pasa?

Y el viejo no hacía más que suspirar. Y el viejecito que le había salido al encuentro era San José. Y San José le dijo:

—Vente conmigo para que cenemos juntos y me digas lo que te ocurre.

—Pues estoy tan triste —le dijo— porque se me ha aparecido Satanás y me ha dicho que si a las doce de esta noche no le digo las doce palabras retorneadas, se me llevará. Y yo no las sé.

Conque San José le dijo:

—Pues no te apures, que yo te salvaré, si vienes conmigo.

Y se fueron juntos, y cenaron, y después se acostaron juntos en un pajar. Entonces San José le dijo:

—Tú te puedes dormir tranquilo y aunque te llamen no respondas.

A las doce en punto llegó el diablo al pajar y preguntó:

—¿Sabes ya las doce palabras retorneadas?

Y San José contestó:

—Sí.

—Pues dilas —dijo el diablo.

Y San José empezó a decirlas.

—La una, el sol y la luna.

Las dos, las tablas de Moisés.

Las tres, las tres Marías.

Las cuatro, los cuatro evangelistas.

Las cinco, las cinco llagas.

Las seis, los seis candeleros.

Las siete, los siete coros.

Las ocho, los ocho gozos.

Las nueve, los nueve meses.

Las diez, los diez mandamientos.

Las once, las once mil vírgenes.

Las doce, los doce apóstoles.

Doce te he dicho y trece aguarda. Revienta, ladrón, que San José te lo guarda.

Y el demonio desapareció, el pobre viejo se salvó y este cuento se acabó.

31. EL RESENTIDO CON SAN JOSÉ

Un buen hombre se había quedado viudo con tres hijos pequeños. El padre hacía lo posible por cuidar y educar a sus hijos; pero como los cuidados de una madre no hay nadie que los pueda hacer como ella, los chicos sacaron cada uno sus instintos y los dos mayores tenían tendencia al mal, así como el pequeño era de una bondad natural extraordinaria.

Tenía el padre la costumbre, y quería que sus hijos también la tuvieran, de rezar todas las noches al santo del día y a los santos de su mayor devoción, que eran San José, San Juan, San Pablo y San Blas, precisamente los santos de sus nombres. Además todos los años mandaba decir una misa a San José, en su día.

Aunque a medida que sus hijos iban siendo mayores, los dos primeros le daban algunos disgustos, a todos los quería por igual, y un año, en el mismo día de San José, se le murió el hijo mayor; desde ese día, resentido con San José, no le volvió a rezar.

Así se pasó cerca de un año; pero aunque no rezaba más que a los otros santos, pensó en no romper la costumbre de la misa, y la víspera de San José le encargó al señor cura la misa como todos los años.

El hijo segundo se puso malo y, precisamente el día de San José, se murió como el otro hermano el año anterior.

El padre, acongojado con la nueva desgracia, se lamentaba para sí de que San José no le había querido proteger y determinó no mandarle a decir más misas.

Al año siguiente, pues que no le pagó la misa, y por la noche se puso a rezar a todos los santos menos a San José. Y estando rezando se le apareció San José y le dijo:

—¿Por qué no has querido encargarme la misa como todos los años?

Y el buen hombre se puso a tiritar y no contestó. Y San José le siguió diciendo:

—Pues has de saber que ni Dios ni yo te abandonamos, y que Dios ha querido que mueran tus dos hijos mayores porque tenían tan malos instintos que iban a ser tu ruina y tu deshonra. Mira lo que hubiera sido de tus hijos: ahorcados por ladrones.

Y San José abrió una ventana de la habitación y el hombre vio en las sombras de la noche que sus dos hijos muertos estaban ahorcados en un árbol. Y luego le dijo San José:

—Y Dios tiene destinado a tu hijo el pequeño para santo y por eso te lo conserva.

Y San José desapareció. El buen hombre llamó inútilmente a San José para pedirle perdón y San José no vino, y el hombre desde aquella noche le rezó mucho a San José y todos los años le mandaba decir la misa.

El hijo pequeño se hizo cura, y luego fue canónigo, magistral, obispo, arzobispo y cardenal. Y su padre, que llegó a ver a su hijo arzobispo, se murió pidiéndole perdón a San José, por haberse resentido con él.

32. EL VIEJECITO DE LA LUNA

Un viejecito que casi no podía ya con los calzones iba por un bosque cogiendo leña en un día de mucha nieve y se encontró una señora que le dijo:

—Ancianito: ¿cómo vienes por leña con tan mal día?

—¡Ay, señora!, porque no tengo pa dar pan a mis hijos; si cojo un fajo de leña y saco de él cuatro perricas, ya tendremos pa pan.

Y le dice la señora:

—Bueno, pues toma este bolsillo y ya no tienes que coger leña en toda tu vida. Pero, mira, no lo malgastes, porque si lo malgastas, al tercer día la Luna te tragará.

Se va a su casa con la leña a cuestas y le entrega el bosillo a la mujer, contándole lo que le había sucedido. Su mujer se puso tan contenta; empieza a comprar vestidos de lujo para ella y para los chicos y muchas cosas buenas para comer bien y se fue al café con todos sus pequeños. Y en tres días todo lo gastó.

Al tercer día, a medianoche, llaman a la puerta:

¡Tras, tras!

Y el viejecito contesta:

—¿Quién?

—La Luna, que te viene a buscar.

¡Tras, tras!

—¿Quién?

—La Luna, que está en el portal.

¡Tras, tras!

—¿Quién?

—La Luna, que está en la escalera.

¡Tras, tras!

—¿Quién?

—La Luna, que está en la puerta de la sala.

¡Tras, tras!

—¿Quién?

—La Luna, que está en la puerta de la alcoba.

—¡Ay, qué miedo! ¿Dónde me esconderé? ¡Que la Luna me va a tragar!

Y la mujer le dice:

—Escóndete aunque sea debajo de la cama.

Se va a esconder y la Luna le dice:

—No te escondas, no, que lo mismo te comeré; ya sé que estás debajo de la cama.

¡Tras, tras!

—¿Quién?

—La Luna, que está dentro de la alcoba. ¡Au! Ya te he tragado.

Y se lo tragó.

¿Habéis visto un viejecito que hay en la Luna? Pues éste es el viejecito que hay en la Luna. Y si os fijáis bien y tenéis fe en el cuento veréis que lleva a la espalda el fajo de leña.

33. EL CASADO POR SEGUNDA VEZ

Cuando los que se mueren se presentan en las puertas del Cielo, les pregunta San Pedro cómo se llaman, de dónde son, qué edad tienen, a qué se dedicaban en vida, si han muerto solteros, casados o viudos, y enseguida mira en un libro muy grande, muy grande, que bien podría llamarse el Gran Libro de la Deuda o de las Deudas, es decir, de los Pecados, a ver qué cuenta tiene con Dios cada prójimo que se presenta a liquidar, para dejarle pasar si está en paz con Él, enviarle al Purgatorio si es poco lo que debe o al Infierno si es un perdido y está entrampado hasta los ojos. Pero en cuanto se entera de que el infeliz que va a liquidar ha muerto casado, ya no mira al libro y le manda pasar adelante.

Una vez se presentó en la puerta del Cielo un tuno de marca mayor, que estaba más muerto de miedo por la cuenta que tenía que dar que de la enfermedad que le había llevado al otro mundo. Estuvo un rato esperando hasta que le llegó la vez, y mientras tanto fue enterándose de las preguntas que San Pedro hacía, de las contestaciones que le daban y de las determinaciones que tomaba después; y como observó que al que había muerto casado le dejaba entrar en el Cielo, sin detenerse siquiera a mirar el libro, dijo para sus adentros: «Me salvé».

En éstas, le pregunta San Pedro:

—¿Cómo te llamas?

—Bienvenido.

—¿De dónde eres?

—De Medinaceli.

—¿Qué edad tienes?

—Cuarenta años.

—¿Qué oficio tenías?

—Vivía de mis rentas.

—¿En qué estado has muerto?

—Casado.

—Ya lo podías haber dicho antes, hombre, y me hubiera ahorrado estas preguntas. ¡A ver! ¡Otro!

El de Medinaceli fue a entrar en el Cielo tan campante; pero precisamente al pasar por el umbral de la puerta dice, para que San Pedro estuvie-

ra más persuadido del acierto con que había tomado la resolución de dejarle pasar:

—¡Y de segunda vez!

San Pedro, que ya estaba enterándose de quién era el que venía detrás, oye lo que dice el de Medinaceli, y lo coge de un brazo, diciéndole:

—¡Atrás! Con que reincidente, ¿eh? ¡Una a cualquiera se la dan! ¡Pero aquí no queremos mentecatos!

Y de un tirón lo sacó de allí y de un empujón lo arrojó de cabeza a los Infiernos.

34. LA MISA DE LAS ÁNIMAS

Un pobre padre y una pobre madre tenían tres hijos pequeños; el padre no podía trabajar, porque estaba enfermo, y la pobre madre tuvo que salir a pedir limosna. Anduvo un día pidiendo y recogió una peseta. Y fue a comprar la comida y le faltaban veinte céntimos para comprar todo lo que le hacía falta para el cocido. Como no tenía lo suficiente para todos los niños y ella y su marido, dijo:

—¿Para qué voy a mi casa si no llevo para todos? Voy a pagar una misa con esta peseta.

Y estuvo pensando y dijo:

—¿Para quién diré la misa?

Y ya dijo:

—Voy a decir al cura que diga la misa por el alma más necesitada.

Bueno, pues fue a ver al cura y le pagó la peseta y le dijo:

—Padre, hágame usted el favor de decirme una misa por el alma más necesitada.

Se fue entonces para su casa y en el camino se encontró con un señor que le dijo:

—¿Dónde va usté, señora?

Y le dijo ella:

—Voy para mi casa. Mi marido está muy enfermo y somos muy pobres y tenemos tres hijos. Yo he andao pidiendo, pero como no me dieron bastante para comer todos, he ido a ver al cura para pagarle una misa por el alma más necesitada.

Aquel señor entonces sacó un papel y escribió en él un nombre y le dijo:

—Vaya usted donde estas señas y dígale a la señora que le dé a usted colocación en la casa.— Y la mujer, sin pensar más, se fue a buscar la colocación.

Llegó a la casa, llamó y salió una criada que dijo:

—¿Qué quiere usté?

Y ella contestó:

—Quiero hablar con la señora.

Conque subió la criada y le dijo a la señora que había una pobre en la puerta, que decía quería hablar con ella. Bajó la señora y le dijo:

—He visto un señor en la calle y me ha dicho que usté me daría una colocación en la casa.

Y dice la señora:

—¿Quién ha sido ese señor?

Entonces la pobre vio que en la sala había un retrato del que la había enviado allí y dijo:

—Ese señor que está en aquel retrato es el que me ha enviado aquí.

Y la señora dijo:

—Si ése es mi hijo, que se murió hace cuatro años.

—Pues ése es el que me ha enviado aquí, señora.

Entonces la señora preguntó:

—¿De dónde venía usted cuando se encontró con él?

Y ya le dijo la pobre:

—Pues mire usté, que mi marido y yo somos muy pobres y tenemos tres hijos que mantener. Como mi marido está ahora enfermo, no tenemos qué comer, y yo salí esta mañana a pedir, y como no me dieron más que una peseta y no era eso bastante para comprar comida para todos mis hijos, fui y se la di al cura para que dijera una misa por el alma más necesitada. Y cuando volvía de ver al cura es cuando me he encontrado a su hijo. A él le conté lo mismo que le he contado a usté, y me escribió ese papel y me dijo que viniera aquí.

La señora le dijo a la mujer que entrara y le dio la colocación. Le dio a la mujer pan para que se lo llevara a sus hijos y le dijo que volviera al otro día.

A los cinco días tuvo la señora una revelación y se le apareció su hijo y le dijo:

—Madre, no me llores más y no vuelvas a rezar por mí, que ya estoy glorioso y en la presencia de Dios.

Y era que con aquella misa había acabado de pagar sus culpas en el Purgatorio y había subido al Cielo.

35. LOS VIEJECITOS DE LA CUEVA

Iban unos caminantes por un camino cuando se echó a llover cada vez más fuerte; apretaron el paso y empezaron a mirar a un lado y a otro a

ver si veían algún sitio donde pudieran cobijarse. Por fin vieron una cueva que estaba en un monte, cerca del camino, y allí se metieron. Y se encontraron un viejecito muy viejecito, con la barba muy blanca y larga, que daba lástima verle, porque el pobrecito estaba llorando.

—¿Por qué llora usted? —le dijeron— ¿Tiene usted frío?

—No, señor.

—¿Tiene usté hambre?

—No, señor.

—¿Está usté enfermo?

—No, señor.

—¿Se le ha muerto algún nieto o alguna persona de su familia?

—No, señor.

—Pues, ¿qué le pasa a usté, ancianito, qué le pasa a usté?

—¿Qué me ha de pa... pasar? ¡Que me ha pe... gao... mi pa... padre!

—¡Pero, hombre! ¿Y tiene usté padre todavía?

—Sí, señor.

—¿Y por qué le ha pegao a usté?

—Po... por nada. Po... porque ha querido.

—¿Y dónde está su padre de usté?

—Allá adentro.

—¿Se puede entrar a verle?

—Sí, señor; pa... pasen ustedes.

Pues, señor, entran en una galería de aquella cueva y llegan a una salita, donde estaba el padre del niño llorón. Figúrate tú cómo sería de viejecito: tenía toda la cara del mismo color de la tierra; ya no tenía dientes, colmillos ni muelas en su boca; la barbilla se le juntaba con la nariz; en fin, que sólo viéndolo se podía creer que hubiera en el mundo un viejecito tan viejecito como el viejecito que estaban viendo.

Le saludaron cariñosamente, le hicieron mil preguntas, y a todo contestaba el ancianito, no con aspereza, pero sí con algo de autoridad y de mal genio. Por fin se atrevieron a decirle que su hijo estaba llorando a lágrima viva a la entrada de la cueva, que tuvieran compasión de él, ya que era tan viejecito, y que lo llamara, que tendría frío.

—Que pene, que pene, y que no sea malo.

—Pero, hombre de Dios, ¿qué malo ha de ser a su edad, si ya habrá cumplido noventa años?

—Ya hace años que los cumplió, ya; pero es muy malo.

—Pero si dice que llora porque usté le ha pegao.

—El loco por la pena es cuerdo; que no sea tan malo.

—Pero, ¿se puede saber lo que ha hecho?

—Si es muy malo señores, si es muy malo. ¡Y esos vicios se los he de quitar yo a garrotazos!

—Pero, ¿es posible? ¿Tan malo es? Pues ¿qué ha hecho, diga usté, qué ha hecho?

—¡¡Perderle el respeto a su abuelo!!

36. EL CABRITO NEGRO

Un mozo montañés galanteaba a una moza y le había dado palabra de casamiento. Creía que era bastante su palabra para conseguir de la muchacha lo que ninguna muchacha decente debe conceder antes de casarse.

El mozo, que no abandonaba sus malas intenciones, aprovechó un día que era víspera de romería para proponer a la muchacha ir juntos a la ermita de la Virgen, situada a bastante distancia del pueblo.

Accedió la muchacha y quedaron de acuerdo en salir de madrugada; así es que al día siguiente fue el mozo a buscar a la muchacha antes de amanecer y ya estaba ella esperándole, porque ella era muy devota de la Virgen y le agradaba mucho ir a la romería con el mozo que iba a ser su marido.

Conque emprendieron el camino hacia el monte donde estaba la ermita, y a mitad de camino se encontraron con un riachuelo que venía muy crecido, por lo mucho que había llovido el día anterior, y dijo la muchacha:

—Por aquí no podemos pasar.

Pero el mozo, que no olvidaba sus malos pensamientos, le dijo:

—Te montas en mis espaldas y yo te paso a corderetas.

Y, aunque la muchacha no quería, él la convenció y ella se dejó coger y empezaron a pasar el río.

Cuando estaban a la mitad, se paró el mozo y dijo a la muchacha sus verdaderas intenciones al proponerle venir a la romería.

La muchacha le contestó que de ninguna manera, ni por nada, ni por nadie, le permitiría la menor libertad, y el mozo dijo:

—¡Mira que te tiro al río!

Conque insistió el mozo, siguió negándole la muchacha, pero viendo que el mozo estaba dispuesto a tirarla al río, la muchacha le dijo que renunciaba a ir a la romería, que la volviese a la orilla y que en la orilla haría lo que él quisiera. Y es que la muchacha pensaba echar a correr a su casa, una vez que se viera fuera del río.

El mozo, creyendo logrados sus deseos, la volvió a la orilla y bruscamente la tiró al suelo, le levantó el delantal y el mozo vio con sorpresa que

la muchacha tenía las piernas como las patas de una cabra, con pelos largos y negros, y al bajarle el delantal, que le había cubierto la cara, vio con horror que la cabeza de la muchacha era igual a la de un cabrito negro, con unos cuernos retorcidos.

Conque el mozo, sin saber lo que le pasaba, medio loco y lleno de miedo, echó a correr como si le persiguieran los demonios.

Un poco antes de llegar al pueblo se encontró en el camino con un primo suyo que iba a la romería. Éste le detuvo y le preguntó:

—¿Qué es lo que te ocurre?

El mozo le contó todo lo que le había pasado, y al terminar de contárselo, desapareció el primo como por encanto, y se convirtió en el cabrito negro que había dejado en la orilla del río.

Y el cabrito empezó a dar saltos y brincos junto a él, y le dijo:

—Ven a mí, cariño mío; si soy tu rapaza, que está dispuesta a hacer todo lo que tú quieras.

El mozo quedó muerto del susto, el cabrito se transformó otra vez en la muchacha, se volvió a su casa, y al poco tiempo se casó con un muchacho muy bueno, que era el más rico del lugar.

(El episodio de pasar el río es análogo al de la fabulilla de *Calila y Dimna* titulada *El galápago y el simio,* capítulo VII, en que un mono montado sobre una tortuga atraviesa el río).

37. EL HOMBRE DE PEZ

Un matrimonio sin hijos vivía en un pueblo donde los chicos no sabían jugar más que a pedreas y luchas, y muchas veces se reunían para buscar pelea con los chicos de los pueblos de alrededor.

El matrimonio le pedía a Dios que les diera un hijo que fuese muy valiente y forzudo, para que no le pudieran los demás chicos cuando llegase a la edad de las riñas y peleas. Y Dios se lo concedió, y tuvieron un hijo que se crió fuerte y robusto. Le bautizaron y le pusieron de nombre Miguel, pero enseguida empezaron a llamarle Miguelón.

Era tan tragón que cuando le destetaron se comía en cada comida un pan de a kilo; cuando empezó a ir a la escuela se desayunaba con seis huevos fritos y un pan grande, y cuando fue mayor, sus platos eran del tamaño de una jofaina: su ración de cocido al mediodía eran tres kilos de garbanzos, un kilo de jamón, cuatro chorizos y una gallina.

Los padres de Miguelón eran bastante ricos; pero tanto gastaban en mantenerle, que se quedaron arruinados, y Miguelón decidió irse a buscar trabajo y vivir por su cuenta. El herrero del pueblo le hizo un azadón especial para él, que entre tres hombres no lo podían levantar, y él, con una sola mano, lo cogía y se lo echaba al hombro.

Cuando llegó a ser mozo, jugando o riñendo, había vencido a todos los mozos del pueblo, y cuando los vencía les ponía la obligación de que le saludaran siempre que le vieran. Así es que cuando iba por la calle no se oía más que: «¡Adiós, Miguelón!», «¡Hola, Miguelón!», «Miguelón, buenos días!», porque si alguno no le saludaba, ya tenía encima la manaza de Miguelón haciéndole alguna caricia que le dejaba medio magullado.

Cuando entraba en alguna casa a pedir trabajo, enseguida le admitían, por lo fuerte y trabajador que era, pero cuando le veían comer se asustaban y le despedían.

Y llegó un día en que no le querían dar trabajo en ninguna parte y se dedicó a pedir de comer en todas las casas del pueblo, y todos por miedo, le dejaban entrar y se comía todo lo que tenían.

Conque se reunieron todos los mozos del pueblo para ver la manera de librarse de Miguelón, y se les ocurrió hacer un hombre de pez y ponerlo, al anochecer, en un sitio por donde tuviera que pasar Miguelón.

Y dicho y hecho. Pusieron un hombre de pez apoyado en los hierros de una ventana, junto a la puerta de la casa donde Miguelón iba a dormir, y cuando Miguelón llegó a la casa y vio el bulto de una persona en la reja, dijo:

—¿Por qué no me saludas?

Se acercó al hombre de pez y le dijo:

—Salúdame o te sacudo.

Y como el hombre de pez no decía nada, Miguelón le pegó un puñetazo y se le quedó la mano pegada a la pez; como Miguelón quería soltarse, movía todo el muñeco como podía moverse una persona.

Y le volvió a decir Miguelón:

—Salúdame, mira que te sacudo.

Y le pegó otro puñetazo con la mano izquierda, y también se le quedó pegada.

—¡Suéltame, o te deshago de un puntapié!

Y se le quedó pegado un pie.

Y Miguelón, ya rabioso, le pegó otro puntapié, y se quedó pegado de pies y manos.

Entonces acudieron todos los mozos y le dijeron que allí iba a morir pegado al hombre de pez, pero él les dijo que si le quitaban la pez se marcharía para siempre del pueblo.

Conque le quitaron la pez, Miguelón se marchó del pueblo y quedaron tranquilos.

38. EL PASTOR VERDADES

Un ganadero de un pueblo de Salamanca tenía unas cuantas vacas lecheras y un toro de pelo de color de barro rojizo, que por eso le llamaban Barroso. Al cuidado de las vacas y del toro tenía un pastor, que llevaba en la casa muchísimos años, que era muy fiel y tan a carta cabal, que jamás había dicho una mentira en su vida.

El pastor vivía con las vacas en pleno campo, en un establo junto al prado, donde se pasaba el día cuidando el ganado. Por las noches cerraba las vacas y el toro en el establo y se iba a casa del amo para darle cuenta de cada una de las reses que tenía a su cuidado.

Todas las noches empezaba la conversación de la misma manera:

—Buenas noches, mi amo.

—Buenas noches, hombre. ¿Y las hierbas?

—Unas verdes y otras secas.

—¿Y las aguas?

—Unas turbias y otras claras.

—¿Y las vacas?

—Unas gordas y otras flacas.

—¿Y el toro Barroso?

—Florido y hermoso.

En el pueblo tenían al pastor mucha antipatía, porque su amo siempre les estaba ponderando su fidelidad, su honradez y su veracidad. El más envidioso de todo el pueblo era otro ganadero, que un día, al oír cómo el amo alababa a su fiel pastor, le apostó una ganadería contra la otra si cogía al pastor en una mentira. Y quedó hecha la apuesta.

Conque la hija del ganadero envidioso se presentó una noche de lluvia y de frío en el establo donde estaba el pastor. La muchacha, que era muy guapa, llegó toda mojada y le pidió al pastor que la dejara calentarse y sentarse a la lumbre.

El pastor, al verla tan hermosa, empezó a enamorarla y le propuso casarse con ella, prometiendo darle o conseguir todo lo que ella pidiera.

La muchacha dijo que como ella sabía que nunca había dicho una mentira, ahora le tenía que cumplir su promesa, y que accedía a casarse con él, pero que le tenía que dar el corazón del toro Barroso.

El pastor se quedó muy pensativo ante la pretensión de la muchacha, pero al fin se decidió a matar al toro, le sacó el corazón y se lo dio a la hija del ganadero envidioso.

Y el pastor se casó con ella.

Ni al día siguiente, ni al otro, fue el pastor a ver a su amo.

El ganadero envidioso y su hija estaban creídos de que el pastor negaría al ganadero todo lo ocurrido con el toro y que necesariamente le mentiría, con lo cual le ganarían la apuesta.

Y fue el ganadero envidioso a ver al otro ganadero y a preguntarle:

—¿No te ha dicho ninguna mentira tu pastor?

—No; ni le he visto hace dos días. Y me extraña.

—A lo mejor es que te va a echar alguna mentira. ¿Por qué no le llamas?

En éstas que se presentó el pastor y al entrar dijo:

—Buenas noches, mi amo y la compañía.

—Buenas noches, hombre. ¿Y las hierbas?

—Unas verdes y otras secas.

—¿Y las aguas?

—Unas turbias y otras claras.

—¿Y las vacas?

—Unas gordas y otras flacas.

—¿Y el toro Barroso?

—Por unos ojos negros y un cuerpo hermoso, di el corazón del toro Barroso.

—¡Ajajá! Viva mi mozo, vacas tengo que me paran otro novillo barroso.

39. UN JUAN TENORIO MONTAÑÉS

Un mozo montañés muy presumido se fue por el mundo en busca de fortuna, y al cabo de pocos años volvió a su pueblo con mucho dinero y más presumido de lo que era.

Se puso en amores con una muchacha del pueblo, y después de darle palabra de casamiento la abandonó.

Luego pretendió a otra muchacha, y cuando se iban a casar, la dejó plantada para ponerse en relaciones con otra.

Se burló lo mismo de esta otra, y de otra más después y de otra más.

Una tarde cruda de invierno llegaron al pueblo, pidiendo posada, un caballero muy bien vestido con una hija suya, guapísima, que venían montados en dos hermosos caballos y que habían decidido quedarse en ese

pueblo a pasar la noche, porque había empezado a nevar y tenían miedo de que les sorprendiera la noche, con la nevada, sin poder llegar a su casa, que estaba a más de diez leguas.

Aquella noche y durante todo el día siguiente no cesó de nevar y se tuvieron que quedar el padre y la hija en la posada.

El mozo montañés hizo el amor a la muchacha y la muchacha aceptó las relaciones.

La nieve seguía cayendo y el mozo estaba cada día más enamorado.

A los diez o doce días paró de nevar, y cuatro o cinco después decidieron la marcha el padre y la hija.

El mozo dijo a la muchacha que estaba locamente enamorado y que se quería casar con ella. La muchacha le dijo que si era verdad lo tenía que probar, y que, como prueba, tenía que ir andando detrás de ella hasta llegar a su casa.

Emprendieron la marcha yendo el padre y la hija a caballo y el mozo a pie detrás.

A la salida del pueblo, pusieron al trote a los caballos. El mozo corría al principio tanto como los caballos, pero empezó a cansarse, y a quedarse atrás, y la muchacha empezó a cantar, al compás del trote:

—Fueron una,
fueron dos,
fueron tres
y fueron cinco.

El mozo hizo un esfuerzo y casi alcanzó a los caballos. La muchacha seguía cantando:

—Fueron una,
fueron dos,
fueron tres
y fueron cinco.

Entonces pusieron los caballos a galope, y el mozo dijo casi sin fuerzas:

—¡Quién fuera perro, para correr como los caballos!

Y empezó a correr y a ladrar, y corriendo, corriendo, se convirtió en perro y alcanzó a los caballos, y oyó que la muchacha cantaba:

—Fueron una,
fueron dos,
fueron tres
y fueron cinco.

Pero los caballos corrían mucho más que el perro y los perdió de vista.

La señorita y el caballero eran dos anjanas que habían querido castigar las cinco burlas que había hecho el mozo montañés a las cinco muchachas de su pueblo.

40. LA AFICIÓN AL VINO

Un viejecito y una viejecita eran muy aficionados a beber vino y bebían tanto, que llegaron a conocer que les perjudicaba, y en cuanto lo conocieron empezaron a pensar en la enmienda. Trataron de dejar ese vicio poco a poco y nunca podían; al contrario, aún bebían más cada vez, y todo se les volvía decir: «No, pues desde mañana...»; «No, pues desde el lunes...»; «No, pues desde el mes que viene...»; «No, pues desde que empiecen los calores...» Pero ¡cá!, ¡ni por ésas!, llegaba mañana y llegaba el lunes y llegaba el primero de mes y llegaban los calores y no podían cumplir la palabra, y cada vez bebían con más gusto; hasta que, por fin, dijo la viejecita:

—¡Bah, bah! ¡Aquí hay que cortar por lo sano! No esperemos a que vengan los calores, ni al mes que viene, ni al lunes, ni a mañana; ahora mismo a hacer voto de no probar el vino en todo lo que nos queda de vida. ¿Te atreves?

—Sí.

—Pues ya no se bebe más semejante porquería.

Y cogió una botella bien llenita que tenía por allí para comer y, ¡zás!, la arrojó valerosamente por la ventana.

Entonces se quitaron los viejecitos un gran peso de encima y se quedaron muy satisfechos por la heroicidad de la determinación que habían tomado y por el grande acierto con que la viejecita había arrojado por la ventana la gran botella con el diablillo dentro. Y decía la viejecita:

—¿Y aún dicen que hay borrachos en el mundo? ¿Y que no pueden dejar de beber? ¡Ya les daría yo, ya! Nosotros nunca hemos sido borrachos, pero más afición que teníamos nosotros al vino, ¿quién la tiene? Y, ¡a ver!, en cuanto hemos querido, ¿no hemos dejao el vicio para siempre?

Y decía el viejecito:

—Ahora sólo falta que nos pruebe; bien hemos hecho en dejarlo, pero ¿y si no nos prueba? Mira que ha habido hombres que han sabido mucho que han dicho que el vino es la leche de los viejos, y ya sabes que el Evangelio dice que el vino es la sangre de Nuestro Señor...

—¡Bah, bah! ¿Ya empiezas a engatusarme? Pues, mira, si quieres beber, bebes, que lo que es yo no bebo; si los sabios que tú dices han dicho que el vino es la leche de los viejos, no han dicho que sea pa las viejas (ni tampoco he llegao yo a este caso); y eso que dices del Evangelio, es que Jesucristo les dijo a sus discípulos: «Tomad y bebed, ésta es mi sangre»; pero no se lo dijo a sus discípulas, de manera que nada de eso reza conmigo.

—Bueno, mujer, bueno; te acompañaré en tus privaciones, y aunque me den vino de decir misa no rompo el voto.

Estaban los viejecitos tan contentos, echando pestes contra el vino y contra los empedernidos bebedores, cuando llegó la hora de comer. Empiezan a comer, y ¡nada!, ni nombraban el vino, ¡como si fuera pecado mortal pronunciar su nombre! Iban comiendo y no se atrevían a probar el agua, pero tampoco nombraban el vino, y conociendo la viejecita que su marido no tendría otra cosa en la imaginación, dijo:

—¿Vamos a no nombrarlo siquiera?

—¡Vamos!

Y siguieron comiendo.

Pero precisamente aquel día tenían un pollito de principio, y la viejecita lo sacó a la mesa tan hermoso, tan doradito, tan oloroso, tan bien condimentado y tan apetitoso, que estaba diciendo «comedme». Lo partió por medio, empujó una mitad hacia el lado de su viejecito, se acercó la otra mitad hacia su lado, y antes de probarlo ya se chupaban los dedos de gusto. Parte la vieja la patita y se la ofrece al viejo cariñosamente; el viejecito la comía y se relamía; la viejecita se comió su media pechuguita y hacía lo propio; los dos miraban el agua alguna vez, pero no pasaban de ahí; el viejecito miró, por fin, a la viejecita, y a la vez miró la viejecita al viejecito y, sin duda, entendieron tan claramente la significación de aquellas miradas, que ella dijo:

—¡Qué bien vendría esto pa con aquello!

Y él:

—Casi podías ir por un cuartillico.

Y ella:

—¡Voy corriendico!

41. EL SASTRE Y LA ZARZA

Éste era un sastre que algunas veces iba a coser a jornal, y una vez le llamaron de un pueblo para hacer un traje; el día que acabó de coser, acabó un poco temprano, y aunque de buena gana se hubiera quedado en la casa hasta el día siguiente por la mañanita, ni le hicieron instancias para que se quedara, ni él se atrevió a revelar su deseo por no abusar y para que no le tuvieran por miedoso; así es que cobró sus jornales, recogió sus tijeras y demás adminículos, se puso su capa y, chana, chana, echó a andar moderadamente hasta salir a las afueras, pero bien ligerito después, camino de su pueblo.

Al cuarto de hora se había arrepentido de su temeridad, porque empezaba a ponerse el sol, y aunque la noche no se presentaba muy oscura, se fue llenando el sastre de zozobra, y cada bulto que veía lejano le parecía un hombre... o dos que le iban a matar o quitar el dinero...

Ya empezó a encomendarse a Dios y a los santos para que le sacaran con bien de aquel apuro, se santiguó unas cuantas veces para conjurar el peligro en que se veía, y cuando llegó a estar muy cerquita de su pueblo, se encuentra con que, de pronto, le sujetan de la capa por detrás. No se atrevió a volver la cabeza para ver quién le sujetaba, ni se atrevió a echar a correr dejando caer la capa de sus hombros... Se calló como un muerto; ni se atrevió a suspirar tan siquiera, temiendo salir peor librado si se quejaba. Sólo al rato, viendo que se pasaba tanto tiempo sin que le pegaran ninguna puñalada ni le dijeran «¡La bolsa o la vida!», fue cuando calculó que el ladrón aquel, si ladrón era, era un ladrón comedido, que debía tener buen corazón, y que, tal vez, se apiadaría del sastre si el sastre le suplicaba con ahínco.

Entonces dijo:

—Por Dios, señor, que soy un pobrecito sastre; por Dios, déjeme usted; por Dios, que tengo cinco de familia; que me están esperando en mi casa para cenar y no habrá más cena que lo que compre mi mujer con lo que yo le entregue; que estamos todos en la mayor necesidad; que vengo de ese pueblo de ahí de ganar con mucho trabajo el pan nuestro de cada día...

Pero por más que pedía por Dios y por más que le salían del corazón sus lamentaciones, ¡nada! El sastre seguía tan sujeto y no tenía por respuesta una palabra. Callaba un rato para que el bandido que le sujetaba no le tuviera por muy impertinente, y después volvía a lamentarse:

—Por Dios, señor, mire usted que no tengo más que lo que llevo encima, ¡compadézcase usted de mí! Si es usted padre de familia como yo,

tome usted la mitad de lo que llevo y suélteme usted —y dejó caer en el suelo, un poco detrás de él, la mitad del dinero que llevaba—; tómelo usted todo y suélteme usted, aunque no cenemos esta noche —y dejó caer lo que le quedaba.

Pero por más que pedía por Dios, y por más que le salían del corazón sus lamentaciones, ¡nada! El sastre seguía tan sujeto y no tenía por respuesta una palabra. Al poco rato volvió a suplicar, pero inútilmente, y callando y suplicando, y volviendo a callar y a suplicar, llorando a lágrima viva y muriéndose de miedo, pasó el pobre sastre toda la noche, sin atreverse a volver la vista atrás ni a desembarazarse y soltar la capa y echar a correr.

Aquella noche se le hizo un siglo, pero, por fin, se acabó la noche, y el sastre todavía no estaba libre. Con la luz del día fue cobrando valor el atemorizado prisionero; ya no suplicaba, pues lo creía inútil, pero aún seguía inmóvil sin saber qué partido tomar. Ya llegó a ver el sol, que se asomaba por encima de un monte de su pueblo, y entonces, sacando el sastre fuerzas de flaqueza y haciendo de tripas corazón, se determinó a asomarse poquito a poco y con el más completo disimulo por encima del hombro izquierdo, a ver si podía ver qué cara tenía el desocupado criminal que tan tenazmente le sujetaba; pero por más que volvía la cabeza, y la volvía más cada vez, no podía vislumbrar hombre alguno. Empezó a mirar después por encima del hombro derecho, y ¡lo mismo! Miró con más resolución, se fijó bien, y vio ¡que se había enganchado la capa en una zarza! Entonces sí que el sastre se desemboza, saca las tijeras, y con la mayor entereza del mundo le pega a la zarza un tijeretazo, y dice a la vez, lleno de coraje:

—¡Lo mismo sería si fueras hombre!

42. LA JACA CORTA

Paquito Santa Cruz era un señorito sevillano que había sido invitado a una fiesta campera con derribo de reses. La víspera del día de la fiesta se fue a casa de Curro, *El Sabañón*, antiguo picador de toros, que ahora se dedicaba en Sevilla a alquilar caballos y dar lecciones de equitación.

Paquito le dijo a Curro que quería un caballo para el día siguiente, a las diez de la mañana, para pasar todo el día en el campo. Creyó Curro que podía abusar del nuevo cliente; empezó por decirle que ya tenía comprometidos todos los caballos y acabó por cederle su jaca, diciendo que no se la alquilaba a nadie, pero que a él se la iba a ceder, cobrándole tres duros por adelantado. Dio Paquito los tres duros sin regatear, Curro le dijo que

a las diez tendría la jaca preparada, y cuando Paquito abandonó el local, dijo Curro:

—¡Ya ha caído un primo!

Al día siguiente estaba poniéndose Paquito los zajones para ir a casa de Curro cuando entró una criada y le dijo:

—Ahí está un señor que quiere verle. Me ha dicho que le diga que es su amigo Pepe Luis, el dinámico.

—¡Hombre, Pepe Luis! ¡Que pase!

Se saludaron con un abrazo muy fuerte y empezó a hablar Pepe Luis muy deprisa, atropellándose las palabras unas a otras. Le contó que acababa de llegar a Sevilla, que al primero que había querido ver era a Paquito, que aquella misma tarde se iba a Utrera, que había venido de América con bastante dinero para dedicarse en España a negocios, que contaba con Paquito para socio industrial, que Paquito no tendría que poner más que su trabajo, que ganarían mucho dinero...

Y Paquito, viendo que no paraba de hablar, le interrumpió para decirle que se estaba arreglando para ir a una fiesta y que ya hablarían por la tarde.

—Déjate de fiesta campera —dijo Pepe Luis—, que lo que tenemos que hablar es más importante. Ya irás a otra tienta con becerros nuestros, no te apures.

—El caso es que ya me tiene preparada la jaca Curro, *El Sabañón*, y que, además, me ha cobrado tres duros.

—Pues vamos a ver a Curro y que te devuelva los tres duros.

—Eso es imposible. No conoces a Curro.

—Yo no conoceré a Curro, pero tú no me conoces a mí. Quítate los zajones y vamos a ver a Curro...

—Perdemos el tiempo.

—Tú calla. Vamos a ver a Curro, te da los tres duros y nos bebemos una botella de manzanilla a su salud mientras te explico que mi primer negocio es hacer una ganadería siendo tú mi apoderado. Conque, andando.

Salieron, siguió hablando sin parar Pepe Luis, y al ir a entrar en la casa de Curro le dijo a Paquito:

—Tú no hagas más que callar a todo lo que yo diga.

Entraron y saludaron.

—¡Buenos días!

—¡Buenos días! —contestó Curro, y a continuación dijo:— ¡Niño, sácate la jaca!... Aquí tiene usté la jaca...

Al aparecer el criado con la jaca, José Luis se hizo el sorprendido y exclamó:

—¿Pero ésta es la jaca que has preparao? ¡Esta jaca es corta!

—¿Cómo que es corta? —dijo Curro.

—Pues, nada, que es corta, y como es corta, pues eso, que es corta.

—Pero si la jaca es una pintura, de bonita que es, y aquí, al amigo, le pareció bien ayer cuando me la alquiló.

—Hombre, sí, la jaca es preciosa, eso es verdad. La jaca, como jaca, tiene usté razón que es una pintura de bonita, pero es corta. ¿Dónde tenías tú los ojos para alquilar esta jaca, hombre? Porque tú te montas en el galápago, está bien; yo me monto en la grupa, y voy superior, porque tiene las nalgas muy redondas; Frasquito se pone aquí delante, y ahora dime: ¿Dónde se monta Juan Manuel? ¡Digo! Y el niño de ninguna manera se puede montar.

A Curro se le acabó la paciencia y le interrumpió diciendo:

—Pero, ¿os habéis creído ustedes que mi jaca es una carroza de carnaval? Ahí van los tres duros y se acabó la historia. ¡Niño, llévate esta jaca!

Pepe Luis cogió los tres duros y dijo:

—Bueno, Curro; yo creo que aquí no ha habido ningún mal modo, porque la jaca es bonita como una pintura, y, vamos, un parecer mío nada más, que la jaca, para lo que la queríamos, vamos, Curro, usté me entiende, y sin ofender, pero la jaca es corta. Con Dios.

43. EL ZURRÓN

Un matrimonio tenía tres hijas, y una vez el padre les regaló un anillito de oro a cada una, porque eran unas niñas muy buenas y muy trabajadoras.

Un día fue la más pequeña, que era muy guapa, a lavar la ropa a una fuente que había muy cerquita del pueblo, y al ponerse a lavar se quitó el anillo y lo dejó en una piedra.

Cuando terminó de lavar cogió la cesta de la ropa y no se acordó de recoger el anillo.

Al llegar a casa vio que había dejado olvidado el anillo y se volvió corriendo a la fuente, miró en la piedra y allí no estaba el anillo. Pero junto a la fuente había un viejo, y ella le preguntó:

—¿Ha visto usté por aquí un anillito de oro?

Y contestó el viejo:

—Sí, yo lo tengo; pero si quieres que te lo dé te has de meter en este zurrón.

La niña, sin sospechar lo que le pudiera ocurrir, y con las ganas de volver a tener su anillo, se metió en el zurrón.

Entonces el viejo se cargó el zurrón a las espaldas, con la niña dentro, y se marchó camino adelante, pero en vez de ir hacia el pueblo de la niña se marchó hacia otro pueblo distinto.

Por el camino le dijo el viejo a la niña:

—Cuando yo te diga: «Canta, zurrón, o te doy un coscorrón», tienes que cantar dentro del zurrón —y ella contestó que bueno.

Y llegaron a un pueblo, y el viejo dijo a la gente que traía un zurrón que cantaba; conque se hizo un corro, el hombre recogió unas monedas antes de hacer cantar al zurrón y después dijo:

—¡Canta, zurrón, o si no te doy un coscorrón! —y la niña empezó a cantar:

Por un anillito de oro
que en la fuente me dejé,
dejé a mi padre y a mi madre
y en el zurrón moriré.

El viejo se fue a otro pueblo y volvió a hacer y a decir lo mismo.

Y luego llegó al pueblo de la niña y repitió a la gente que llevaba un zurrón que cantaba. Y la gente también formó corro, y le dieron unas monedas al viejo para oír cantar al zurrón.

Y dijo el viejo:

—¡Canta, zurrón, o si no te doy un coscorrón!

La niña cantó desde el zurrón:

Por un anillito de oro
que en la fuente me dejé,
dejé a mi padre y a mi madre
y en el zurrón moriré.

Pero resulta que en el corro de gente estaban las dos hermanas mayores de la niña y conocieron su voz, y entonces le dijeron al viejo que ellas le daban posada aquella noche en su casa para que cantase el zurrón delante de los padres de ellas.

El viejo no pensó más que en cenar y dormir de balde y se fue con ellas.

Le dieron de cenar y no le dieron vino en la cena, porque dijeron que no tenían, pero que al lado había una taberna con un vino muy bueno. El viejo se fue a la taberna y al momento sacaron a su hermanita del zurrón, que les contó todo lo que había sucedido, y luego se encerró en una habi-

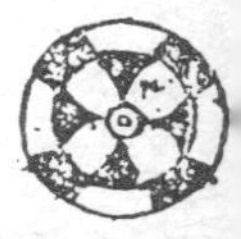

tación para que no la viera el viejo. Y metieron en el zurrón un perro y un gato.

Al poco rato volvió el viejo, y se acostó. Al día siguiente se marchó con su zurrón y salió camino de otro pueblo. Así que llegó anunció que llevaba un zurrón que cantaba, y lo mismo que otras veces, se formó un corro de gente y recogió unas monedas, y luego dijo:

—¡Canta, zurrón, o te doy un coscorrón!

Y como el zurrón no cantaba, repitió:

—¡Canta, zurrón, o te doy un coscorrón!

Y el zurrón no cantaba, y la gente empezó a burlarse del viejo.

Empezó a darle coscorrones al zurrón, se enfurecieron el perro y el gato, el viejo abrió el zurrón y saltaron el perro y el gato, tirándose a la cara del viejo. El perro le dio un mordisco en las narices, que se las arrancó; el gato le llenó de arañazos, y los del pueblo le dieron una paliza por haberse querido burlar de ellos.

44. LAS MONJAS DE SAN NICODEMUS

Había en un pueblo de Aragón un convento de monjas que tenía por santo patrón a San Nicodemus. Todo el pueblo decía San «Nicodemos» y las monjitas también.

Cuando se acercaba la fiesta del santo, las monjitas hacían una limpieza extraordinaria en la capilla. Limpiaban, fregaban y barnizaban todo de modo que la capilla quedaba hecha un ascua de oro. Y cuando llegaron a limpiar la imagen de San Nicodemus, que era de tamaño natural, vieron que tenía la cara tan llena de polvo, ahumada y de cagadas de moscas, que entre todas las monjitas cogieron la imagen y la metieron de cabeza en la pila de agua bendita para que se remojara y poderla limpiar mejor.

Al poco rato fueron a sacar la imagen y se le desprendió la cabeza, porque debía ser de cartón y se había deshecho en el agua.

Las monjitas empezaron a llorar amargamente y a exclamar:

—¡Ay, Dios mío! ¿Qué podemos hacer? ¡Ay, San «Nicodemos», protégenos! ¡Ay, qué desgracia!

Y llorando fueron a contar a la Madre Superiora lo que les había pasado.

La Madre Superiora, que era muy lista, les dijo:

—Con llantos no lo vais a arreglar. Lo que precisa es llamar inmediatamente al carpintero y que mañana jueves le ponga una cabeza nueva, el viernes lo traiga y el sábado se hace la fiesta.

Y fue el carpintero y se llevó la imagen de San Nicodemus descabezado dentro de un cajón.

Al día siguiente dejó todo lo que tenía preparado y a toda prisa se puso a tallar una cabeza, y tanto le cundió, que por la noche la tenía terminada completamente; tallada y pintada.

Fue el carpintero al convento y dijo a la Madre Superiora que ya le había hecho la cabeza a San Nicodemus, pero que no la llevaría hasta el día siguiente al anochecer, porque tenía que trabajar todo el día fuera del pueblo.

—Y además —dijo—, así se da tiempo a que se seque la pintura.

Al otro día el carpintero se marchó del pueblo, su mujer se fue a pasar el día con una hermana suya y la criada se quedó sola en la casa.

Conque a la caída de la tarde fue el novio de la criada y ella le dijo que estaba sola y que pasara. Y estaban tan entretenidos cuando notaron que alguien metía la llave en la cerradura de la puerta, pero no podía entrar porque estaba echado el cerrojo.

Entonces dijo la criada:

—¡Ay! Éste es mi amo. ¡Escóndete! ¡Mira, aquí!

Y sacaron deprisa a San Nicodemus del cajón y se metió en el cajón el novio.

El carpintero empezó a dar golpes en la puerta y salió la criada, desechó el cerrojo, entró el carpintero y se fue muy deprisa a coger el cajón para llevárselo a las monjitas.

Conque se cargó el cajón, le dijo a la criada que se iba a llevar el santo a las monjas, pero que volvía enseguida, y se fue hacia el convento.

El novio iba tan tieso dentro del cajón y había decidido hacerse el muerto hasta que encontrara ocasión para escaparse.

El carpintero decía por el camino:

—¡Caray, cómo pesa San «Nicodemos»!

Por fin llegó al convento y dejó el cajón en la portería, diciendo que tenía mucha prisa.

Conque se reunieron todas las monjitas para ver a su santo y la Madre Superiora les dijo que trasladaran el cajón al pie del altar para sacarlo allí. Pero una monjita muy devota del santo levantó un poco la tapa, porque tenía impaciencia de verle la cabeza nueva y se fijó que tenía unos bigotes como los de un guardia civil. Y dijo a la Superiora:

—¡Ah, Madre!, si el carpintero le ha puesto unos bigotes muy grandes y el nuestro no tenía bigote.

Y la Madre contestó:

—Pues eso lo arreglamos nosotras mismas. Tráete agua caliente y un cepillo fuerte.

Y fue la monjita y volvió enseguida y dijo:

—Ya está aquí el agua hirviendo.

Y en este momento se abrió el cajón, dio un salto San Nicodemus, salió corriendo a la calle y todas las monjitas echaron a correr detrás y le gritaban:

—¡Ah, San «Nicodemos»! ¡Ah, San «Nicodemos»! ¡Ven, que con bigote también te queremos!

45. EL PRÍNCIPE OSO

Un gran negociante tenía tres hijas, de las cuales la más pequeña era muy bonita.

Este negociante había empleado todo su capital en comprar un barco, que utilizaba para traer todo lo que adquiría de tierras lejanas. Un día, en lugar de llegar el barco, le llegó la noticia de que había habido una gran tempestad en el mar y que su barco se había ido seguramente a pique.

El hombre se quedó muy triste y pasó unos días muy amargos; pero un día apareció su barco en el puerto, sano, salvo y cargado de mercancías.

Lleno de contento se fue a recibir al barco y a vender el cargamento que traía. Al despedirse de sus hijas les preguntó qué querían que les trajera de regalo. La mayor pidió un vestido de seda, la mediana un mantón bordado y la pequeña dijo que le trajera una flor de lis.

El negociante logró vender muy bien toda la mercancía, compró el vestido de seda y el mantón bordado, pero no encontraba por ninguna parte flores de lis.

Ya se volvía a su casa, cuando vio desde el camino un huerto con multitud de flores y entró a preguntar si tenían flores de lis. Pero entró en el huerto, se asomó a la casa, llamó varias veces, se volvió al huerto y no pudo ver a nadie. Lo que sí vio fue un macizo de flores de lis, y como no veía a nadie, se decidió a coger una para llevársela a su hija pequeña.

Al coger la flor se le apareció un oso muy grande, que le dijo:

—¿Quién te ha dado permiso para coger esa flor?

El hombre le explicó que había entrado con intención de comprarla, que no había visto a nadie, después de recorrer el jardín un rato, que esa flor era un capricho de una hija suya y que desde luego le pidiera lo que quisiera por la flor, que se lo daría.

El oso le dijo:

—Llévate la flor, pero tráeme mañana mismo a tu hija.

Llegó el padre a su casa, dio los tres regalos a las hijas, pero le vieron tan triste que preguntó la mayor:

—¿Qué tienes, que estás tan triste? ¿Es por mí?

—No, no es por ti.

—¿Es por mí? —preguntó la segunda.

—No, no es por ti.

—Entonces, ¿será por mí? —dijo la pequeña.

El padre se quedó un rato callado, estuvo como pensando y por fin dijo que sí, que era por ella, y les contó lo sucedido en el huerto de las flores de lis.

La hija pequeña, para animar a su padre, dijo:

—No te preocupes. Mañana mismo vamos.

Estuvieron discutiendo mucho, pero el padre se convenció al ver el espíritu tan valiente de su hija, y al día siguiente se marcharon al huerto, llevando la muchacha su flor de lis.

Entraron en el huerto, lo recorrieron todo; entraron en la casa, la recorrieron toda, vieron que era una casa magnífica, con muebles muy bonitos en todas las habitaciones, con armarios llenos de ropas, vajillas y una porción de cosas, pero no vieron a nadie.

La muchacha dijo a su padre que se fuera, que ella se quedaba allí a vivir y a convencerse de si el oso era verdad o era un sueño.

Dejó el padre a su hija, y la muchacha volvió a recorrer despacio toda la casa y todo el jardín.

Cuando llegó al macizo de las flores de lis, oyó unos quejidos muy suaves, se puso a observar y descubrió que en el suelo, entre las plantas, estaba el oso moribundo.

—¿Qué tienes? ¿Estás malo? ¿Cómo puedo curarte?

El oso miró, con mirada de angustia, las plantas de flor de lis, luego miró del mismo modo la flor de lis que llevaba la muchacha y ésta comprendió que no debía su padre haber arrancado la flor y fue a ponerla otra vez en la planta.

Entonces el oso se levantó transformado en un joven muy alto y muy guapo que le dijo que era un príncipe encantado, que ella le había desencantado y que si se quería casar con él.

Se fueron juntos a la casa, empezaron a salir criados por todas partes; en un salón que tenía una capilla estaba el cura preparado para casarlos y fueron criados a avisar a las familias del Príncipe y de la muchacha.

Aquel mismo día se casaron y vivieron muy felices.

46. LAS JUDÍAS

Dos mozos aragoneses, baturros, clásicos, que atendían por Felipe y Valero, estaban cargando el último saco de trigo en una era y comentaban con satisfacción la cosecha extraordinaria que había habido aquel año.

—Doscientas tres fanegas han salido, cincuenta más que el año pasao. Como que le he prometido a la Virgen —dijo Felipe— irme este año a las fiestas del Pilar a Zaragoza, a divertirme.

—Pues sí que te lo va a agradecer la Virgen —le dijo Valero con un poco de sorna.

—No seas borrico, yo voy siempre como se debe ir, con la verdá por delante. ¿Qué quieres, que le prometa, como otros, ir a hacerle una visita y luego van de compras, negocios y diversiones? Yo no, yo le digo que voy a divertirme, y ya sabe Ella que mi primera diversión es oírle una misa de rodillas y luego adorar el Pilar, que aunque no sea más que por el olorcico que tiene a almizcle, da gusto pasar tres o cuatro veces. Y eso a mí la Virgen me lo agradece más que a esos que la quieren engañar, y no la engañan.

—¿Pues sabes que tienes razón y que estoy pensando hacerle la misma promesa y que vayamos juntos?

—Bueno, pues ya nos pondremos de acuerdo cuando llegue el día. Ahora vamos a llevarle al amo las veinte fanegas de la renta.

Pasaron cerca de dos meses y le dijo Felipe a Valero:

—Mañana me voy a Zaragoza. ¿Tú estás en venir, o qué?

Contestó Valero que sí, y al día siguiente, cada uno con sus alforjas, se encontraron en la estación, un cuarto de hora antes de que llegara el tren que los llevara a Zaragoza.

Desde la estación del Arrabal se fueron a la posada de las Almas, dejaron las alforjas y se encaminaron al Pilar, donde oyeron misa con devoción, luego adoraron el Pilar y se fueron a ver los escaparates de las tiendas de la calle de Alfonso y las de los porches del Paseo. Se subieron hasta Torrero y se volvieron a la posada.

Allí comieron una sopa de fideos muy sustanciosa, un cocido magnífico con chorizo, tocino, jamón, rabo de cordero y gallina, medio pan de cinta cada uno y un cuartillo de vino. ¡Qué bien que comieron!

Por la tarde fueron al Arrabal a recordar sus tiempos de soldado en el cuartel de San Lázaro, se marcharon por el soto de Almozara, donde había miles de personas sentadas en grupo merendando o jugando, se gastaron una perra gorda en pasar la barca, se entretuvieron en el Mercado, parándose en todos los puestos, y se presentaron en la posada.

¡Qué bien cenaron y qué a gusto! Unas judías blancas estofadas, un gran trozo de cordero asado, medio pan de cinta y un cuartillo de vino.

Al acabar de cenar se echaron a la calle, se dirigieron hacia el Coso, viendo las iluminaciones y los escaparates, comentando todas las cosas bonitas que tenían los comercios de Zaragoza.

Andando, andando, llegaron frente al Teatro Principal; leyó Felipe: «Inauguración de la Compañía Dramática...» y le dijo a Valero:

—¿Quiés que entremos?

—Hombre, por mí, sí.

—Pues vamos.

Y se acercó Felipe a la ventanilla del despacho de billetes y pidió dos entradas de paraíso.

—Tomen ustedes, las dos últimas son, hace un momento que ha empezao.

Subieron las escaleras hasta el último piso y un acomodador les cogió las entradas y les dijo:

—Un poquico tarde vienen ustedes. El teatro está lleno de bote en bote y no van a poder estar ustedes juntos. Póngase usted ahí —indicó a Valero señalando un hueco en la tercera fila—. Y usté —dijo a Felipe—, suba allá arriba, que hay un poco de hueco. Un poco apretaos van a estar, pero qué se le va a hacer.

Y cada uno se colocó donde les había señalado el acomodador.

Se estaba representando un drama truculento, que desde las primeras escenas tenía impresionado al público.

El pobre Valero estaba verdaderamente molesto, porque los de los lados le clavaban los codos, el de detrás le clavaba las rodillas en la espalda y el de delante se le echaba encima. Estaba casi para romper a sudar, cuando se le ocurrió pensar cómo estaría Felipe.

Dirigió la vista hacia donde estaba su compañero y se quedó asombrado al ver que estaba muy ancho, sin que le molestara ningún vecino de localidad, y olvidándose de que estaba en el teatro, le gritó:

—¡Maño, Felipe, qué suerte tienes! ¡Qué ancho estás!

Y contestó Felipe:

—¡Quiá, si no es suerte! ¡Es que me se han repetido las judías!

47. EL AGUINALDO

Unos niños muy pobrecitos iban por un monte en un día víspera de Reyes, y, cuando ya se les echó la noche encima, se encontraron con una señora que les dijo:

—¿Adónde vais tan tarde y con tanto como hiela? ¿No conocéis que os vais a morir de frío?

—Vamos a esperar a los Reyes, a ver si nos dan aguinaldo.

—Y, ¿qué necesidad teníais de separaros tanto de vuestra casa? No teníais más que haber puesto los zapatitos en el balcón y haberos acostado tranquilamente en vuestra camita.

—Si nosotros no tenemos zapatos, ni en nuestra casa hay balcón, ni tenemos más camita que un saco de paja... Además, el año pasao pusimos las alpargatas en la ventana y se conoce que los Reyes no las vieron.

La señora les preguntó si tendrían inconveniente en llevar una carta a un palacio, y los niños dijeron que no tenían ningún inconveniente, y ella dijo:

—Pues ésta es la carta —y se la dio.

Les dijo por dónde habían de ir para encontrar el palacio y les advirtió que tendrían que pasar muchos ríos que estaban encantados y andar por muchos bosques que estaban llenos de fieras.

—Los ríos los pasaréis muy bien —les decía—; no tenéis más que dejar la carta en el río, poneros de pie en la carta y la misma carta os pasará a la otra orilla. Para andar por los bosques, tomad todos estos pedacitos de carne que llevo aquí, y cuando encontréis alguna fiera, echadle un pedacito de carne y os dejará pasar. En la puerta de palacio encontraréis una culebra; no le tengáis miedo; echadle este poquito de pan y no os hará nada.

Cogieron la carta, la carne y el pan y se despidieron de aquella señora.

Al poco rato llegaron a un río de leche, después a un río de miel, después a un río de vino, después a un río de aceite, después a un río de vinagre, y aunque todos eran muy anchos y muy profundos, todos los pasaron con la mayor facilidad, como la señora les había dicho, dejando la carta en el río y poniéndose de pie encima de la carta. Luego empiezan a encontrar bosques y de cuando en cuando les salía una fiera que parecía que los iba a devorar; tan pronto un lobo, tan pronto un león, tan pronto un tigre, en fin, muchas fieras, con la boca abierta, los ojos encendidos y una cara de muy mal genio; pero a todas las aplacaban echándoles pedacitos de carne, y así podían continuar su camino.

Después de medianoche ya llegaron a ver el palacio, y en cuanto se acercaron a la puerta se les puso delante una serpiente muy gruesa y muy larga, que quería enroscarse al cuerpo de los niños; pero le echaron pan y no les hizo nada. Entraron en el palacio y salió a recibirlos un criado negro, vestido de colorado y verde, con muchos cascabeles que sonaban al andar; le entregaron la carta y el negro empezó a dar saltos de alegría y fue a llevársela en una bandeja de plata a su señor.

El señor era un Príncipe que estaba encantado en aquel palacio, y en cuanto que cogió la carta se desencantó; así es que salió tan contento a ver a los niños y les dijo:

—¡Ay, niños! ¡No sabéis qué favor tan grande me habéis hecho! Yo soy un Príncipe que estaba encantado, y ahora ya me habéis desencantado con la carta. Venid, venid.

Y los llevó de la mano a un salón donde había quesos de todas clases, y requesón, y jamón en dulce, y otras muchas golosinas, para que comieran de todo lo que quisieran. Después los llevó a otro salón, donde había huevos hilados, yemas de coco, peladillas, pastelillos de muchas clases y otras muchas cosas de confitería y pastelería, para que cogieran lo que más les gustara. Después los llevó donde había caballos grandes de cartón, escopetas, sables, aros, trompetas, tambores y otros muchos juguetes, y se los dio todos. Luego les dio muchos besos y abrazos y les dijo:

—¿Veis este palacio? ¿Veis qué salones tan magníficos? ¿Veis cuántas alhajas de oro y piedras preciosas? ¿Veis cuánto dinero? ¿Veis qué jardines tan grandes y tan hermosos? ¿Veis qué coches de tanto lujo y qué caballos tan soberbios?... Pues todo os lo regalo. De aguinaldo os lo doy. Vamos ahora en un coche a buscar a vuestros padres y a los míos para que se vengan a vivir con nosotros.

Los criados engancharon dos coches y se fue el Príncipe con los niños a buscar a los padres. Todo el camino era carretera muy ancha y muy bien cuidada; ya habían desaparecido los bosques con sus fieras y los ríos con sus encantos.

Enseguida volvieron todos tan contentos y vivieron muy felices.

48. LAS PUCHES

Éstos eran unos pobres estudiantes que iban de noche y lloviendo por un camino, cuando quiso Dios que llegaran a una venta y llamaron a la puerta todo lo fuerte que pudieron. Los venteros oyeron llamar; pero como eran ya muy viejecitos, no querían incomodarse y no hicieron caso.

Volvieron a llamar los estudiantes y dijo el ventero:

—¿Quién será?

Y la ventera dijo:

—Que sea quién sea; no vayas a ver, que te constiparás.

Llamaron otra vez y el viejo dijo:

—Voy a ver.

Se asomó a la ventana y dijo:

—¡Quién!

Y los estudiantes dijeron:

—Tres pobres estudiantes que venimos chorreando agua.

—¡No les abras! —gritó la vieja— ¡Uy, estudiantes! ¡Buena tropa son todos ellos! ¡Si son el demonio!

Los estudiantes, que lo oyeron, dijeron:

—Por Dios, ábranos usté, que estamos muy mojadicos y va a estar lloviendo toda la noche. Métanos usté aunque sea en el pajar.

El viejo se compadeció y dijo:

—Voy a abrirles.

Y, por más que la vieja se desesperaba temiendo que le jugaran alguna mala pasada los estudiantes, encendió el candil, bajó y les abrió. Entraron tan contentos y tan agradecidos y el viejo los llevó al pajar. Se envolvieron bien entre la paja, y el ventero, dejándoles a oscuras, se fue a la cama con su mujer.

Los estudiantes, que sentían más el hambre que la mojadura, dijeron:

—Mala noche nos espera.

Y uno dijo:

—¿Vamos a ver si los viejos tienen algo de comer por la cocina?

—Y otro dijo:

—Vamos.

Y el otro:

—Pues yo aquí me quedo. Ni siquiera vais a encontrar la cocina, no habiendo luz por ninguna parte.

—Eso no, el olfato nos lo dirá.

Fueron los dos a tientas, oliendo, hasta que dijeron:

—Ya hemos llegao.

Empezaron a tentar por allí, tocaron la mesa, abrieron el cajón a ver si había algún pedazo de pan, pero no había más que cuchillo; tentaron por el hogar y tocaron una gran sartén tapada, la destaparon, metieron los dedos y dijeron:

—¡Puches! Esto es que las han dejao aquí, hechas ya, para mañana.

Fueron al cucharero, cogieron dos cucharas y se pusieron a comer puches hasta que no pudieron más.

Entonces dijo uno:

—Hombre, vamos a llevarle al compañero las que quedan.

Y cogió la sartén. Pero equivocaron el camino; en vez de ir al pajar, fueron a parar a la alcoba de los venteros y, como dormían en un jergón con mucha paja, los estudiantes oían el ruido de la paja y creían que estaban en el pajar; así es que empezaron a dar empujones a la vieja, tomándola por su compañero, y le decían:

—Toma puches, ¡vamos, toma puches!; ¡chico, toma puches! ¿No te despiertas? ¿No las quieres?, pues ¡toma! —y le volcaron la sartén encima.

La vieja, que estaba bastante destapada, se despertó; notó que se le enfriaban las posaderas, se tentó, y como tocó blando, empezó a despertar a su marido, diciéndole:

—Chico, ¿qué has hecho? ¡Tú te has puesto malo! ¡Muchacho!, vamos, ¿qué cochinería has hecho?

Los estudiantes conocieron que se habían equivocado, y se fueron callandito al pajar a llamar a su compañero para marcharse los tres a escape.

El viejo, que había cogido muy bien el sueño, decía:

—Estate quieta.

—Sí, buena me has puesto.

—Déjame dormir.

—¡Qué te he de dejar! ¡Enciende!

—Si no llaman.

—Si es que me has ensuciado toda. Enciende el candil. Vamos, enciende. Toma; tienta y verás.

—Habrás sido tú y me echas la culpa a mí.

—Tú has sido.

—En tu lao está.

Encendió el viejo, miran a ver y estaba la pobre vieja hecha una lástima. Siguieron disputando los dos sobre cuál había sido, hasta que el viejo dijo:

—Pero, ¿y esa sartén? ¡Si son las puches!

—¡Ya te lo decía yo! ¿Ves?, ¿ves? ¡Esto ha sido que han entrao aquí los estudiantes! ¡Anda, corre y mátalos!

La vieja se limpió lo mejor que pudo, quitó la sábana, sacó otra limpia, y mientras tanto el viejo cogió una tranca y se fue derecho al pajar a poner más blandos que brevas a los estudiantes; pero... sí, búscatelos; a saber dónde estarían ya.

El viejo se volvió tan desconsolado a la cama, y colorín colorado, mi cuento ya se ha acabado.

49. EL AJUSTE DE CUENTAS

Éste era un tío palurdo, trapisondista, tramposo, mal pagador, con más conchas que un peregrino, y el tal, valiéndose de sus mañas y sin tener con qué responder, en veces y vegadas le fue sacando dinero a un buen señor de carrera y todo, hasta una cantidad muy respetable. Ya llegó un

tiempo en que el prestamista se cerró a la banda y no quiso prestarle más; el otro trataba de convencerle poniéndole de manifiesto la necesidad que tenía de unos cuantos duros para embasurar y sembrar, o para segar, o para otras atenciones urgentes y ofreciéndole rédito para en adelante; pero... ni por ésas.

El señor aquel, viendo que no podía recobrar su dinero, fue concediendo al deudor plazos y más plazos para que pagara lo que debía, y además de no cobrarle interés, ni añadir el interés al capital prestado, le daba facilidades para liquidar, instándole a que solventara la deuda poco a poco.

—Vete por casa cualquier rato —le decía—, y ajustaremos cuentas; mira que cuenta ajustada, medio pagada.

Buenas palabras sí que daba el cazurro; prometer sí que prometía pagar cuando vendiera el trigo, cuando vendiera las uvas, cuando vendiera el aceite, cuando se le muriera la suegra; pero lo que es pagar, ni por pienso.

Ya iba el acreedor desconfiando de cobrar y dando la trampa por perdida, cuando un día se le presenta el hombre y, después de saludarle muy cortésmente, le dice:

—Vengo a que me ajuste usté la cuenta.

Chasqueado se encontró el don fulano, porque no esperaba visita tan placentera, pero, serenándose pronto, dijo:

—Hombre, bien; me parece muy bien; voy al momento, que tú ni siquiera llevarás nota de lo que has tomado.

Y miró en un libro donde tenía asentadas y sumadas todas las partidas y enseguida dijo:

—Tanto es lo que me debes. ¿Me lo vas a pagar ahora?

—No tardaremos mucho en quedarnos en paz.

—Así sea, hombre; ya tengo gana de que desaparezca entre nosotros ese motivo de malestar; además que, correspondiendo, tú mismo te abres otra vez la puerta para cualquier cosa que se te ocurra.

—Ea, pues descuide usté, que de aquí a pocos días ya no le deberé nada. Hay quien dice que pa morir y pagar, siempre hay lugar, y también hay quien dice: cobra y no pages, que somos mortales; pero yo lo que digo es que el que paga descansa.

—Y vas bien, ésa es buena máxima.

—Hasta otro día.

—Hasta otro día.

Tan bien impresionado quedó el acreedor con esta entrevista, que no sólo se figuró que el cobro era ya cosa completamente segura, sino que estuvo dispuesto a complacer al deudor, si el deudor se atrevía a pedirle algún pico más.

Pues, señor, pasó una semana y el deudor no se dejó ver; pasó una quincena y tampoco, pasó un mes y lo mismo; y cuando ya volvía a desconfiar el acreedor, se presenta de nuevo el deudor con la cara muy alegre y dice:

—Vengo a que me ajuste usted la cuenta.

—¿Te chanceas conmigo? Yo creía que venías a pagarme.

—No me chanceo, vengo a pagar.

—Bien, bien; me alegro mucho; pero como hace poco más de un mes viniste a que te ajustara la cuenta y ya te la ajusté, me extrañaba que ahora vinieras con las mismas. Qué, ¿has perdido la apuntación o qué?

—Aún la conservo en la memoria; pero ajústeme usté otra vez la cuenta.

Todo lo más que el buen señor se malició que el rústico aquel querría era ver si el acreedor estaba bien seguro del importe de la deuda, comparando lo que antes le había dicho con lo que ahora le dijera; así es que sin inconveniente ninguno volvió a mirar en su libro de cuentas y dijo:

—Tanto es lo que me debes.

—¡Bay! pues ya estamos en paz.

Aún se esperó un poco don... Cándido (digo yo que se llamaría) a ver si el tío tuno, ¡cuidado que era tuno!, se echaba mano al bolsillo para sacar el dinero, y cuando vio que estaba tan tranquilo el hombre y que ya se disponía a despedirse y marcharse, dijo:

—¿Cómo en paz?

—Sí, señor, ya estamos en paz. ¿No me dijo usté mismo que cuenta ajustada, medio pagada? Pues ya he venido a que me la ajuste usté dos veces.

50. EL CESTO

Ésta era una solterona que se pasaba en la iglesia las horas muertas... ¡Claro!, sin marido y sin hijos ni codijos a quien cuidar, sin verse precisada a ganar el pan nuestro de cada día, porque sus padres le habían dejado algo qué y sin tener al mundo grandes aficiones, ¿qué había de hacer?, pensar en la salvación eterna y dedicar al rezo horas y más horas.

Todas las mañanitas, muy de madrugada, se tomaba su chocolatito, ponía su comidica, agarraba la mantilla y el rosario y se encaminaba a Santo Domingo. Allí se estaba oyendo misas, y reza que te rezarás, hasta bien dadas las doce... y, con más ganas de quedarse que de marcharse, se marchaba a comer. Comía deprisa y corriendo, dejaba su cenica preparada y ¡otra vez a rezar! hasta que cerraban la iglesia.

Era con mucho la más rezadora del barrio y siempre estaba en la iglesia con gran devoción, pasando largos ratos como ensimismada, y llegando en su fervor hasta el arrobamiento. Bien la conocían cuantos frecuentaban la iglesia, y no sólo de vista, sino que sabían de qué vivía y que tenía Victoria por nombre: unos la llamaban «Vitoria» a secas, y otros «siñá Vitoria», según la relación que con ella tenían. Victoria... ni ella misma sabía que se llamaba Victoria. Y no hace falta decir que uno de los que más conocían a la tal Victoria era el sacristán de Santo Domingo.

Como que llegó a ser la pesadilla del sacristán, pues no había día que no tuviera que estar a última hora haciendo ruido con las llaves para que Victoria se levantara y se fuera y diciendo por fin: «¡Que se va a cerrar!, ¡que se va a cerrar!», hasta que lograba ahuyentarla y cerraba de veras.

Ya llegó el sacristán a cansarse de tanto aviso y tuvo paciencia por mucho tiempo; pero debía de haberla tenido siempre y el caso es que la perdió. La verdad es que hay algunos sacristanes que son el demonio y no tienen respeto a los santos ni a nada, ni se acuerdan cuando están en la iglesia de que están en lugar sagrado, y el sacristán de Santo Domingo, aunque no era de mal natural, y bastante lo demostró aguantando tanto tiempo a la tal Victoria, fue tentado al fin por Satanás y no pudo resistir la tentación.

Concibió la malhadada idea de escarmentar a la santurrona y la realizó de la manera más chusca y más original del mundo. Llevó un día a la iglesia un cesto de dos asas y una cuerda muy larga y muy fuerte, y a última hora, cuando hacía mucho tiempo que Victoria estaba sola en la iglesia, se subió el maldito a la media naranja con su cesto y su cuerda y lo ató bien por las dos asas.

Victoria estaba entonces orando y extasiada o poco menos y el sacristán principia a dar cuerda. Cuando ya estaba el cesto a medio bajar, empieza a cantar el sacristán, con voz ronca, con pausa y repetidas veces:

«Vitoria», «Vitoria»,
métete en el cesto
y sube a la Gloria.

A todo esto el cesto seguía bajando muy lentamente y Victoria, en cuanto oyó cantar, dirigió los ojos al cielo. Sin ver nada, se figuró que escuchaba no una voz, y ronca por añadidura, sino un coro de voces angélicas y nutrido, nutrido. Se figuró al momento que los ángeles, los querubines y los serafines la llamaban, por su nombre y todo, al trono de Dios para que subiera vestida y calzada a participar de su Gloria, y cuando vio

que efectivamente bajaba el cesto, ya no tuvo la menor duda, aguardó pacientemente a que el cesto bajara del todo, echó mano a la cuerda, y sin decir adiós al mundo y sin acordarse de nada ni de nadie se metió en el cesto y sus oídos se deleitaban con el mismo cántico:

«Vitoria», «Vitoria»,
métete en el cesto
y sube a la Gloria.

El sacristán, así que notó que ya estaba embarcada, comenzó a tirar de la cuerda para que el cesto fuera elevándose. Yo no sé qué pensaría hacer aquel condenado, Probablemente asustarla cuando la tuviera a mitad de la altura de la iglesia, el caso es que cuando había subido unos tres metros, a la vez que el sacristán repetía cantando:

...
y sube a la Gloria.

se arranca un asa del cesto, da un cuarto de vuelta el vehículo y cae la pobre Victoria al pavimento, poco menos que de cocota.

Escarmentada quedaría la infeliz, pero también escarmentaría el sacristán, que no había tenido intención de ocasionar un daño tan grande.

51. LA RUEDA DE CONEJOS BLANCOS

Un Rey tenía una hija muy bonita. La Reina había educado muy bien a la Princesa y había logrado que le gustara mucho hacer labor.

La habitación de la Princesa tenía un balcón que daba al campo. Un día se puso a coser en el balcón, cuando vio que venían siete conejos blancos que formaron una rueda bajo el balcón. Entusiasmada, mirando los conejos, se le cayó el dedal, lo cogió uno de los conejos con la boca y todos echaron a correr.

Al día siguiente volvió a ponerse a coser al balcón y a poco, vio que iban llegando los siete conejos blancos y que hacían la rueda. A la Princesa se le cayó una cinta, la cogió un conejo y todos echaron a correr.

Al otro día pasó lo mismo con las tijeras de costura.

Otro día se llevaron los conejos un carrete de hilo, otro día un cordón de seda, otro día un alfiletero, otro día una peineta, y ya no volvieron a aparecer los conejos.

A la Princesa le entró una pena tan grande que cayó enferma y se puso tan malita que sus padres creyeron que se moría. Los médicos confesaron que no sabían la enfermedad que tenía y el Rey mandó echar un pregón diciendo que la Princesa estaba enferma y que acudieran a verla las personas que tuvieran la confianza de curarla, ofreciéndoles, si era mujer, todo el dinero que quisiera, y si era hombre sin impedimento, darle a la Princesa en matrimonio.

Como es de suponer, fue mucha gente, pero todos fracasaron.

Un día salieron, de un pueblo próximo, una madre y una hija con ánimo de curar a la princesa, confiando en sus conocimientos de herboristería, a cuyo comercio se dedicaban.

Para ganar tiempo se fueron por un atajo y a la mitad del camino se pusieron a merendar para descansar y reponer sus fuerzas. Al sacar el pan se les cayó, bajó rodando por una loma y se metió en un agujero. Bajaron, corriendo detrás del pan, la pequeña loma, y al agacharse para cogerlo, vieron que aquel agujero comunicaba con una gran cueva que estaba iluminada por dentro. Observaron por el agujero y vieron una mesa con siete sillas. Poco después vieron que por el suelo andaban siete conejos blancos que se quitaron el pellejo y se convirtieron en Príncipes. Se sentaron alrededor de la mesa, en la que había unas cuantas cosas.

Y oyeron que uno de los Príncipes, cogiendo un dedal de la mesa, decía:

—Éste es el dedal de la Princesita. ¡Quién la tuviera aquí!

Y luego otro decía:

—Ésta es la cinta de la Princesita. ¡Quién la tuviera aquí!

Y otro:

—Éstas son las tijeras de la Princesita. ¡Quién la tuviera aquí!

Y así los siete, cada uno dijo su cosa.

Las dos mujeres se fijaron en que a poca distancia había una puertecita muy disimulada y emprendieron el camino a palacio.

Cuando llegaron y dijeron que querían ver a la Princesa para ver si la podían curar, las mandaron pasar.

Conque saludaron a la Princesa, que estaba acostada, y empezaron a decirle que ellas tenían en el pueblo una herboristería heredada de su padre y de su abuelo, luego le contaron el viaje que habían hecho para venir a verla y llegaron en su relato a contarle lo que habían visto en la cueva de los siete conejos blancos.

Entonces la Princesa se sentó en la cama y pidió que le trajeran un caldo. El Rey se puso muy contento porque era la primera vez que pedía de comer y entró a verla.

—Padre, ya me voy a curar. Pero me tengo que ir con estas señoras.
—Eso es imposible. ¡Con lo débil que estás!
—Pues no tengo otro remedio. Que nos lleven en coche.
Y se fueron las tres en un coche de palacio. A la mitad del camino se apearon del coche, porque la cueva estaba bastante retirada del camino, y ya empezaba a hacerse de noche.
Las dos mujeres le señalaron a la Princesa el agujero y la puertecita. Miraron por el agujero y por las rendijas de la puerta, pero no veían nada. Mientras tanto se iba haciendo de noche y ya estaban conformes las tres en volver al día siguiente a la misma hora que los vieron las mujeres, cuando se iluminó el interior de la cueva y vieron a los siete conejos que se quitaban el pellejo y se convertían en príncipes.
Y volvieron a repetir la relación desde el que empezaba:
—Éste es el dedal de la Princesita. ¡Quién la tuviera aquí!
Hasta el último, que decía:
—Ésta es la peineta de la Princesita. ¡Quién la tuviera aquí!
Entonces la Princesa dio un empujón a la puerta, entró y dijo:
—Pues aquí me tenéis.
Y escogió al más guapo y le dijo que se fuera con ellas, a ver a sus padres, y a los demás les dijo que quedaban invitados a la boda.

52. LOS LADRONES ARREPENTIDOS

Vivía en una ermita, no muy lejos del poblado, un ermitaño que sólo se alimentaba de lo que encontraba por el campo y se pasaba el día en oración.
Era un hombre que nunca había pecado, ni de obra ni de pensamiento, y Dios le premió haciendo que todos los días bajara un ángel y le dejara un pan en la ermita, cuando el ermitaño dormía.
Conque un día, que se había alejado bastante de su ermita, encontró en un camino a una pareja de guardas que llevaban conducido a un preso y el ermitaño dijo al que llevaban preso:
—Así os veis los hombres que ofendéis a Dios. La justicia os castiga y luego vuestra alma se la lleva el diablo.
Y Dios castigó al ermitaño por haber dicho el comentario que dijo contra el preso, que lo llevaban sin culpa alguna. Y en castigo no volvió el ángel a dejarle el pan.
Al día siguiente vio el ermitaño que el ángel no le había dejado el pan y adivinando que pudiera haber cometido alguna falta, rompió a llorar.

Y entonces se le presentó el ángel con un sarmiento seco y le dijo:

—Dios te castiga porque el preso que viste ayer era completamente inocente y tú le dijiste que había ofendido a Dios. Toma este sarmiento, que lo llevarás siempre contigo, y lo usarás de cabecera cuando duermas y no te perdonará Dios hasta que broten del sarmiento tres ramas verdes. Y vivirás de la limosna que te den, porque Dios no quiere que vivas más en esta ermita.

Y la ermita se hundió en ese momento y desapareció el ángel, y el ermitaño volvió a llorar con amargura.

El ermitaño iba de pueblo en pueblo pidiendo limosna, y cuando dormía se ponía el sarmiento de almohada.

Conque un día, después de andar y andar, se le hizo de noche sin encontrar ningún pueblo, pero vio una luz a lo lejos y se encaminó hacia ella para ver de cobijarse aquella noche.

La luz era de una cueva de ladrones. El ermitaño desde la puerta de la cueva dijo:

—¡Ave María!

Y salió una vieja que le preguntó qué quería. El ermitaño le dijo que no quería más que un rincón donde dormir. La vieja le aconsejó que se fuera, porque si venían los ladrones le maltratarían; pero ante la resignación del ermitaño se compadeció la vieja y le escondió en el fondo de la cueva, donde no le vieran los ladrones, porque nunca entraban allí.

Al poco rato llegaron los ladrones con sacos y talegos, porque aquel día habían hecho un robo grande, y llevaron los sacos a esconderlos al fondo de la cueva. Vieron al ermitaño, le cogieron y le llevaron donde la vieja.

El capitán de los ladrones preguntó:

—¿Qué hace aquí este hombre?

Y la vieja le contestó:

—Es un pobre de pedir limosna que venía pidiendo cobijo y yo le escondí, y mañana al hacerse de día se irá.

—¡Eso! ¡Y que al primer pueblo que llegue nos denuncie! ¡Vieja maldita! Pues ahora verás.

Y sacó un puñal para matar al ermitaño. La vieja entonces, llorando, dijo:

—¡Ay, Dios mío, no lo mates! ¡Que no dirá nada!

Y el ermitaño exclamó:

—Déjale que haga lo que quiera. ¡Será designio de Dios! Yo vivía en una ermita, tranquilo y apartado del mundo, dedicado a la oración, pero un día vi que llevaban detenido a un preso y le ofendí llamándole ladrón, siendo inocente, y Dios me castigó a andar por el mundo pidiendo limosna,

y no me perdonará hasta que no broten tres ramas verdes de este sarmiento. Podéis hacer de mí lo que queráis. Dios es justo y no pido más que se haga su voluntad.

Conque el capitán le dijo:

—Vuélvete a tu rincón y mañana, al rayar el día, te vas.

El ermitaño se fue a acostar sin decir una palabra y los ladrones se quedaron pensativos.

Y la vieja dijo:

—Si Dios le ha castigado nada más que por un mal pensamiento, ¿qué no hará con todos nosotros?

Los ladrones siguieron tan pensativos y sin atreverse a decir una palabra. El capitán les mandó acostarse a todos.

A la mañana siguiente, al clarear el día, fue el capitán a ver si el ermitaño se había ido y lo encontró muerto con el sarmiento a la cabecera y las tres ramas verdes que le habían brotado.

Llamó a los ladrones y les dijo que la partida quedaba deshecha y cada uno podía hacer lo que quisiera, porque él se había arrepentido de su vida al ver muerto al ermitaño y las ramas verdes del sarmiento.

Fueron todos los ladrones y la vieja donde el ermitaño, se arrodillaron y le rezaron y todos se arrepintieron.

Luego hicieron un hoyo en la entrada de la cueva, donde enterraron al ermitaño y al sarmiento, dejaron todo lo robado en la cueva y se marcharon cada uno por su lado, para no volverse a encontrar, y todos fueron ya buenos toda su vida.

53. JUAN SOLDADO

Juan Soldado venía de la guerra, camino de su pueblo, llevando su mochila a las espaldas y un pan de munición en la mochila.

En el camino le salió un pobre a pedirle limosna, y Juan Soldado, que era muy bueno, sacó el pan de la mochila y le dio medio pan.

Al poco rato le salió al encuentro otro pobre, que también le pidió limosna y sacó el medio pan que le quedaba, se lo dio y le dijo:

—Toma, ya soy más pobre que tú.

Entonces el pobre le dijo:

—Pues podemos ir juntos y repartir lo que nos den.

Se marcharon juntos, llegaron a un pueblo, allí se enteraron que un señor estaba enfermo y que había ofrecido mucho dinero a quien le curara.

El pobre dijo que iba a ver si le curaba y entró en la casa diciendo a Juan Soldado que se quedara a la puerta.

Subió el pobre a ver al enfermo, y como el pobre era San Pedro, le curó con tocarle solamente. El señor le dio doscientos reales, que en aquel tiempo eran mucho dinero.

Salió el pobre y le dijo a Juan Soldado que le habían dado doscientos reales; que con ellos iba a comprar un cordero, para comérselo entre los dos, y que lo que sobrara lo repartirían.

Compraron el cordero. Se fueron con él a una posada. Juan Soldado se ofreció a matarlo y asarlo, y el pobre dijo que, mientras tanto, se iba a dar una vuelta por el pueblo.

Juan Soldado mató el cordero, lo asó y se comió la asadura.

Cuando llegó el pobre preguntó si estaba ya asado el cordero; Juan Soldado dijo que sí, y se prepararon para comer. El pobre, que no vio la asadura, dijo a Juan Soldado:

—¡Oye!, ¿y la asadura?

Y éste contestó:

En el mes de enero
no tiene asadura
ninguna el cordero.

El pobre se sonrió y se calló. Comieron, y después de comer, dijo el pobre:

—Ahora vamos a repartir lo que queda del cordero y los tres duros que han sobrado. Uno para ti, otro para mí y otro para el que se comió la asadura.

Y dijo Juan Soldado:

—Entonces ese duro es para mí —y se lo guardó.

Después de esto, le dijo el pobre:

—Como tú ya te irás a tu pueblo, vamos a separarnos, y como yo sé que tú eres bueno, aunque te hayas comido la asadura, quiero concederte tres cosas.

—¿Quién eres tú para concederme tres cosas?

—Eso no te debe importar. Tú pídeme las tres cosas que quieras y te las concedo.

—Bueno, pues quiero una mochila que siempre que yo diga «¡A la mochila!» se meta lo que yo haya querido. Quiero un garrote que siempre que yo diga «¡Garrotazo y tente tieso!», empiece a dar palos y no acabe. Y quiero..., pues no se me ocurre otra cosa.

—¿Por qué no pides ir al Cielo?

—Porque me pienso que si no voy al Infierno, no me libraré de una temporada de Purgatorio.

—Pues, a ver, pídeme otra cosa.

—Un fusil que al dispararlo se quede siempre cargado.

—Concedidas las tres cosas. Que seas bueno y adiós.

Juan Soldado se encaminó hacia su pueblo y en el camino se encontró al Diablo.

—¡Hola, Juan Soldado! Hace tiempo que te ando buscando.

—¿Sí, eh? ¡A la mochila, garrotazo y tente tieso!

El Diablo, sin saber cómo, se encontró metido en la mochila, y el garrote empezó a dar garrotazos a la mochila sin parar. El Diablo no hacía más que quejarse y decir:

—Suéltame, por lo que más quieras, que yo te dejaré en paz.

—Espérate que quiero que veas lo que te guardo para postre.

Y empezó a tirar tiros, y tiró más de cincuenta.

—¡Suéltame ya, Juan Soldado! ¡Que no volveré a buscarte en la vida!

—Bien, pues márchate y no te olvides de mi mochila y mi garrote.

El Diablo salió de la mochila y se escapó.

Juan Soldado llegó a su pueblo, y vivió muchos años, y cuando le llegó su hora se murió, pero el cuento aún no se acabó.

Porque Juan Soldado se fue derecho al Infierno. El Diablo, que lo vio venir, exclamó:

—Cerrad la puerta, que como entre éste nos mata a todos.

Después se fue al Purgatorio, y allí le dijeron que bastante Purgatorio había tenido en la guerra.

Y, por último, se fue al Cielo, donde encontró en la puerta al pobre. Entonces supo que el pobre era San Pedro; le dijo que entrara y en el Cielo está Juan Soldado.

54. EL CRISTO DEL CONVITE

Vivían en un pueblo dos hermanas que se habían quedado viudas casi al mismo tiempo, una con dos hijos y otra con cuatro, todos pequeños.

La que tenía menos hijos era muy rica, y la que tenía más hijos no tenía ningún capital y se veía obligada a trabajar para poder mantenerse ella y sus hijitos.

Algunas veces iba a casa de la hermana rica a ayudar a hacer la limpieza o lavar, planchar y recoser la ropa, y recibía por sus servicios algunas cosas de comer.

Un día que estaban en casa de su hermana de limpieza general, encontraron en un desván un crucifijo antiguo, muy sucio de polvo, y dijo la hermana rica:

—Llévate este Santo Cristo a tu casa, que aquí no me hace más que estorbar, y yo tengo uno más bonito, más grande y más nuevo.

Conque la hermana pobre, al terminar su trabajo, se llevó a su casa algunas cosas de comer y el Santo Cristo. Una vez en su casa, hizo unas sopas de ajo, llamó a sus hijos para cenar y les dijo:

—Mirad qué Cristo más bonito me ha dado mi hermana. Mañana lo colgaremos en la pared, pero esta noche lo dejaremos aquí, en la mesa, para que nos ayude y nos proteja.

Al ir a ponerse a cenar, dijo la mujer:

—Santo Cristo, ¿quieres cenar con nosotros?

El Santo Cristo no contestó, y se pusieron a cenar.

En ese momento llamaron a la puerta, salió a abrir la mujer y vio que era un pobre que pedía limosna. La mujer fue a la mesa, cogió el pan para dárselo al pobre y dijo a sus hijos:

—Nosotros, con el pan de las sopas tenemos bastante.

Al día siguiente clavaron una escarpia en la pared, colgaron el Santo Cristo, y cuando llegó la hora de comer dijo la mujer antes de empezar:

—Santo Cristo, ¿quieres comer con nosotros?

El Santo Cristo no contestó, y en éstas que llaman a la puerta. Salió la mujer y era un pobre que pedía limosna. Conque fue la mujer, cogió el pan que había en la mesa, se lo dio al pobre y les dijo a sus hijos:

—Nosotros tenemos bastante con las patatas, que alimentan mucho.

Por la noche, al ir a cenar, hizo la mujer el mismo ofrecimiento:

—Santo Cristo, ¿quieres cenar con nosotros? —y el Santo Cristo no contestó.

Llamaron a la puerta, salió a abrir la mujer y era otro pobre que le pedía limosna. La mujer le dijo:

—No tengo nada que darle, pero entre usted y cenará con nosotros.

El pobre entró, cenó con ellos y se marchó muy agradecido.

Al día siguiente la mujer cobró un dinero que no pensaba cobrar y preparó una comida mejor que la de ordinario, y al ir a empezar a comer, dijo:

—Santo Cristo, ¿quieres comer con nosotros?

El Santo Cristo habló y le dijo:

—Tres veces te he pedido de comer y las tres veces me has socorrido. En premio a tus obras de caridad, descuélgame, sacúdeme y verás el premio. Quédatelo para ti y para tus hijos.

La mujer descolgó el Santo Cristo, le sacudió encima de la mesa y de dentro de la cruz, que estaba hueca, empezaron a caer onzas de oro.

La pobre mujer, aunque ya era rica, no quiso hacer alarde de su dinero; pero le contó a su hermana, la rica, el milagro que había hecho el Santo Cristo.

La rica pensó que su Santo Cristo era todo de plata, muy reluciente, más bonito y de más valor, y que si le convidaba le daría más dinero que a su hermana.

Conque a la hora de comer, dijo la rica al ir a empezar:

—Santo Cristo, ¿quieres comer con nosotros?

Y el Santo Cristo no contestó.

En ese momento llamaron a la puerta, salió a abrir la criada y vino ésta a decir:

—Señora, en la puerta hay un pobre.

Y contestó la rica:

—Dile que Dios le ampare.

Por la noche, al ponerse a cenar, dijo también:

—Santo Cristo, ¿quieres cenar con nosotros?

Y el Santo Cristo no contestó.

Entonces llamaron a la puerta, salió la criada y entró diciendo que era un pobre. Y dijo la rica:

—Dile que no son horas de venir a molestar.

Al día siguiente, cuando se pusieron a comer, volvió a decir:

—Santo Cristo, ¿quieres comer con nosotros?

Y el Santo Cristo no contestó.

Llamaron a la puerta y fue la misma rica y vio que era un pobre, y le dijo:

—No hay nada, vaya usted a otra puerta.

Llegó la noche, se pusieron a cenar, y dijo la mujer:

—Santo Cristo, ¿quieres cenar con nosotros?

Y el Santo Cristo contestó:

—Tres veces te he dicho que sí, porque convidar a los pobres hubiera sido convidarme a mí, y las tres veces me lo has negado, de modo que espera pronto tu castigo.

Y aquella noche se le quemó la casa entera y perdió todo lo que tenía. Y se fue a casa de su hermana, y la hermana pobre y buena se compadeció y le dio la mitad de todo lo que le había dado el Santo Cristo.

55. EL ALCALDICO

En un pueblo nombraron alcalde un año a un tipejo de esos chiquitines, rabiscosillos, hinchadotes, llenos de vanidad, que, como no valen nada y quieren aparentar que valen mucho, siempre están sospechando que las gentes los tienen en poco y no pueden sufrir la broma más ligera ni del más íntimo de sus amigos.

Él se tenía por todo un señor alcalde de tomo y lomo, pero en el pueblo no había quien le tuviera por tal cosa; al contrario, como era tan chiquitín, le llamaban todos «el alcaldico».

Por supuesto, le decían «alcaldico» por detrás, y eso ya se lo sospechaba él, y aún decía que maldito lo que le importaba, pues ya sabía que por detrás al Rey le llaman «cornudo». En su presencia todos le decían «señor alcalde», y era tanto lo que se esponjaba, tan hueco y tan blando se ponía, que con decirle «señor alcalde para arriba, señor alcalde para abajo», ya se conseguía de él cuanto se quisiera. Y eso que tenía tan malas pulgas, que hubiera sido capaz de ahorcar a quien le hubiera llamado por su nombre (que ya no consentía que le dijeran Fulano ni don Fulano), y a quien le hubiera dicho «alcalde» a secas, cuánto más a quien hubiera osado llamarle «alcaldico».

Pues, señor, un día, estando de merienda unos cuantos del pueblo, hablaron de lo fiero que era el alcaldico, del empeño que tenía en que le habían de llamar «señor alcalde» y de lo impropio que era llamarle «señor alcalde» a semejante tipo; y uno de los que más animados estaban dice:

—Yo me comprometo a decirle «alcaldico» al señor alcalde.

—¿En su cara?

—En su cara.

—A que no.

—Y más de una vez.

—A que no.

—Y más de dos veces.

—Y, ¿delante de testigos?

—Delante de testigos.

—¡Qué barbaridad! Y, ¿sabes a qué te expones?

—A nada; a divertirnos todos los que estamos presentes.

—¿Cuánto va a que no le dices «alcaldico»?

—Una buena merienda para todos los que estamos aquí... ¡Y para el alcaldico! Que también merendará con nosotros. Y cuando estemos merendando le he de decir «alcaldico» más de veinte veces.

—¿Va la merienda?

—Va la merienda.

El valiente que había apostado a llamar «alcaldico» al señor alcalde fue preparando las cosas de manera que, a puro de adular al señor alcalde, consiguió de su señoría que le otorgara la merced de aceptar un convite, y el convite era la merienda de que había hablado con sus amigos. Queda con el señor alcalde en el día en que había de merendar, avisa a todos los que habían de acudir, dispone una buena merienda, se reúnen todos sin faltar uno, y el de la apuesta se llenaba la boca de «señor alcalde» que era un gusto.

—Usté aquí, señor alcalde, en la presidencia; pues no faltaría más, señor alcalde; siéntese usté, señor alcalde; primero usté, señor alcalde; no, ésa no, señor alcalde, que es pequeña; este sillón es para usté, señor alcalde —y «señor alcalde por aquí» y «señor alcalde por allá», y a cada momento estaba con el «señor alcalde» en la boca.

Los de la merienda decían para su capote: «Esto va bueno, ya no le puede decir "alcaldico", con tanto como le pone de "señor alcalde"; pierde la apuesta, y la merienda es buena de verdá; le va a costar su valentía más de veinte duros». Y se chupaban los dedos de gusto al ver que iba a quedar mal el atrevido que la había echado de tan valiente.

Estaban todos tan entusiasmaddos comiéndose una gran fuente de judías con chorizo, que era el primer plato de la merienda, cuando el hombre aquel que estaba tan a vueltas con el «señor alcalde», y que no cesaba de animarle a comer, empezó a mojar pan en el caldo de las judías, que estaban muy bien aderezadas, y dijo con la mayor naturalidad dirigiéndose al señor alcalde:

—Al caldico, al caldico. Al caldico, señor alcalde, que está muy bueno. Al caldico, al caldico, al caldico.

Y él moja que moja.

—Al caldico, al caldico. Y ahora un traguico. ¡A beber todos! ¡Que beba primero el señor alcalde!

Beben todos y enseguida vuelve con las mismas:

—Al caldico, al caldico...

Todos se desternillaban de risa, menos el señor alcalde, que no quería perder la gravedad propia del cargo, y que ya estaba dándole vueltas a la cabeza sospechando que le hubieran armado alguna entruchada. Y el otro, tan impertérrito:

—¡Al caldico, al caldico, al caldico! ¡Al caldico!

Y ganó la apuesta.

56. EL RATONCITO PÉREZ

Estaba una cucarachita barriendo la calle delante de la puerta de su casa y se encontró un ochavito.

Lo cogió y se dijo:

—¿Qué compraré con este ochavito? ¿Me compraré avellanas? No, no, que son golosina. ¿Me compraré caramelos? No, no, que son más que golosina. ¿Me compraré alfileres? No, no, que me puedo pinchar. ¿Me compraré cintitas de seda? Sí, sí, que me pondré muy guapa.

Conque la cucarachita se compró cintas de seda de varios colores, se hizo con ellas unos lacitos, se los puso en la cabeza y se asomó al balcón para que la vieran.

En esto pasó un perro y le dijo:

—Cucarachita Martín, ¡qué bonita estás!

—Hago bien, tú no me lo das.

—¿Te quieres casar conmigo?

—¿Qué haces por la noche?

—Pues en cuanto oigo un ruido hago: ¡Guau, guau!

—¡Ay!, no, no, que me asustarás.

Pasó luego un gallo y le dijo:

—Cucarachita Martín, ¡qué bonita estás!

—Hago bien, tú no me lo das.

—¿Te quieres casar conmigo?

—¿Qué haces por la noche?

—Pues a medianoche empiezo a cantar: ¡Qui qui ri quí!

—¡Ay!, no, no, que me asustarás.

Pasó luego un grillo y le dijo:

—Cucarachita Martín, ¡qué bonita estás!

—Hago bien, tú no me lo das.

—¿Te quieres casar conmigo?

—¿Qué haces por la noche?

—Pues me la paso haciendo: ¡Grí, grí; grí, grí!

—¡Ay!, no, no, que no me dejarás dormir.

Pasó luego un ratón y le dijo:

—Cucarachita Martín, ¡qué bonita estás!

—Hago bien, tú no me lo das.

—¿Te quieres casar conmigo?

—¿Qué haces por la noche?

—¿Yo?, dormir y callar.

—Pues contigo me caso.

Y se casaron.

Y al día siguiente, a media mañana, dijo la cucarachita al ratón:

—Me tengo que ir a hacer unas compras y traerte queso para postre. Quédate al cuidado de la casa y le echas una mirada al cocido por si hay que añadirle agua y para que no pare de cocer.

Llevaba un rato solo en la casa el ratoncito Pérez cuando se dijo:

—Voy a dar una vuelta al cocido.

Destapó el puchero, vio que estaba cociendo y vio que sobrenadaba un pedazo de tocino que fue una tentación para el ratoncito Pérez. Metió una mano para enganchar el tocino y se cayó dentro del puchero. Y allí se quedó.

Cuando volvió la cucarachita, llamó y no salía a abrirle el ratoncito Pérez. Volvió a llamar varias veces y, cansada ya de llamar, fue a casa de una vecina para preguntarle si había salido su marido, o si sabía si había pasado algo.

Como la vecina no sabía nada, decidieron subir al tejado y entrar en la casa por la chimenea.

La cucarachita empezó a recorrer toda la casa, diciendo:

—Ratoncito Pérez, ¿dónde estás? Ratoncito Pérez, ¿dónde estás?

Se cansó de mirar por todos los rincones y de meterse por todos los agujeros, y dijo:

—Haré la sopa, a ver si mientras tanto viene.

Hizo la sopa y dijo la cucarachita:

—Pues yo voy a comer y le guardaré la comida para cuando venga.

Se comió la sopa; después fue a volcar el cocido en una fuente y allí se encontró al ratoncito Pérez que se había cocido con los garbanzos, la patata, la carne y el tocino.

La cucarachita rompió a llorar, avisó a toda su familia, y sin parar de llorar decía:

Ratoncito Pérez
cayó en la olla,
su padre le gime,
su madre le llora,
y su cucarachita
se queda sola.

57. PERIQUILLO CAÑAMÓN

Un matrimonio de labradores no tenía hijos y estaban pidiendo a Dios que les concediera uno.

El marido y la mujer eran tan bajitos de estatura que en su pueblo les llamaban «los cañamones». Cuando se lamentaban de no tener hijos con sus parientes o amigos de confianza, les decían:

—¿Para qué queréis tener un hijo, si va a ser un cañamón?

Y contestaba la mujer:

—Pues aunque fuera un cañamón, querría tener un hijo.

Y Dios le concedió un hijo tan chiquitito como un cañamón. Le pusieron de nombre Pedro, pero toda su vida fue Periquillo.

Como era tan chiquitito, no tenía necesidad de comer más que cada quince días; creció y engordó, pero se quedó más pequeño que un garbanzo.

Un día que su padre estaba trabajando en el campo, le dijo a su madre que le preparara la burra y la comida para llevársela a su padre.

—¿Cómo vas a ir, si eres tan pequeño?

—Usté prepárela, que verá cómo la llevo.

La madre preparó la burra y le puso un serón, donde metió la comida en un talego. Periquillo dio un salto, se encaramó por el serón, corrió por el cuello de la burra, se metió en una oreja y dijo:

—¡Arre, burra!

Salió andando la burra. A la mitad del camino había tres ladrones, y uno de ellos dijo:

—Vamos a coger esa burra, que va sola.

Periquillo, que lo oyó, dijo con voz fuerte:

—Al que se acerque a la burra lo mato. ¡Arre, burra!

Los ladrones se quedaron quietos, mirando por todas partes para ver quién llevaba la burra, pero no vieron a nadie.

Llegó Periquillo con la burra adonde estaba su padre y dijo:

—Padre, aquí te traigo la comida.

—Y, ¿dónde estás, que no te veo?

—Aquí, en la oreja de la burra.

Salió Periqullo de la oreja, y se apeó de un salto. Luego dijo Periquillo a su padre:

—¿Quieres que haga unos surcos mientras comes?

—No; tú eres muy pequeño para trabajar. No puedes tú con los bueyes.

—Ya verás cómo puedo.

Y mientras el padre comía, Periquillo se subió al yugo y empezó a dar voces a los bueyes:

—¡Anda, Bizarro! ¡Ya, Macareno!

Los bueyes echaron a andar, hicieron un surco y gritó Periquillo:

—¡Vuelve, Macareno! ¡Hala, Bizarro!

Se volvieron solitos los bueyes, hicieron otro surco, y animados por Periquillo, hicieron así cuatro surcos más.

Estuvo Periquillo toda la tarde con su padre, y se volvió, al ponerse el sol, con su padre, los bueyes y la burra.

Metieron los bueyes en la cuadra. Periquillo se subió al pesebre del buey Macareno y, como estaba tan cansado del viaje y del trabajo, se quedó dormido. El buey Macareno empezó a comer y, sin darse cuenta, se tragó a Periquillo.

A la hora de cenar llamaron a Periquillo, y Periquillo no aparecía por ninguna parte. Recorrió el padre toda la casa, llamándole; fue a la cuadra y oyó que Periquillo hablaba dentro del buey y decía:

—Padre, mata al buey Macareno, que se me ha comido.

El labrador se llevó el buey al campo, lo mató, y por más que registró las tripas no encontró a Periquillo.

Aquella noche un lobo se comió las tripas del buey y Periquillo pasó a las tripas del lobo.

Al día siguiente iba el lobo de caza y se dirigió hacia un ganado, pero Periquillo empezó a gritar:

—¡Pastores, que va el lobo! ¡Pastores, que va el lobo!

Como lo oyeron los pastores, estaban preparados y mataron al lobo. Periquillo decía que abrieran la tripa del lobo con cuidado para no matarle a él. Los pastores descuartizaron al lobo, pero no vieron a Periquillo por más que lo buscaron.

Uno de los pastores hizo un tambor con la tripa del lobo y Periquillo se quedó metido dentro. El pastor dejó el tambor entre un montón de piedras, para que se secara mientras se iba a cuidar del ganado, y Periquillo se dedicó a rascar y rascar con las uñitas la tripa del tambor, hasta que hizo un agujero por donde podía ya salir. En aquel momento vio venir a dos hombres, que eran dos ladrones, y vio que escondían un talego de dinero en el hueco de una encina y oyó que, al marcharse, decían:

—Aquí está bien seguro esta noche. Mañana vendremos a por él y lo repartiremos.

Entonces Periquillo echó a correr a su casa. Allí estaban llorando sus padres, que al verle tuvieron una gran alegría. Periquillo les contó todo lo que le había pasado desde que se lo comió el buey y lo que había oído a los ladrones. Acompañó a su padre hasta la encina del talego escondido; lo cogieron, se lo llevaron a su casa y vieron que estaba lleno de onzas de oro.

El padre compró un buey mucho mejor que el Macareno y aún le sobró muchísimo dinero.

58. SECRETO DE MUJER

Un matrimonio sin hijos vivía felizmente en una casita en las afueras del pueblo, donde tenían un gallinero, un corralito, una cuadra para una caballería y un pórtico para un carro.

La paz del matrimonio se turbaba todos los sábados por la noche, en que el marido venía de la taberna, unos días bastante bebido y algunos completamente borracho.

Un sábado se retrasó tanto, que la mujer cenó y se acostó, aunque se quedó desvelada esperando al marido. Y ya cerca de la medianoche oyó la mujer que abrían la puerta de la calle; pero pasaron cinco minutos, diez minutos y el marido no iba a la alcoba.

Conque la mujer se levantó y fue hacia la puerta y encontró a su marido que estaba sentado en un rincón del suelo junto a la puerta del corralillo. Entones le dijo la mujer:

—¿Qué haces ahí, Juan?

Y el borracho estaba muy borracho, y le contestó:

—¡Tú, a callar!

—¿Y cómo has venido tan tarde?

—¡He dicho que tú, a callar! Lo he matao sin querer. ¡A callar!

—Bueno, ya callo, pero ven a acostarte.

Ella le ayudó a levantarse, porque solo no podía hacerlo, y se fueron hacia la alcoba.

Con bastante trabajo se fue desnudando él, ayudado alguna vez por ella y, mientras tanto, decía el borracho, con esa voz mal pronunciada característica de los alcoholizados.

—Y ya que lo he matao, lo he enterrao en el basurero, y no hay nada que hacer y tú, ¡a callar! Y por eso he tardao. Porque después de muerto, lo he enterrao. Y como ya está enterrao, en el basurero, tú ¡a callar!

El borracho en cuanto se acostó se quedó dormido.

Y la mujer se fue con un farol al corral para ver el basurero y vio, en efecto, que la basura estaba muy removida, de modo que llena de miedo, se metió en la casa, convencida de que tenía un muerto enterrado en el corral.

Se pasó toda la noche llorando, sin poder pegar un ojo.

A la mañana siguiente, muy temprano, seguía el marido durmiendo la mona, y la mujer se fue a misa, como era domingo.

Se encontró con una amiga íntima, que al verla con la cara tan triste y unas ojeras moradas, la preguntó:

—¿Qué te pasa, Fuencisla? ¿Te ha pegao tu marido?

—Quiá, mucho peor. Pero no se lo digas a nadie.

—Descuida.

—Pues que anoche mi Juan mató a uno, no sé cómo ni por qué, y lo ha enterrao en el basurero.

Las dos mujeres entraron en la iglesia, se sentaron en las sillas y sitios que tenían por costumbre, y el señor cura no había salido aún a decir la misa.

Vino una mujer y se sentó junto a la amiga de la Fuencisla, y el señor cura sin salir. Conque le dijo bajito la una a la otra:

—Oye, ¿sabes que anoche el marido de la Fuencisla tuvo una riña en la taberna y se desafió con uno y lo mató y lo tiene enterrao en su casa en el basurero? Pero no se lo digas a nadie.

—Descuida, mujer.

Ya por fin salió el señor cura y dijo la misa, y al salir, la tercera mujer cogió del brazo a una cuarta mujer y le dijo:

—Vente a mi casa, que te tengo que contar un secreto, pero no se lo digas a nadie.

La cuarta mujer, en secreto, se lo dijo a la mujer del alcalde. Y la mujer del alcalde se lo dijo, en secreto, a la mujer del juez.

A la media hora lo sabía ya, en secreto, todo el pueblo, y el juez había dado órdenes a la Guardia Civil para detener a Juan y para indagar qué forastero había venido el día anterior, porque si el muerto fuera uno del pueblo, ya se sabría quién era.

Conque a cosa de las diez de la mañana se presentaron en casa de Juan el juez, el alguacil, el médico forense y la Guardia Civil.

Los guardias se llevaron a Juan, sin dejarle decir palabra, ni decirle por qué lo detenían, y lo dejaron en el calabozo del Ayuntamiento.

El juez tomó declaración a la mujer, y luego fue con el médico y el alguacil al corral, vieron sangre en las rodadas de la entrada y en una rueda del carro, luego fueron al basurero a levantar el cadáver, el alguacil fue quitando la basura con una azada y salió el muerto, que era el perro que tenían en casa, que lo había reventado el carro al pasarle por encima.

Conque se fueron al Ayuntamiento, y allí estaba Juan en el calabozo, ignorante de todo lo que pasaba. Cuando quedó todo aclarado le dijo Juan al juez:

—Señor juez, espéreme usía, a que vuelva, que le voy a pegar en secreto una paliza a mi mujer, que, en secreto, se va a enterar el mundo entero.

59. LOS MUERTOS DE ILLUECA

Un día se murieron dos en Illueca (dos hombres, ¿eh?), y como los de ese pueblo son tan aficionados a viajar, que corren todo el mundo, al encontrarse por los aires y reconocerse, dijo uno:

—Cristiano, ¿adónde vas?

Y el otro dijo:

—Ni lo sé.

—¿Dónde estarán los de Illueca?

—¿Vamos a verlo?

—Vamos.

—Pues antes de entrar a ajustar cuentas, vamos a ver si encontramos a los nuestros.

Pues, señor, todo era subir, subir y subir, y dijo uno:

—¡Si nos los encontráramos a todos en el Cielo!

—Mucho me alegraría; pero si hilan muy delgao, ¡qué sé yo!, chasco me llevaré si allí están todos.

—No seas mal pensao.

—Piensa mal y acertarás. ¡No ves que no sabe uno con cuántas entra la romana!

—Pues a mí me parece que nos los vamos a encontrar allí. No digo que no quede aún alguno en el Purgatorio de los que han muerto últimamente; pero lo que es los antepasaos, en el Cielo tienen que estar. Y nos vendrá bien, para que intercedan por nosotros.

Pues señor, en éstas llegan a las puertas del Cielo, entran en la portería, y preguntan:

—¿Están aquí los de Illueca?

—¿Illueca? ¿Illueca? No me suena. ¿Dónde está Illueca?

—En el partido de Calatayud.

—¡Calatayud!... ¡Calatayud! Voy a ver el libro. De Calatayud, sí hay alguno; pero de Illueca no hay nadie.

Conque se quedaron tan desconsolaos por los de Illueca, y por ellos mismos, y dijeron:

—Pues vamos al Purgatorio. ¡Pero qué penas serán ésas que, desde que el mundo es mundo, aún no han salido de allí ninguno de los nuestros! ¡Ay, qué porvenir se nos espera! Ya podemos prevenirnos para padecer hasta que el Señor se apiade de nosostros! ¡Y nos parecía broma todo lo que nos decían allá abajo de las cosas de aquí arriba! ¡El séptimo, no hurtarás! ¡El octavo, no levantarás falsos testimonios ni mentirás!... ¡Pero si a veces hurta uno sin saber lo que hace! ¡Pero si comerciando de buena fe

no se puede vivir! ¡Si por fuerza hay que echar alguna mentira! Y gracias si no pasa todo ello de mentira parva.

Pues, señor, se despidieron muy cortésmente de los porteros celestiales, sin poder decir «hasta luego», y se encaminaron hacia el Purgatorio. Llegaron allí bastante resignados ya, casi contentos, porque iban a tener la satisfacción de encontrar gente conocida, y gente a quien sólo de oídas habían conocido, y dijeron:

—¿Dónde están los de Illueca? Y ¡aquí venimos por temporada larga!

—¿De Illueca? No hay aquí ninguno de Illueca.

—¿Pero está usté seguro?

—Tan seguro que no puede ser más.

—¡Dios mío!, pero ¿es posible que todos los de Illueca estén condenados? ¿Cómo es posible que todos estén en los infiernos? Vamos, vamos, salgamos pronto de dudas; pero yo creo que tampoco allí los vamos a encontrar.

—Y eso es lo que deseo. Mira que ya está visto; donde ellos estén, estaremos nosotros; y si ellos están en las calderas de Pedro Botero, allí nos zambullen.

—No puede ser, cristiano, no puede ser; no los encontraremos allí; pero ¡vamos a escape!, que allí nos darán razón.

—Alguno bien puede ser que esté condenao, porque ¿cuál será el pueblo que pueda cantar victoria?

—En fin, preguntaremos.

Y volaron con ansia, pero al poco rato empezó a encogérseles el ombligo, y les fue entrando un temblor tan grande y un sudor tan frío, que no les permitía avanzar. Se les apoderó el miedo de tal modo, que no tenían valor para nada. Bien se arrepentían, de todo corazón, de los pecadillos que habían cometido; pero ya era tarde. No les quedaba más esperanza que la de que hubiera algún lugar, bueno o malo, destinado especialmente a los de Illueca, para no encontrárselos en el Infierno.

Ya se iban acercando, y bien lo conocían en lo pavoroso de los alrededores. Al llegar a la puerta del Infierno, apenas podían articular palabra, porque los anonadaba la idea de los tormentos de aquellos lugares. Y precisamente estaba allí, a la expectativa, el mismo Diablo en persona, tan feo, tan cornudo, y con una cola tan larga, y a él se dirigieron, con muchísima timidez, diciéndole:

—Cristiano, ¿hay aquí, por casualidad, alguno de Illueca?

Y con voz estentórea contestó el demonio:

—¡Yo soy de Illueca!

60. LA JUSTICIA DE LAS ANJANAS

Las anjanas de la montaña de Santander son brujas buenas, tienen poder sobrenatural, premian a los buenos y castigan a los malos.

En cambio los ojáncanos son una especie de brujos, peores que el Diablo. Piensan sólo en hacer daño. Se cree que viven en cuevas escondidas y dicen que no tienen más que un ojo en medio de la frente, pero que les reluce como a los lobos. Se alimentan con la carne de los osos que matan, y son enemigos declarados de las anjanas.

Un día perdió una anjana un alfiletero que tenía cuatro alfileres con un brillante cada uno y tres agujas de plata con el ojo de oro.

El alfiletero se lo encontró una pobre que andaba pidiendo limosna de pueblo en pueblo, y no se atrevía a venderlo, por miedo a que creyeran que lo había robado. Esta pobre mujer vivía con un hijo suyo, y no tenía necesidad de pedir limosna, porque su hijo la mantenía, pero un día fue su hijo al monte y no volvió, porque lo había cogido un ojáncano.

Con su alfiletero en el bolsillo siguió pidiendo limosna y vio una vieja que estaba cosiendo. Al pasar la pobre, se le rompió la aguja y dijo la vieja a la pobre:

—¿No llevará usté una aguja, por casualidad?

La pobre se quedó dudando un momento y le dijo:

—Pues mire usté, me acabo de encontrar un alfiletero que tiene tres, tome usté una.

Siguió la pobre su camino y pasó junto a una moza muy guapa que estaba cosiendo. Al pasar se le rompió la aguja y preguntó a la pobre si llevaba alguna aguja. La pobre le contó que se había encontrado un alfiletero y le dio una aguja.

Poco después pasó la pobre junto a una niña que estaba cosiendo y ocurrió lo mismo; a la niña se le partió la aguja, preguntó a la pobre si tenía alguna y la pobre le dio la tercera aguja.

A los pocos pasos, vio una muchacha sentada en el suelo mirándose una espina que se había clavado y preguntó la muchacha a la pobre:

—¿Tendría usté por casualidad un alfiler, para sacarme una espina? —Y la pobre le dio uno de los alfileres.

Un poco más adelante encontró una chiquilla que estaba llorando con gran desconsuelo, porque se le había roto el delantal. La pobre le dijo que no llorara y con los tres alfileres que le quedaban le sujetó el desgarrón que se había hecho. Y siguió andando con el alfiletero vacío.

Iba por un camino y se encontró con un río, pero que no había puente para atravesarlo. La pobre pensó en seguir la orilla del río, hasta ver si

encontraba un puente, cuando oyó que el alfiletero hablaba como una persona y decía:

—Estrújame, como si fuera un limón, a la orilla del río. Y siempre que quieras algo o que necesites ayuda, estrújame fuerte.

Conque la pobre estrujó el alfiletero y empezó a salir un madero gordo y ancho que alcanzaba hasta la otra orilla del río.

Pasó la pobre el río y siguió caminando.

Llevaba cuatro o cinco horas de camino, sin llegar a ningún pueblo, ni encontrar casa viviente, y pensó:

—Si el alfiletero me diera algo de comer. Voy a probar.

Estrujó el alfiletero y salió un pan tierno y caliente como recién salido del horno. Se lo comió sin parar de andar y a media tarde llegó a un pueblo.

En la primera casa que encontró, llamó para pedir limosna y salió una mujer llorando. En lugar de pedirle limosna, le preguntó por qué lloraba y la mujer dijo que el ojáncano que andaba por el monte le había robado a su única hija.

—Pues no se apure usté, señora, que voy a ver si se la encuentro. —Y la pobre sacó el alfiletero, lo estrujó y salió una corza muy bonita, con una mancha blanca en la frente. Echó a andar la corza y la pobre detrás, y así anduvieron hasta llegar a una peña donde se paró la corza.

La pobre, que no sabía qué hacer, estrujó el alfiletero y salió un martillo. Dio un martillazo en la peña y apareció la cueva del ojáncano. Era una cueva dentro de las peñas, de modo que el suelo, las paredes y el techo eran todos de piedra. La cueva estaba muy oscura, pero la mancha blanca de la frente de la corza alumbraba como un farol. La corza y la pobre detrás, llegaron hasta un rincón de la cueva y la pobre dio de pronto un grito de sorpresa y alegría, porque en aquel rincón había un muchacho dormido que era el hijo que el ojáncano le había robado hacía un año.

La pobre despertó a su hijo, se abrazaron y se besaron, llorando de alegría, y salieron de la cueva, guiados por la corza, que los llevó a la casa donde habían visto a la mujer llorando.

La mujer, que ya no lloraba, era una anjana, que dijo a la pobre:

—Quédate a vivir en esta casa, que yo te regalo. No consientas que tu hijo vuelva por el monte. Vete al corral y estruja por última vez el alfiletero.

Se fueron la pobre y su hijo al corral, estrujó el alfiletero y salieron cincuenta ovejas, cincuenta cabras y seis vacas.

Volvieron a la casa, y la corza y la anjana habían desaparecido.

61. LA MADRASTRA GUAPA

Había una mesonera muy guapa, muy orgullosa y muy presumida, que le gustaba mucho que le ponderaran su hermosura, y que se creía la belleza mayor del mundo.

Disfrutaba lo indecible cuando los hombres que entraban en su mesón le echaban requiebros o le decían que habían hecho un alto en el camino sólo por contemplarla.

La mesonera, que era viuda, tenía una hijastra. A medida que ésta iba creciendo, dejaba adivinar que, cuando llegara a ser mayor, iba a atraer a los hombres más que la madrastra.

Andando el tiempo, todos los que entraban en el mesón, en lugar de echar piropos a la mesonera, preguntaban por la hija. Y la mesonera tomó a su hijastra tal rabia que pensó en matarla.

Un día entró en el mesón una bruja hechicera y le preguntó la mesonera:

—¿Ha visto usté una mujer más guapa que yo?

Y contestó la bruja:

—Usté ha sido la mujer más hermosa del mundo, pero ahora su hija es más guapa que usté.

Dijo la mesonera que eso no lo podía consentir y preguntó a la bruja si sabía algún medio para deshacerse de la muchacha. La bruja le dio un libro diabólico, con el que podría conseguir lo que se proponía.

Cuando se fue la bruja llamó la madre a la chica y le dijo que se fuera con ella a dar un paseo. Se fueron hacia el monte, subieron hasta unas peñas que había en lo más alto; una vez allí se sentaron, abrió la madrastra el libro diabólico y en el momento se abrieron las peñas, se cayó la muchacha y quedó sepultada bajo las enormes piedras.

La mesonera se volvió a su mesón creyendo muerta a la hijastra; pero ésta había caído en una cueva, encontró la salida y se fue por el monte.

Al poco rato de andar vio una casa de ladrones, pero ella no sabía que eran ladrones. Entró. No había nadie en la casa. Se fijó que estaba la casa sin barrer y los platos sin fregar; fregó los platos y barrió la casa. Cuando terminó, oyó pasos de gente que entraba y se escondió detrás de la puerta de la cocina. Al entrar los ladrones, dijo uno de ellos:

—Alguien ha entrado aquí y ha limpiado la casa.

Otro dijo:

—Además nos ha fregado los platos.

Otro que la vio detrás de la puerta, dijo:

—¡Esta ha debido ser! —Y la llevó delante del capitán.

La muchacha contó lo que le había ocurrido y el capitán dijo a los ladrones que la dejaran tranquila, que la muchacha se quedaría a vivir con ellos y cuidarles la casa.

Pocos días después pasó la bruja por la casa de los ladrones pidiendo limosna. La muchacha le dijo que fuera por allí todos los días, cuando no estuvieran los ladrones, que ella le daría de comer; pero la muchacha no sabía que aquella mujer era la bruja causante de su desgracia.

Al día siguiente fue la bruja a ver a la mesonera y preguntó la presumida:

—¿Ha visto usté una mujer más guapa que yo?

Y contestó la bruja:

—Más guapa que usté es su hija, que está ahora de criada en la casa de los ladrones. Yo si usté quiere le puedo llevar unos zapatos con hechizo para que se quede dormida al ponérselos y no se pueda despertar.

La mesonera le compró los zapatos por una barbaridad de dinero y encargó a la bruja que se los llevara.

Se marchó la bruja con los zapatos a la casa de los ladrones y dijo a la muchacha:

—Como eres tan buena conmigo te traigo este regalo.

A la muchacha le gustaron mucho porque eran muy bonitos, se los dejó poner por la bruja, se quedó como muerta y la bruja dejó tendida en el suelo a la muchacha y se marchó.

Cuando llegaron los ladrones y la vieron muerta en el suelo, empezaron a llorar; luego, hicieron una caja muy bonita con cristales, donde la metieron, y se llevaron la caja a bastante distancia de la casa para enterrarla al otro día.

Al día siguiente, muy de madrugada, pasó por allí el hijo del Rey, que iba de caza, vio la caja de cristal, y dijo a sus criados que cogieran la caja y se la llevaran a palacio.

El Príncipe mandó poner la caja en su habitación y dio orden de que no entrara nadie; pero se enteró una doncella de la Reina, se lo dijo a la señora y se metieron la Reina y la doncella en la habitación para ver lo que había cazado el Príncipe aquel día.

La Reina y la doncella se quedaron asombradas al ver a la muchacha tan bonita y muerta dentro de la caja. A la doncella le entusiasmaron los zapatos y, para que los viera bien la Reina, le quitó un zapato. En ese momento la muchacha se sentó en la caja y la Reina y la doncella echaron a correr asustadas. Enseguida volvió el Príncipe, la vio que estaba viva y preguntó quién había entrado allí sin su permiso. Cuando se enteró que había sido su madre, se calló. Recogió el zapato, que estaba en el suelo, y al ponérselo se volvió a quedar como muerta.

El Príncipe probó a quitarle los zapatos, revivió la muchacha y comprendió que tenía los zapatos embrujados.

Con el revuelo que se armó en palacio fueron los Reyes a la habitación del Príncipe. Allí vieron al Príncipe tan entusiasmado con la muchacha, que le estaba contando su historia. El Príncipe dijo a sus padres que con aquella muchacha se quería casar, y para darle gusto arreglaron la boda y se casaron.

62. LA BALLENA DEL MANZANARES Y EL BARBO DE UTEBO

Cuando Madrid no era la Corte de España, era un pueblo como otro cualquiera.

Cerca de la orilla del río Manzanares, se había hecho el señor Isidro una casita con un corralito. En el corralito tenía unas gallinas, un montón de leña y, debajo del porche, dos cubas de vino, una vacía y otra llena.

Un año, en primavera, fue tan rápido el deshielo en la sierra de Guadarrama, que se le hincharon las narices al Manzanares. Claro es que el río no tiene narices, pero se dice así cuando trae, de pronto, una crecida grande.

Las aguas del río se desbordaron. Los que vivían junto al río tuvieron que trasladar sus ajuares a otras casas que estaban más en alto y menos en peligro.

Al señor Isidro le dio tiempo para salvar todo lo de su casa, pero no pudo entrar en el corralito. La fuerza del agua arrastró río abajo toda la leña y las dos cubas del corral del señor Isidro.

El pobre hombre, desconsolado, fue recorriendo la orilla del río acompañando con la vista sus dos cubas y les dijo a unos amigos que estaban a cierta distancia:

—¡Ahí van mis dos cubas y una va llena!

Una mujer que había oído el final de la frase corrió la voz de que en el río había una ballena. La noticia se difundió por todo Madrid como un reguero de pólvora, y antes de un cuarto de hora estaba la orilla del río llena de gente que quería ver la ballena.

Las cubas estarían ya cerca de Toledo y en el río no se veía ninguna ballena, pero se le ocurrió a uno decir:

—¡Allí está!

Efectivamente, en medio del río se veía algo oscuro que se movía dentro del agua, y que, con buena voluntad, parecía un trozo de cabeza de una ballena.

A medida que iban disminuyendo las aguas del río, se veía mejor el bulto grande, moviéndose dentro del agua, sin que nadie acertara lo que era y sosteniendo algunos que era una ballena.

Por fin, se decidieron unos mozos a tirar cuerdas con ganchos para pescar la ballena, y cuando acertaron a engancharla sacaron... ¡la albarda de un burro!

* * *

Este mismo cuento, al trasladarse a Zaragoza, ha sufrido varias modificaciones y se cuenta de este modo:

Cerca de Zaragoza, y muy próximos uno a otro, existen dos pueblos llamados Utebo y Monzalbarba.

En cierta ocasión, el río Ebro se desbordó de un modo extraordinario e inundó la inmensa vega de Zaragoza. La crecida de las aguas arrastraba frutos, ramas, árboles enteros, animales muertos, empalizadas, maderos, etc.

Cuando las aguas volvieron a su natural cauce, quedó en medio del río un gran madero, detenido, sin duda, por las piedras y el barro, en tal forma que sobre las aguas sólo se veía un extremo.

Este madero, por la punta visible, estaba cortado en bisel, tenía además dos taladros, se había recubierto de hierbas y barro y, por último, la fuerza de la corriente del río producía en el madero un pequeño y constante cabeceo.

Realmente parecía que un monstruo marino asomaba la cabeza. La punta, en bisel, asemejaba la boca picuda de un barbo gigantesco; los taladros, sus ojos; las hierbas, el barro y el ramaje sucio, las branquias y las barbas; hasta el pequeño movimiento producido por las aguas, parecía propio de un ser viviente.

La gente de Utebo y de Monzalbarba llevó a Zaragoza la noticia de que se había aparecido un barbo descomunal y que los mozos del pueblo querían darle caza. La imaginación y la fantasía popular describían el monstruo con toda clase de detalles, y de tal modo se despertó la curiosidad en Zaragoza, que la gente acudía en coches, carros y tartanas para ver el fenómeno acuático de Utebo.

Armados de todas armas, como caballeros andantes que fuesen a entrar en descomunal batalla, los mozos de los pueblos organizaron la caza,

montados en barcos desde los cuales lanzarían arpones y maromas, como si de pescar ballenas se tratase.

Desde prudente distancia enlazaron al monstruo, lo arrastraron hacia la orilla y en medio de la rechifla general salió un madero que parecía la viga de un molino.

A raíz de este suceso, cantaban en Zaragoza, al compás de la jota:

Los tontos de Monzalbarba
y los agudos de Utebo
fueron a pescar al río
y pescaron un madero.

Pero si alguno de Utebo o de Monzalbarba oía la copla, contestaba:

Los listos de Zaragoza,
con tó su conocimiento,
pensándose que era un barbo,
¡venían en coche a verlo!

63. LA FLOR DEL CANTUESO

Un viudo tenía una hija muy bonita, y la quería tanto que, por no disgustarla, no se quería volver a casar.

Enfrente de la casa del viudo vivía una viuda con dos hijas, que estaba rabiando por casarse, y, pensando en conquistar al vecino viudo, empezó a agasajar a la hija y regalarle dulces y chucherías. Tal arte desplegó la viuda, que consiguió que la hija del viudo le propusiera a su padre el matrimonio con la vecina.

Se efectuó la boda de los dos viudos y los primeros meses la casa era un paraíso; pero al poco tiempo se convirtió en un infierno. Las hermanastras se tenían envidia, la madrastra regañaba continuamente a la hija del viudo, y la pobre muchacha tomó la determinación de irse a vivir con una tía suya, que en el pueblo llevaba fama de bruja o hechicera.

El viudo, por el contrario, nunca distinguió a su hija, y la trataba como a las hijastras, precisamente para no dar ocasión a envidias. Cuando su hija se marchó con su tía, el padre iba todos los días a verla.

En cierta ocasión el viudo se tuvo que ir a una feria y preguntó a las hijastras qué querían que les trajese. La mayor dijo que un mantón de ocho puntas, y la menor le pidió un vestido de seda. Luego se fue a casa

de su hija, y también le dijo qué regalo quería, y la hija le contestó que quería que le comprara dos cuartos de simiente de cantueso.

—Pídeme algo mejor, no seas tonta.

—No, no; tráeme lo que te he dicho.

Se fue el padre a la feria y trajo los tres regalos que le habían pedido.

Su hija sembró la simiente de cantueso en un tiesto. Al cabo de unos meses tenía unas plantas magníficas que iban a florecer, y todas las noches, a las doce de la noche, ponía la maceta al balcón y decía:

Hijo del Rey, ven ya,
que la flor del cantueso
florida está.

En el momento venía un pájaro, se revolcaba en la tierra de la maceta y se volvía un mozo muy guapo. Hablaba toda la noche con la muchacha, y antes de amanecer se volvía a convertir en pájaro y salía volando, después de haber dejado un bolsillo con dinero, que recogía la bruja.

La tía bruja compraba a su sobrina todo lo que ésta quería, y la madrastra se comía de envidia, por lo cual envió a su hija mayor a que pasase el día y la noche con su hermanastra y observase de dónde le venía tanto dinero como gastaban.

La hermanastra no pudo observar nada por el día, y por la noche se durmió como un lirón y no se enteró de nada.

En vista del fracaso mandó la madrastra a su segunda hija. Ésta, que era más lista, no se durmió, y oyó que a media noche decía la muchacha:

Hijo del Rey, ven ya,
que la flor del cantueso
florida está.

Observó que llegaba un pájaro, se revolcaba en la tierra, se convertía en un guapo mozo que se pasaba la noche hablando con su hermanastra, y que, al marcharse, le dejaba un bolsillo con dinero.

La hermanastra contó a su madre todo lo que había visto y oído, y su madre le mandó volver para que, aprovechando un descuido, pusiera unas cuchillas en la tierra de la maceta.

Lo hizo así la hermanastra al día siguiente, y cuando, por la noche, fue el pájaro a revolcarse en la tierra de la maceta, se llenó de heridas y se marchó volando y diciendo:

—¡Infame, me las pagarás!

La muchacha, es decir, la hija del viudo, se echó a llorar y la maceta del cantueso se secó.

Entonces la tía bruja le dijo:

—No llores; vístete de médico, vete a palacio y dale al Príncipe esta untura en las heridas con una pluma, y sanará.

La muchacha se disfrazó de médico, se fue a palacio, dio la untura al Príncipe y, en el momento, le curó las heridas. Al marcharse no quiso cobrar nada, y le dijo al Príncipe:

—¡Acuérdate de quién te curó!

Al llegar a su casa, la muchacha vio que la maceta del cantueso estaba florecida, y a las doce de la noche la volvió a sacar al balcón y a decir:

Hijo del Rey, ven ya,
que la flor del cantueso
florida está.

Y se presentó el Príncipe con una espada desenvainada y diciendo:

—¡Infame, vais a morir, por haberme querido matar!

Entonces la muchacha le dijo:

—¡Acuérdate de quién te curó!

El Príncipe reconoció en la voz al médico fingido, y se puso en claro quién había puesto las cuchillas en la maceta.

El Príncipe se reconcilió con la muchacha y le propuso casarse con ella.

Desterraron a la madrastra y las hermanastras y ellos se casaron y fueron muy felices.

64. LOS LOBOS

Este era un chiquillo muy embustero, y un día iba con su padre por un camino a un pueblo donde el chico no había estado nunca. Andaban tan contentos el padre y el hijo, contando el padre unas cosas y el hijo otras, cuando salta el hijo y dice:

—¡Una vez sí que vi yo lobos! ¡Vi más lobos!...

—¿Cuántos verías, cuántos? —dijo el padre, que ya sabía de qué pie cojeaba su descendiente—. ¿Verías cuatro?

—¡Anda!, ¡cuatro! ¡Más!

—¿Ocho?

—¡Más!

—¿Doce?

—¡Más!

—¿Veinte?

—¡Más, más!

—Vamos, treinta verías.

—Muchos más. ¡Si iban más lobos!... ¡Me cá cuántos lobos iban!...

—¿Irían cincuenta?

—¡Más de ciento!

—Muchos lobos me parecen.

—Pues iban más, más.

Se acabó ya esta conversación, siguieron su camino, entablaron otras, se cansaron de hablar, y, después de un buen rato de caminar silenciosamente, cuando ya se había puesto el Sol y la noche se echaba encima, comenzaron a oír un rumor incesante, monótono y más perceptible cada vez, que obligó al muchacho a ir pegándose a su padre y preguntarle por fin:

—¿Qué ruido es ése?

—No tengas miedo, no: es el agua de un río por encima del cual pasaremos de aquí a un cuarto de hora.

—¿Hay puente?

—Sí.

—¿Está seguro el puente?

—Sí. Sólo se hunde cuando pasa algún embustero.

Calló el chico, pero por poco rato. No duraría su silencio más de dos minutos y a él se le figuraba que ya iba bueno el cuarto de hora. No pudiendo resistir más dice:

—Padre: ¿sabe usted que me parece que no iban tantos lobos?

—Ya me parecía a mí que iban muchos: puede ser que no pasaran de ciento, ¿verdá?

—Muchos iban padre; pero... de ciento no pasaban.

—¿Cuántos irían, algunos noventa?

—Aún puede ser que no fueran tantos.

—¿No? ¿Ochenta?

—Menos, menos, padre.

—¿Sesenta?

—No, señor, no; que no iban tantos.

—No, si ya sé que es muy difícil que vayan juntos tantos lobos, porque aunque es verdá que un lobo a otro no se muerden, sin embargo, podrían tener sus riñas, y luego que no creas tú que encontrarían así como así alimento para todos ellos yendo tantos juntos. Algunos cincuenta irían cuanto más ¿eh?

—Corra, corra, padre, quite lobos.
—¿No iban tantos?
—No.
—¿Qué irían, cuarenta y cinco?
—Quite lobos, quite.
—Pero, hombre, ¿cómo miraste?, ¿con cristales de aumento?
—Es que a mí me parecía que iban más; pero no iban tantos.
—A cuarenta sí llegarían.
—No, a cuarenta no.

Y así fueron rebajando lobos, muy despacio para la prisa que tenía el chico de ponerse bien con su conciencia y al paso que convenía al padre para llegar al puente antes de haber rebajado a su justo límite el número de lobos. Al llegar a unos cincuenta pasos del puente, todavía decía el padre:

—Vamos, que cinco lobos ya irían.

Y el hijo decía:

—Cinco... puede ser; puede ser que fueran cinco.

Y siguieron andando sin hablar. Pero llega el padre a pisar el puente, y el hijo se queda un poquito atrás y dice:

—Espere, espere, padre, que no iban cinco.
—Pues vamos, vamos, que fueran los que fueran.
—No padre, que no iban más que cuatro.
—Pues bien, quedemos en que eran cuatro y vamos adelante.
—No, que aún no sé si llegaban a tres.
—En qué quedamos, viste dos lobos o no viste más que uno?
—Uno sólo.
—Pues ya has dao buen bajón; de más de ciento que habías visto, los has dejao en uno. Vamos andando, vamos, que ya no se hundirá el puente.
—No, no, que aún puede ser que se hunda.
—¿Por qué?
—Porque es que no sé si lo que vi era lobo o era un tronco de carrasca.

65. LAS DOS MULTAS

En un pueblo de Aragón hicieron alcalde al más listo del pueblo, que le llamaban el tío Goticaceite, y nombraron juez municipal a otro que era casi tan listo como el alcalde, y que le llamaban el tío Mostillo.

El secretario del Ayuntamiento, que tampoco era tonto, tenía por mote Sopleta. Y el alguacil tenía por apodo el tío Pachón.

Estaban una tarde en el Ayuntamiento el alcalde, el secretario y el juez y tres concejales, tratando un asunto del Consejo, y cuando terminaron, dijo uno de los concejales:

—¿Qué tal estaría si armáramos una merienda con jamón, aceitunas y queso?

—Muy bien —dijeron casi a coro.

—¡Podíamos jugarla al guiñote! —exclamó uno, que tenía fama de jugar bien.

—No me haría provecho si perdiera —replicó el alcalde—. Yo si meriendo ha de ser a costa de otro. Oye, Sopleta, ¿cómo está el fondo de multas?

—Medianamente. No hay más que ocho reales.

—Poco es eso, pero ya es algo. Echa la cuenta para ver cuánto más hace falta.

—Pues dos reales de aceitunas, seis de queso y un kilo de jamón... con un duro hay bastante.

—¡A por él voy!

Cogió el alcalde la vara de autoridad, llamó al tío Pachón y se fue con él a la calle. Se paró en una esquina, pensando y dudando en quién iba a pagar el duro, cuando oyó pregonar:

—¡A la miel de la Alcarria! ¡A la rica miel!

Se fue el tío Goticaceite con el alguacil hacia el vendedor de miel y le dijo:

—Tío bueno, ¿me la quiere usté enseñar?

—Sí, señor. Y que le va a usté a enamorar al verla.

El melero dejó en el suelo la orza de la miel, quitó el lienzo que cubría la boca y dijo:

—Mire usté qué miel más hermosa.

Se puso en cuclillas el alcalde y dijo muy serio:

—Esta miel tiene viruelas.

—¿Viruelas?

—Sí, hombre, sí, viruelas. ¿No la ves que está llena de punticos negros?

—Eso son moscas —dijo el melero—, ¿quién le va a quitar las moscas a la miel? Eso no hay quien lo evite.

—¿No, eh? Pues verás como yo lo voy a evitar. A ver, Pachón, cuenta las moscas.

Y empezó el alguacil:

—Una, dos, tres, cuatro, ..., diecinueve y veinte. ¡Veinte justas!

—Pues a real por mosca, veinte reales de multa, para que no vuelva a vender esta gorrinería. ¡A pagar la multa o a la cárcel!

El melero quería excusarse, protestaba de la multa tan crecida, ofrecía quitar todas las moscas antes de volver a vender miel, pero el tío Goticaceite le amenazó con llevarle preso y el pobre hombre le dio el duro.

Celebraron todos la llegada del alcalde, que dio el duro al secretario para que enviara a comprar la merienda.

Entonces el tío Mostillo dijo:

—Me parece que Sopleta se ha equivocao, porque en las siete pesetas no ha metido ni el pan ni el vino.

—Pues que lo pague Sopleta, o tú por no haberlo advertido antes. No voy yo a ir a sacarle otro duro al tío de la miel.

—Tú, no, porque el que va a sacárselo soy yo —dijo el tío Mostillo.

Mientras el tío Pachón se iba a comprar el jamón, el queso y las aceitunas, salieron el tío Mostillo y Sopleta en busca del vendedor de miel. En seguida oyeron el pregón:

—¡A la miel de la Alcarria! ¡A la rica miel!

Se dirigieron hacia el melero y le preguntó el tío Mostillo:

—¿Quiere usté enseñarme la miel?

—Sí, señor, verá usté pura gloria.

Destapó el melero la orza y se puso el juez a mirar la miel, moviendo la cabeza y haciendo gestos.

—¿Qué, no le gusta a usté?

—Es que estoy mirando, mirando y no veo las moscas.

—¿Las moscas?

—Sí, hombre, sí, las moscas. ¿Dónde ha visto usté miel de verdad sin moscas? ¿O se cree usté que yo soy tonto? Una miel sin moscas es falsificada y yo no voy a consentir que envenene usté al pueblo.

—Pero si es que hace un instante, el alcalde me ha mandao que quitara las moscas y por eso no hay ninguna.

—Pues mire usté, por buenas componendas va usté a pagar ahora mismo veinte reales de multa y se va usté a otro pueblo a engañar a la gente. Y si no las paga en el acto, va usté al calabozo.

—Es que...

—Aquí no valen excusas. Vengan los veinte reales o a la cárcel.

El pobre hombre pagó su segunda multa. Celebraron la merienda y cuando habían dado cuenta del pan, el jamón, el queso, las aceitunas y media arroba de vino, les dijo el tío Goticaceite, en pura broma:

—¿Os parece una poca de miel de postre?

66. LA MUJER QUE NO COMÍA

Este era un matrimonio de labradores que tenía un criado que ayudaba a las faenas del campo y cuidaba las mulas.

Por lo general, el criado arreglaba las mulas y luego el labrador y el criado se iban al campo juntos, llevándose la comida, y volvían a casa a la puesta del Sol.

La labradora estaba muy gruesa, pero llevaba una temporada muy larga en que al llegar la hora de cenar le decía a su marido que estaba desganada y, aunque el marido la animaba, ella le hacía compañía sin probar bocado.

Un día que estaban amo y criado en el campo, a la hora de comer, dijo el labrador:

—¿Si vieras qué preocupao me tiene la Tomasa con eso de que no come?

Y dijo el criado:

—Pues con lo gorda que está me extraña que no coma.

—Pero si lo veo, que delante de mí no come y siempre me dice que está mala —dijo el marido.

—Pues tiene que comer a la fuerza, mi amo, pa tener esas carnes que tiene y esas fuerzas que tiene. Si eso me pasara a mí pronto saldría de dudas.

—Pues ¿qué harías? —le preguntó el amo.

Y dijo el criado:

—¿Yo? Vigilarla sin que se diera cuenta. Que un día le diría que me iba al campo, y no me iría y me escondería ande no me viera, y la vigilaría.

Al otro día el amo hizo lo que se le había ocurrido al criado.

Prepararon las mulas como de costumbre, se despidió de su mujer, le dijo al criado que se fuera al campo y él se quedó escondido detrás de unos sarmientos en una leñera del corral, desde donde podía ver todo lo que hacía su mujer.

Al poco rato, vio por la ventana de la cocina que daba al corralillo, que su mujer se estaba haciendo una gran sartenada de migas con una hogaza de pan y luego se las comió.

Después, desde su escondite, la vio entrar y salir varias veces, luego se pasó mucho rato sin que pudiera ver lo que hacía, pero ya cerca del mediodía la vio entrar en el corral, y vio que iba al gallinero y que salía con ocho o diez huevos. La mujer se fue a la cocina y se hizo una tortilla con todos los huevos y se la comió. Luego, a poco más de media tarde, volvió a ir al corral y cogió un pollo tomatero, lo mató, lo peló y se fue a la cocina, donde se lo asó. Mientras lo asaba preparó un guisado de patatas con lomo.

Así que estuvo el pollito asado, se lo comió entero. Y todo lo había visto muy bien el marido, que estuvo a punto de salir y de escarmentarla, pero se marchó a buscar al criado. Se lo encontró por el camino, que ya se volvía.

Y le dijo el amo:

—Tenías razón que el estar gordo es por algo. Ahora cuando lleguemos, cuando yo te diga que vayas a buscar al médico, vuelves con una vara de fresno y un papel doblao y me dices que eso es lo que te ha dao el médico. Y nada más. ¿Has comprendido?

Llegaron a la casa, llevaron las mulas a la cuadra, como todos los días, y al entrar el labrador gritó desde la puerta:

—¿Tomasa, está ya la cena?

—Sí, ya está.

—Pues vamos a cenar —dijo el marido.

Y la mujer, poniendo una cara muy afligida, le dijo:

—Si vieras qué mala he estao todo el día. Tengo una desgana.

En la misma cocina preparó la mesa con un solo cubierto y siguió diciendo la mujer:

—Cena tú, que yo tengo muy mal cuerpo y me da hasta asco ver la comida.

—Pero, mujer, mira que te vas a poner mala de no comer. Que voy creyendo que lo que parece gordura es hinchazón. ¡Anda, come!

Y ella dijo:

—Que no, que no puedo, no puedo.

—Pues mira, Tomasa, algo tienes que comer, y si no te apetece nada, ya nos dirá don Angel, el médico, lo que tienes que hacer.

Llamó, dando una voz, al criado y le dijo:

—Te vas llegar a casa de don Angel, le vas a decir lo que le pasa al ama y que venga a verla o te diga lo que puede tomar.

Y se marchó el criado.

El labrador se cenó el lomo con patatas animando a su mujer a que comiera y por fin volvió el criado con la vara de fresno y el papel blanco hecho cuatro dobleces, conforme habían convenido.

Conque el criado dijo:

—Esto me ha dao el médico.

—¿A ver?

Desdobló el papel, y haciendo como que leía, dijo:

—Amigo Felipe: Ahí te mando la medicina para tu mujer. Con tres raciones de vara de fresno tendrá bastante. Una por las migas que almorzó, otra por la tortilla que se comió y otra por el pollico que se cenó.

* * *

De este cuento hay una variante de Avila, en la que una bruja le da al marido tres habas para que las deje en su casa. Y cada vez que la mujer iba a comer, decía una de las habas:

—¿Y que se lo come todo y sin su marido?
El demonio me lleve si no se lo digo.

67. EL ALMA DEL CURA

Un matrimonio vivía en un pueblo donde había un astrólogo que decía el sino de las personas según estuviesen los planetas en el cielo en la hora y día del nacimiento de la persona.

Este matrimonio tuvo un hijo y a los padres les entró la curiosidad de que el astrólogo les dijera el sino del niño.

El adivinador hizo unos cuadros con unos signos raros, y cuando acabó, les dijo:

—Su hijo tendrá muy buenas cualidades, vivirá muy bien hasta los veintiún años, en que le ocurrirá un suceso extraño y le ahorcarán.

Desde ese día los padres se pusieron muy tristes y no se les olvidaba el sino desgraciado de su hijo.

El niño se crió muy bien, llegó a ser mayorcito, era muy bueno, muy estudioso y muy trabajador, le ayudaba mucho a su padre, empezó a ganar dinero y todo se lo entregaba a su madre. El muchacho quería ser muy bueno con sus padres, porque siempre los veía muy tristes.

Ya iba a cumplir los veintiún años, cuando una noche al volver del trabajo, se encontró a sus padres llorando y les preguntó qué les ocurría.

Entonces la madre le contó que toda la preocupación era desde el día en que nació, por causa de su sino.

El muchacho les dijo:

—No os preocupéis. Yo me marcharé del pueblo a correr el mundo y a buscar fortuna y veréis cómo vuelvo a demostraros que lo del sino es mentira.

Los padres quisieron disuadirle, diciéndole que era una locura, pero el hijo les contestó que estaba tan decidido que al día siguiente se marcharía.

Al otro día, su madre, viendo que no le podía convencer y que su hijo se marchaba sin remisión, le dio un devocionario y le dijo:

—No abandones nunca esta libro y en cada pueblo adonde llegues, oye la primera misa que se diga. Hazlo por mí y porque Dios te proteja.

Emprendió la marcha un día de Todos los Santos. Al anochecer llegó a un pueblo, donde se alojó para dormir aquella noche.

Estuvo hablando con el posadero y después de hacerle muchas preguntas acerca del pueblo, por si le convenía quedarse, le preguntó:

—Diga usté, ¿a qué hora es la misa primera?

Y le dice el posadero:

—Todos los días, la misa del alba es a las seis de la mañana; pero como mañana son las Ánimas, la primera misa es a las doce de la noche; no va nadie a oírla, ni se sabe quién la dice; es una misa misteriosa: la Iglesia está cerrada; a las doce, empiezan a tocar las campanas, sin que nadie las toque, y dicen una misa, porque el sereno de la plaza de la Iglesia oyó el año pasado que tocaron a alzar y del susto se puso malo y se murió.

Y dijo el muchacho:

—Pues yo tengo que oír esa misa.

Se fue a ver al señor cura y le contó lo que le había dicho el posadero. Entonces el señor cura le dijo:

—Sí, eso es lo que se corre por el pueblo. Yo no lo creo, porque voy a las seis a decir misa y la Iglesia no la ha abierto nadie, ni dentro me ha tocado nadie nada. Pero, en fin, si tú tienes curiosidad toma las llaves de la Iglesia.

El muchacho cogió las llaves y se volvió a la posada.

Un poquito antes de las doce se fue hacia la Iglesia, abrió la puerta y entró.

En ese momento dieron las doce y vio que del centro de la Iglesia se levantaba una losa, y salió un cura revestido para decir misa, que se encaminó a la sacristía. A poco, salió con un cáliz, vio al muchacho y le hizo una seña, llamándole, para que le ayudara. El muchacho le ayudó a decir la misa. Terminada la misa, recogió el cura el cáliz con el velo y la bolsa de los Corporales y se fue a la sacristía, donde el cura dejó el cáliz en el sitio que lo había encontrado y le dijo al muchacho:

—Tú ya te puedes marchar y decirle al cura del pueblo todo lo que has visto. Yo fui cura de este pueblo y ahora soy, por mis culpas, un alma en pena que tú me has sacado de ellas, al ayudarme a decir misa. Con esto saldré del Purgatorio y desde ahora te defenderé por todas partes donde vayas. Que Dios guíe tus pasos y que tú vivas siempre en el santo temor de Dios.

Se fue el muchacho, le devolvió las llaves al señor cura y se marchó del pueblo.

Estuvo andando toda la mañana, se paró a comer junto a una fuente, descansó un rato y volvió a emprender el camino.

Al anochecer divisó a lo lejos las luces de un pueblo y de pronto se le apareció el alma del cura que había celebrado la misa de medianoche y le dijo:

—Toma este caballo, y este bolsillo de oro y vuélvete a tu casa. Tu madre está llorando a lágrima viva. No te apures por nada, que yo he de protegerte.

Y desapareció el alma del cura.

El muchacho quería seguir sus aventuras, pero le dio miedo no obedecer al alma del cura; le vino además a la memoria que aquel día cumplía los veintiún años, y se guardó el bolsillo en el pecho, montó en el caballo y se volvió hacia su casa.

Iba muy tranquilo por la carretera llevando el caballo al paso, cuando al llegar a un recodo oyó voces de hombres; no veía a nadie, porque era de noche, pero luego oyó más claro que decían:

—Esto te toca a ti, y esto te toca a ti, y esto a ti y esto para mí.

—Pues ese reparto no está bien.

—Pues si no está bien, te conformas.

Eran cuatro ladrones que se estaban repartiendo lo que habían robado.

Al llegar el muchacho frente a ellos se asustaron, pensando si sería la guardia civil y echaron a correr, dejando allí todo el dinero que se iban a repartir. Conque el muchacho se apeó del caballo, cogió el dinero, lo echó en las alforjas, se montó otra vez a caballo y siguió el camino.

Al poco rato salieron de pronto los cuatro ladrones, que decían:

—¡Éste ha sido!

Le sujetaron el caballo, le obligaron a apearse, le ataron, le colgaron de un árbol y se marcharon los ladrones.

Y el muchacho estaba rezando y dispuesto a morir, cuando oyó el galope de un caballo que se paró delante de él, y llegó el alma del cura, le descolgó y le dijo:

—Móntate en este caballo, vete a galope a tu casa, y no vuelvas a pensar en aventuras.

El muchacho llegó a su casa, abrazó a su padres, que lloraron de alegría, les contó todo lo que le había pasado, y fueron muy felices y no volvieron a estar tristes en toda su vida, porque vieron que lo del sino del astrólogo era una mentira.

68. EL SERMÓN DE SAN ROQUE

En un pueblo de Aragón tenían por Santo patrón a San Roque.

El día de la fiesta se hacía una gran función de Iglesia con Misa Mayor y sermón, que predicaba siempre un sacerdote de alguno de los pueblos del contorno.

El alcalde del pueblo había contratado para el sermón al párroco de un pueblo vecino, y acordándose de que el sermón del año anterior no había gustado a los del pueblo, porque en el sermón no había nombrado a San Roque ni una sola vez, le dijo al párroco, que se llamaba Mosén Dimas:

—Mosén Dimas, además de los ocho duros de costumbre, cuente usté con una perra chica por cada vez que nombre a San Roque.

Conque el orador subió a la cátedra del Espíritu Santo, tosió tres veces, se santiguó una y empezó el sermón diciendo:

—Nihil novum sub sole: nada hay nuevo debajo del Sol.

—Usque ranae vocant Roquem: hasta las ranas llaman a Roque.

El alguacil estaba al pie del púlpito, por orden del alcalde, para llevar la cuenta de las veces que el predicador nombraba a San Roque, y para llevar la cuenta tenía preparada una caña y una navaja.

De modo que hizo dos rayas con la navaja en la caña y le dijo al vecino que el primer Roque no debía de valer, porque lo había dicho en francés.

Y siguió el sermón:

—Queridos hermanos y hermanas mías en nuestro señor Jesucristo. Ilustre y muy perínclito y peripatético Ayuntamiento de este pueblo.

El mundo es como una granada o *mengrana*, según decís vosotros, y dentro de ella existe una enorme porción de tierra, que se dice Europa; en ésta, desde tiempos muy nebulosos y lejanos, hay una nación que todos nombramos España; y, en una parte alícuota de ésta, se encuentra un extenso territorio dividido en tres partes, porciones o provincias, que forman el antiguo reino de Aragón, patria esclarecida de insignes varones y hembras de toda especie y catadura. En este mismo suelo aragonés, cercado de ríos caudalosos y de campos llenos de abundantísima verdura, está y estará siempre la grandiosa provincia de Zaragoza, que con su cerúleo y estrellado manto cobija a este por demás hospitalario pueblo, pueblo anómalo y distinguido por su celebrada historia, por sus buenas costumbres, por la fortaleza de sus antepasados, por la protuberancia y fertilidad de su suelo, por la larga vida de sus animales y sobre todo por el magnífico y perilustrísimo protector y patrón San Roque, San Roque y San Roque.

Y el alguacil hizo tres rayas en la caña.

Mosén Dimas siguió diciendo:

—Nadie podrá negar que en este pueblo hay clavada una Iglesia, que es ésta, y en ella un Santo muy principal, de nombre Roque. Roque, sí, patrón de vuestros mayores; Roque, patrón también de vuestras almas y las de vuestros hijos; Roque, protector de vuestros hogares; Roque, guardador de vuestros campos; Roque, abogado de vuestras enfermedades pegajosas y pestilentes; Roque, guardián de vuestros rebaños; Roque, mantenedor de vuestras aguas; Roque, en fin, patrocinador de vuestros olivares y árboles frutales y de vuestras cuadras, gallineros, chozas y palomares.

Y el alguacil hizo ocho rayas más.

—Desde este púlpito os diré, que poquísimos días al año se os presentan con tanta solemnidad como en el día de hoy, en el que yo quisiera tener la lengua del Sol de los Soles, Santo Tomás de Aquino; las palabras de Claudio Cicerón; los dichos de San Agustín; y por último quisiera tener también la facundia de San Félix Crisóstomo y otros excelsos varones que tuvieron el habla clara, torrencial y hermosa, para poder publicar, bien a mis anchas, las glorias tuyas, amado Roque, compasivo Roque, humilde Roque, bondadoso Roque y Santo Roque; empero, haré lo posible para salir bien del paso, contando con Vos, Madre del Cordero Inmaculado, a quien os suplico que, conmigo, saludéis diciendo: Ave María.

Como es natural, el alguacil hizo seis rayas más, y ya llevaba rayada cerca de la mitad de la caña.

Una vez que todos los fieles terminaron de rezar el Ave María, siguió Mosén Dimas:

—Usque ranae clamant Roquem: hasta las ranas suspiran por Roque.

Mis queridos hermanos y hermanas en Cristo. La vida de nuestro Santo, que voy a tratar de refilón, fue un verdadero portento; nació, por casualidad, en tierra de Francia. Era muy joven cuando se le murieron sus padres y se quedó sólo en el mundo y dueño de muchas viñas y olivares y mucho dinero. Lleno de virtudes y de modestia repartió Roque todo lo que tenía entre los pobres, se vistió de peregrino y se fue en peregrinación a Roma con un palo y una calabaza con vino rancio.

Llegó a Roma y se presentó al Santo Padre y le dio licencia para cuidar enfermos apestados; un día que iba por un monte se cayó de necesidad y se le presentó un perro de unos pastores con un pan en la boca, porque Dios no podía desatender al ejemplarísimo Roque.

Siguió andando y llegó a un pueblo donde salieron a recibirle a San Roque, porque ya sabían que era un peregrino que hacía milagros, y las mujeres besaban la mano a San Roque y los niños besaban la mano a San

Roque y los hombres besaban la mano a San Roque y todo el mundo besaba la mano a San Roque y uno quería que San Roque fuera a ver a su hijo enfermo y otro que San Roque curara a su mujer y otro que San Roque le quitara la lepra a su padre, y una moza le pidió a San Roque que le buscara un novio. Y todos le pedían algo a San Roque, porque San Roque era tan milagroso que todo lo que le pidieran lo podía hacer nuestro gloriosísimo San Roque.

Y el alguacil, que había hecho dieciséis rayas, dijo interrumpiendo al predicador:

—Mosén Dimas, espérese usté un poco o no nombre más a San Roque, que voy a por otra caña.

69. LA MATA DE ALBAHACA

Una madre tenía dos hijas y vivían en una casa que tenía una ventana a la calle. En la ventana había unos tiestos de albahaca que cuidaban las hijas.

Un día que estaba regando las macetas de albahaca la hermana mayor, pasó frente a la ventana un hijo del Rey y le dijo:

—Señorita que riega la albahaca,
¿cuántas hojitas tiene la mata?

La muchacha, sin saber qué responder, se metió avergonzada y contó a su madre y su hermana lo que le había ocurrido. La hermana menor al enterarse dijo:

—Mañana saldré yo a regar los tiestos y si pasa y me pregunta, yo sabré contestarle.

Efectivamente, al otro día, cuando la hermana menor estaba en la ventana, esperando que pasara el hijo del Rey, le vio venir y se puso a regar las plantas. Cuando el príncipe pasó frente a la ventana, le hizo la misma pregunta:

—Señorita que riega la albahaca,
¿cuántas hojitas tiene la mata?

La muchacha entonces contestó:

—Caballero de capa y sombrero,
usté que sabrá leer y escribir,
sumar y restar,
multiplicar y dividir,
¿cuántas estrellitas tiene el cielo
y arenitas la mar?

El Príncipe no supo qué responder y siguió su camino avergonzado y pensando en vengarse.

Al día siguiente, el Príncipe se disfrazó de encajero y salió vendiendo encajes por las calles. Llegó a la casa donde vivía la muchacha, llamó, le abrieron y ofreció su mercancía. La hermana menor escogió un encaje precioso y le presuntó al encajero:

—¿Cuánto quiere usté por este encaje?

El Príncipe, satisfecho de que no le habían reconocido, dijo:

—Pues siendo para ti, por este encaje quiero un beso.

Conque la muchacha, al observar que no había testigos, le dio el beso, se quedó con el encaje y el encajero se marchó tan contento.

Al otro día salió de su palacio el hijo del Rey, vestido como el primer día, llegó a casa de las dos hermanas, vio a la menor en la ventana y le preguntó:

—Señorita que riega la albahaca,
¿cuántas hojitas tiene la mata?

Ella contestó como el día anterior:

—Caballero de capa y sombrero,
usté que sabrá leer y escribir,
sumar y restar,
multiplicar y dividir,
¿cuántas estrellitas tiene el cielo
y arenitas la mar?

Y contestó el Príncipe:

—Y el beso del encajero,
¿estuvo malo o bueno?

Al oír esto, la muchacha se puso muy colorada y se metió en la habitación muy rabiosa y pensando en que tenía que hacerle alguna picardía al Príncipe.

Todo el día se lo pasó pensando en qué podría hacer, pero no se le ocurría nada que le pareciera bien.

Al día siguiente le llegó la noticia de que el Príncipe estaba enfermo y que los médicos no acertaban con su mal, porque lo que tenía era mal de amores.

La muchacha mandó publicar un bando diciendo que había llegado a la ciudad un médico extranjero que hacía curas extraordinarias, y poco después salió la muchacha vestida de médico y se marchó a palacio para ofrecer sus servicios al Rey.

El Rey le dijo que sí, que pasara a ver al Príncipe, pero ella puso la condición de que le *dejaran solo* en la habitación y que le curaría.

Cuando se vio sola con él, le dijo:

—Vamos a ver, diga usté la verdad. ¿Está usted enamorao?

Y el Príncipe dijo:

—Sí, señor, es verdad. Estoy enamorado de una muchacha que la he visto algunas mañanas regar unos tiestos de albahaca.

El médico fingido replicó:

—Eso, señor, no es grave, y si usted quiere se puede casar con ella, pero yo no tengo más remedio que ponerle una lavativa. —Y sacó un rábano que llevaba a prevención, se lo metió a la fuerza por el sitio de las lavativas, salió corriendo de palacio y pudo llegar a su casa sin que la vieran.

Pasaron unos pocos días, se puso bien el Príncipe, volvió a pasar por frente a la casa de las dos hermanas, vio a la muchacha y volvió a preguntar:

—Señorita que riega la albahaca,
¿cuántas hojitas tiene la mata?

Y ella contesta:

—Caballero de capa y sombrero,
usté que sabrá leer y escribir,
sumar y restar,
multiplicar y dividir,
¿cuántas estrellitas tiene el cielo
y arenitas la mar?

Y dice el Príncipe:

—Y el beso del encajero,
¿estuvo malo o bueno?

Y ella replica:

—Y el rábano por el culo,
¿estaba blando o duro?

Después de unas pocas explicaciones quedaron muy amigos, y luego novios, y luego se casaron, y fueron muy felices y comieron perdices.

70. LAS JOROBAS

Había en un pueblo un jorobado que en verano se salía todas las noches, él solito, a las eras a tomar el fresco hasta allá a las once, y una noche se encontraba en una era tan a gusto, que dieron las once... Y ¡nada!, quieto allí, dio el cuarto, y quieto allí; dio la media, y dice:

—Vaya, vaya, que mañana tengo que madrugar; nos iremos a dormir.

Pero... no se movió; dieron los tres cuartos, y dijo:

—Pues, ya, haré una calaverada. Me esperaré hasta las doce a ver si es verdad que hay brujas.

A cada minuto mudaba de idea; tan pronto decía «¡Bah!, me voy», como «¡Bah!, me quedo»; y entretenido con estos cambios de modo de pensar y gozando con el fresco de la noche, ¡dieron las doce! Y no hicieron más que dar las doce y empezó a ver unas visiones muy extrañas y a oír músicas de rabeles, panderetas, castañuelas y otros instrumentos. Las visiones aquellas eran las brujas, que nunca había visto el jorobado, y, a la vez que tocaban, bailaban, bajaban, subían, iban, venían, saltaban, hacían mil fantásticas variaciones con sus cuerpos y con sus panderetas y demás instrumentos de diversión, y al poquito rato empezaron a cantar:

Lunes y martes y miércoles, tres;
lunes y martes y miércoles, tres.

El jorobado, que vio que no cantaban más que esto: «Lunes y martes y miércoles, tres», dijo entre sí: «¡Pobrecillas! Voy a completarles la semana». Y cantó con la misma tonadilla de las brujas:

Jueves y viernes y sábado, seis;
jueves y viernes y sábado, seis.

Todavía no había empezado a decir «y domingo, siete», cuando dice una bruja:

—¡Ay! Que nos ha concluido el cantar; ¡qué gusto! ¿Quién ha sido, quién? ¿Dónde está el que nos ha acabado de enseñar el cantar?

Y el jorobado dijo:

—Aquí estoy, aquí; sentado en esta piedra.

Le rodean todas las brujas y le hacen mil caricias y le dicen:

—¡Pobrecillo! ¡Y es jorobadillo! ¿Qué gracia quieres, qué gracia quieres por habernos enseñado el cantar? Pide lo que quieras, que todo te será concedido.

—Que me quitéis esta joroba.

—¡Ah! Sí, sí; ¡pobrecillo! Bien lo merece.

Y le pasó la mano una bruja por la joroba y se quedó el jorobado más derecho que un huso. Les dio las gracias y ellas se las dieron a él; se fue a dormir, y ellas siguieron divirtiéndose por los aires.

El jorobado no durmió de gozo; se levantó, tan contento, muy de mañana y se echó a la calle a lucir su persona. A todo el pueblo le chocó mucho que el jorobado, de la noche a la mañana, se hubiera quedado sin joroba, y no había quien no le preguntara cómo le había sucedido este milagro; pero a quien más le chocó y a quien más le interesó la explicación de esa mudanza fue a otro jorobado que había en el pueblo, por si podría lograr lo que el feliz jorobado había conseguido. A todos contó el caso, y el otro jorobado, dijo:

—A la noche voy yo por si se les ha olvidado lo que tú les enseñaste, y, aunque lo canten todo, yo les diré:

¡Y domingo, siete!

a ver si a mí me quitan la joroba, que sí me la quitarán, pues, ¿no me la han de quitar? —Y de gusto se puso a hacer piruetas.

Todo el día anduvo por el pueblo el jorobado tan satisfecho y tan bravuconcillo diciendo:

—Mañana yo seré como vosotros; esta noche me quitan la joroba; ¡ole, salero!, ¡y que todo se lo merece este cuerpecito!, —decía el presumidillo poniéndose en jarras.

Deseando estaba que llegaran las doce de la noche. Desde media tarde se fue ya a las eras el infeliz, y allí se estuvo sin querer ir a casa a cenar, por si a las brujas se les ocurría salir mientras tanto.

Aquella noche se le hizo un siglo; tanto duraba para él cada cuarto de hora que, a poco de oír el cuarto, o la media, o los tres cuartos, o las horas, le parecía que se había parado el reloj, y que por el tiempo que hacía que se había parado debían de ser más de las doce; se desesperaba, se aborrecía viendo que aquella noche no salían las brujas... y volvía a oír el reloj.

Con todo este desasosiego estuvo desde poco después de anochecer hasta que, por fin, ¡oyó las doce!, y no hizo más que oírlas y ¡casi, casi reventó de gozo! Vio las mismas visiones que había visto su compañero y oyó las mismas músicas y vio que hacían las brujas los mismos equilibrios que la noche antes, y oyó que cantaban:

Lunes y martes y miércoles, tres;
lunes y martes y miércoles, tres;
jueves y viernes y sábado, seis;
jueves y viernes y sábado, seis.

El jorobado estuvo tan atento a ver si pasaban de lunes y martes y miércoles, tres, para decir él en seguida jueves y viernes y sábado, seis, si es que lo habían olvidado; pero cantaron bien lo que habían aprendido la otra noche. Aún le quedó el último recurso; viendo que no pasaban de jueves y viernes y sábado, seis, les dijo:

¡Y domingo, siete!

¡Las brujas que lo oyen!... se enfurecen y dicen:

—¿Quién nos hace la burla, quién? ¿Dónde está el que nos hace la burla?

Como el jorobado estaban tan persuadido de que aquella noche se quedaba sin joroba, no entendió lo que dijeron las brujas; al contrario, creyó que decían: «¿Quién nos dice la última, quién? ¿Dónde está el que nos dice la última?» Así es que dijo:

—Aquí estoy, aquí; sentao en esta piedra; quítenme ustedes la joroba.

Le rodean todas las brujas, la emprenden a pellizcos y dice una:

—¡Calla! ¡Si es jorobado! ¿Qué haremos con él? —Y dicen a coro:

—¡Ponerle otra joroba! —Y le plantaron otra joroba.

Se fue a casa tan pensativo, que no pudo dormir en toda la noche; al día siguiente no se atrevió a salir a la calle para que no le vieran con las dos jorobas, y tanto, tanto aumentó su pena, que por la tarde se murió.

71. EL SEÑORITO PERICO EL TONTO

Este era un mozo que se llamaba Pedro, al que todos le llamaban Perico. Era de lo más tonto que se puede imaginar. Vivía con su madre en una casa de campo cerca de un pueblo.

Perico era muy servicial; pero como todo lo hacía al revés o provocando conflictos, su madre no quería encargarle nada, y siempre que él quería hacer algo, le decía su madre:

—No, hijo, déjalo; que tú eres un señorito. —Por eso le llamaba todo el mundo el señorito Perico.

Un día había comprado su madre en el pueblo un cochinillo y le dijo a Perico:

—Te voy a dar un encargo, pero a ver cómo lo haces. Coge la burra, vete al pueblo, te vas a casa del tío Santos y le dices que te dé el cochinillo que le he comprado, y te vuelves. No tardes.

Cogió Perico la burra, y como su madre no le había dicho que se montara, se fue andando al pueblo, llevando la burra del ramal. Llegó a casa del tío Santos y dijo que le dieran el cochinillo que había comprado su madre. Le sacaron el lechón a la calle, lo llevó Perico hasta las afueras del pueblo y una vez en el camino dijo Perico al cerdito:

—¿Tú sabes ir a casa de la señora María?

El cochinillo gruñó:

—¡Unjc! ¡Unjc! ¡Unjc!

Periquillo creyó que le decía que sí, le pegó un palo y el cochinillo se marchó corriendo camino adelante.

Periquillo se volvió al pueblo para ver a algunos conocidos, y cuando le pareció, se volvió a casa andando, llevando la burra del ramal.

Su madre, que estaba intranquila por lo que tardaba, le preguntó por el cerdo.

—¿Pero no ha venido? ¡Si me dijo que sabía venir aquí!

—¡Tonto más que tonto! Ya lo podías haber atado a la cola de la burra. ¡No se te ocurre nada!

Pasaron unos cuantos días. Su madre había mandado arreglar en el pueblo una caldera y le dijo a Perico:

—Vas a coger la burra, pero móntate, no seas tonto, te vas al pueblo y recoges de casa del calderero la caldera que le llevé a arreglar la semana pasada. ¡Y no le vayas a decir a la caldera si sabe venir sola, como le dijiste al cerdo!

—No, señora; ¡qué cosas tiene usté! ¡Demasiao sé que la caldera no puede venir sola!

Cogió Perico la burra, se montó en ella, fue al pueblo, recogió la caldera, la ató a la cola de la burra y se volvió tan contento a su casa, poniendo la burra al trote.

Llegó a su casa con la caldera toda abollada y con tres o cuatro agujeros. Al verlo, la madre exclamó:

—¡Qué hijo más tonto, Dios mío! ¡No poder encargarle nada!

—Pues usté me dijo que la atara a la cola de la burra.

—Eso era al cerdo, grandísimo tonto, no a la caldera. Tenías que habértela puesto en la cabeza para que no se estropeara.

Pasado algún tiempo, la madre se había olvidado de lo tonto que era el señorito Perico y le mandó al pueblo a comprar un kilo de pez.

Se fue Perico montado en su burra, compró la pez en el pueblo, que le dieron envuelta en un trapo, y se volvió, poniéndose la pez en la cabeza. Por el camino se le fue derritiendo, y cuando llegó a su casa no podía apearse, porque estaba pegado con la pez a la albarda.

La madre, después de regañarle por lo tonto que era, recogió lo que pudo de la pez y le dijo:

—¡Qué desgracia es la de ser tan tonto! ¡No se te ha ocurrido remojarla de vez en cuando para que no se derritiera!

—Pues usté me dijo que me la pusiera en la cabeza.

—Eso la caldera, so tonto; no la pez.

Estuvo Perico mucho tiempo sin hacer nada para la casa y un día le mandó su madre al pueblo con unas alforjas y un talego a comprar sal.

Fue Perico, compró la sal, y al regreso iba remojando el talego en todos los charcos y arroyos que iba encontrando. Cuando llegó a su casa, presentó a su madre el talego todo mojado y sin nada de sal.

—¡Bueno; es para matarte! ¿A quién se le ocurre mojar el talego con la sal?

—Pues usté me dijo que mojando el trapo no se derretía.

—Eso la pez, grandísimo tonto, no la sal. Haberla metido en las alforjas. Ya no te vuelvo a mandar nada en la vida.

Pasaron días y días; a la madre se le olvidó lo tonto que era su hijo y le mandó al pueblo diciéndole que fuera en la burra a recoger una jarra y una docena de vasos.

Fue Perico a la cacharrería.

—¡Hola, señorito Perico! ¿Qué le trae por aquí?

—Que me manda mi madre a recoger una jarra y unos vasos.

—Sí, aquí están; tómalos.

Los cogió, los metió en las alforjas, se montó en la burra y se fue corriendo a su casa.

Cuando fueron a sacar los vasos de las alforjas estaban todos rotos.

—Ahora debía romperte yo a ti el alma —dijo la madre.

—Pues usté me dijo que en las alforjas...

—Eso la sal, tonto. Anda, márchate, que no te quiero ver. Y despídete de volver nunca más al pueblo.

Su madre ya no le hacía ningún encargo, pero un día vio la madre que no quedaba leña en casa; creyó que su hijo no podría hacer ninguna tontería yendo a buscar leña y le dijo:

—Mañana vas a ir al monte a traer leña.

Perico se puso muy contento al ver que su madre le mandaba hacer algo y dijo:

—Llámeme bien temprano.

A la mañana siguiente la madre despertó a Perico y le dijo:

—¡Anda, levántate! ¡Oye, súbete en la burra!

Perico se levantó, se fue a la cuadra, se montó en la burra y montado en la burra se quedó en la cuadra. Montado en la burra se pasó todo el día en la cuadra. Por la tarde su madre pasó, por casualidad, frente a la cuadra y allí vio al señorito Perico.

—Pero ¿qué haces aquí?

—¿No me dijiste esta mañana que me subiera a la burra?

—Es verdá que te lo dije, y como ésta es la tontería menos tontería de las que has hecho, te voy a mandar todos los días a por leña. ¡Rey de los tontos!

72. LA PERRA GORDA

Vivían en un pueblo un zapatero y un sastre. Eran muy amigos y siempre estaban discutiendo. Los dos eran muy amigos de dar bromas ligeras o pesadas, pero a ninguno de los dos le gustaba recibirlas. Los dos tenían un carácter muy obstinado y testarudo, y no les importaba perjudicarse con tal de hacer su gusto o salirse con la suya.

El zapatero era además muy tramposo en dos sentidos: porque hacía trampas cuando se ponía a jugar y porque le debía dinero a todos sus amigos, menos al sastre, que había asegurado muchas veces que a él no le debería nunca el zapatero ni una perra gorda.

Tan entrampado estaba el zapatero, que ya no podía vivir, porque lo poco que trabajaba le servía para disminuir las deudas con el cliente. Así es que, de acuerdo con su mujer, había pensado huir del pueblo gastando a todos la broma de que se había muerto.

Una tarde estaban solos el sastre y el zapatero en la taberna y se pusieron a jugar al tute. Las condiciones eran: una perra chica, *las veinte;* una perra gorda, *las cuarenta,* y dos perras gordas, *el juego.*

Empezaron a jugar. Al sastre le daban muy buenas cartas. A la mitad del juego cantó el sastre *las cuarenta;* siguieron jugando y el zapatero hacía la trampa de mirar tres o cuatro cartas de la baceta antes de robar. El sastre le llamó la atención y el zapatero tiró las cartas al ver que iba a perder, y dijo que no jugaba más.

—Bueno, pero págame *las cuarenta.*

—¿Yo? ¡Qué te voy a pagar!

—No seas tonto; dame la perra gorda.

—Que no te doy la perra gorda, hombre.

—Pues más te va a costar un juicio de faltas en el Juzgado.

Armaron un escándalo mayúsculo, tuvo que intervenir el tabernero y algunos mozos que oyeron las voces, y entre todos lograron que cada uno se fuera a su casa.

Cuando llegó el zapatero a su casa le dijo a su mujer lo que le había ocurrido y lo que había pensado. El zapatero se iba a hacer el muerto; estaría amortajado en su casa; al día siguiente por la noche lo llevarían, como era costumbre, a la iglesia, donde estaría toda la noche, para enterrarlo al otro día, de madrugada, en el cementerio, que estaba junto a la misma iglesia. Él se marcharía del pueblo antes de amanecer y enterrarían la caja sola con algún peso dentro. Su mujer iría a reunirse con él a los dos o tres días y así saldaba todas sus deudas.

Al día siguiente después de comer, corrió la mujer la voz de que el zapatero se había muerto; encargó una caja al carpintero, le amortajaron y estuvo toda la tarde de cuerpo presente en su casa. Por la noche lo llevaron a la iglesia para dejarle en depósito toda la noche, sobre unas andas que había sobre dos caballetes de madera, con unas faldas de tela negra, formando así una especie de túmulo.

Cuando se enteró el sastre, pensó: «Ese granuja no se ha muerto, y como no se haya muerto, a mí me paga la perra gorda».

Quiso ir a verlo amortajado y la mujer no le quiso dejar pasar, porque sabía el disgusto que había tenido su marido con él.

El sastre se confirmó en su creencia, y cuando por la noche lo dejaron en la iglesia, se escondió el sastre debajo de las faldas de las andas con la seguridad de cogerle en la trampa.

El zapatero, en su caja sobre las andas, no quería moverse, porque sabía que en esos casos dejaban entornada la puerta de la iglesia y podía entrar alguien. El sastre estaba agazapado esperando la ocasión de sorprender al zapatero. En la iglesia no había más luz que la de una lámpara de aceite que alumbraba muy poco, pero lo suficiente para que el zapatero viera algo, mientras que el sastre, dentro de las cortinas negras, no veía nada. A medianoche entraron en la iglesia cuatro ladrones con un talego de dinero dispuestos a repartírselo. El que hacía de jefe de la cuadrilla dijo a los otros que iba a hacer cinco partes del dinero: una para cada uno y otra para el que se atreviera a darle una puñalada al difunto. Se fue uno de ellos muy decidido hacia el muerto, y cuando estaba cerca de él, dio un salto el zapatero y gritó:

—¡Salgan todos los difuntos!

Y el sastre, que aunque no veía oía, respondió:

—¡Aquí estamos todos juntos!

Los ladrones huyeron despavoridos, y el zapatero vio que se habían dejado allí el talego.

Se tiró al suelo el zapatero y salió el sastre de su escondite.

—¡Ah, granuja! Conque difunto, ¿eh? Ya me estás dando la perra gorda.

Y se pusieron a discutir sobre la perra gorda y sobre si el juego valía o no valía.

Mientras tanto los ladrones que habían salido corriendo se refugiaron en casa de otro ladrón que tenía fama de muy valiente. Le contaron el caso y les dijo que eran unos gallinas y que se iba con ellos a recoger el talego.

Se fueron los cinco hacia la iglesia; por precaución se quedaron en la puerta a escuchar, y oyeron dentro la discusión, cuando uno decía:

—Tú me das a mí la perra gorda, porque como estás difunto, ¡te pateo las tripas!, ¡te machaco los hígados!, ¡te mato! Que por matar a un muerto no me pasa nada. Por última vez, dame la perra gorda.

El ladrón que había ido de refuerzo dijo a los otros cuatro:

—Aquí no hay nada que hacer. Si por una perra gorda se ponen así, cualquiera se atreve con ellos. ¡Vámonos, vámonos!

Se marcharon los ladrones y siguieron discutiendo el zapatero y el sastre.

—Mira —dijo el zapatero—, me doy por vencido. Te daré la perra gorda y las dos perras gordas más del juego si me guardas el secreto. Vete a tu casa y mañana por la mañana te llevará mi mujer las tres perras gordas, ¡palabra!

Se marchó el sastre, satisfecho de que el zapatero no le había engañado y deseando acostarse. El zapatero, cuando le vio marchar, recogió el talego de dinero y se fue corriendo a su casa.

Contó a su mujer todo lo ocurrido, contó el dinero del talego, que eran más de tres mil pesetas y decidieron pagar todas las trampas, seguir viviendo en el pueblo y que la muerte del zapatero se quedara reducida a una broma más de las muchas que había gastado en su vida.

73. LA MARIMANDONA

En algunos pueblos de León, Salamanca y Zamora se canta esta copla:

Vengo, mujer, de la feria
de comprar una bandurria.
Acuérdate, mujer mía,
lo que le pasó a la burra.

por ser ésta la copla con que se termina el cuento de «La marimandona».

* * *

Vivía en un pueblo una viuda por cuarta vez. Decían en el pueblo que a sus cuatro maridos los había matado a disgustos, porque era tan mandona, que si no hacían lo que quería, empezaba a decir cosas desagradables y molestas, a tomar venganza y a amargar la vida de quien tuviera a su lado, y siempre terminaba haciendo su gusto o su capricho.

Pero era joven y guapetona y se enamoró de ella un hombre del pueblo. Un día que tuvo ocasión habló con ella y le propuso casarse, porque aunque conocía muy bien el defecto que ella tenía, pensó que se lo corregiría radicalmente.

Accedió la viuda, se pusieron de acuerdo en celebrar pronto la boda y, como en los pueblos todo se sabe enseguida, los amigos dijeron al hombre:

—¿Es verdad que te vas a casar con la viuda?

Al contestarles que sí, los amigos quisieron disuadirle haciéndole toda clase de consideraciones y contándole sucedidos con los cuatro maridos que había tenido.

—Mira que a esa mujer no hay quién la dome —le decían—. Si el último marido se murió del berrinche que se tomó cuando se le ocurrió aprender a tocar la bandurria, y fue ella y le rompió la bandurria que acababa de comprar diciendo que no estaba para músicas.

—Pues ya veréis como yo la domo.

En el poco tiempo que fueron novios se comunicaron lo que cada uno tenía para aportar al matrimonio, con lo que se vio que ella hacía mejor boda que él, porque las veinte fincas que él tenía valían mucho más que la casa propia de la viuda y tres tierrecitas de labor. Acordaron que una vez casados vivirían en la casa de ella, y se enteró él de que, en el corral, tenía la viuda dos novillos que estaban reventando de gordos y que eran el orgullo de su ama.

Arreglaron los papeles necesarios para la boda, consiguieron dispensa de amonestaciones, para evitar que se enterara el pueblo y les prepararan una cencerrada, y un día, muy de madrugada, se casaron sin que fueran a la iglesia más que los padrinos y los testigos.

El novio le había dicho a la viuda el día anterior que para evitar la cencerrada del pueblo, desde la iglesia se irían a comer a una de sus fincas del campo, llevando la comida que ella quisiera preparar en una borrica que él llevaría. Y al padrino le encargó que el día siguiente por la mañana fuera al corral de la casa de la viuda, se llevara a la posada los novillos cebones y dejara en el corral de la viuda cuatro novillos flacos que él tenía preparados en el corral de la posada del pueblo, de todo lo cual ya estaba enterado el posadero.

Una vez que se casaron, al salir de la iglesia ya estaba preparada la burra con unas alforjas y unas jamugas para que ella fuera montada cómodamente.

Montó ella en la burra, se despidieron de los amigos y se marcharon al campo. Cuando llegaron a la finca que él había escogido, se apeó la mujer, él hizo como que dejaba atada la burra en un árbol cerca del prado, se echó al hombro las alforjas, cogió cariñosamente del brazo a su mujer, y se fue con ella debajo de unos árboles junto al río y se sentaron en el césped.

Mientras preparaban la comida y mientras comieron, él estuvo muy amable y cariñoso con ella, ponderó lo bien que había preparado la comida, se hacía lenguas de lo felices que iban a ser, de lo que pensaba ganar y ahorrar para cuando fueran viejos, y siempre que ella iba a decir algo procuraba interrumpirle lo que fuera a decir, contándole algo que le fuera agradable.

Terminaron de comer y dijo él:

—¿Te parece que nos vayamos a casa?

Y ella contestó:

—Bueno, vámonos. —Pero lo dijo con un tonillo que parecía querer decir: «¡Ya me estoy cansando de que no sea yo quien diga lo que tenemos que hacer!».

Recogió él los restos de la comida en las alforjas, se las echó al hombro y cogiendo del brazo a su mujer fueron al sitio en que había dejado la burra y, en efecto, allí no estaba. Entonces él se puso muy enfadado y dijo:

—¡Caro le va a costar el no haberse quedado donde la dejé, la voy a matar!

La mujer pensó para sus adentros: «¡Vaya un genio que saca mi marido!». Vio que la burra estaba en mitad del prado y dijo:

—¡Mira, allí está la burra!

Se fueron hacia la burra, haciéndose él cada vez más el enfadado. Se soltó del brazo de su mujer, sujetó la burra del ramal, sacó de debajo de la albarda una escopeta y le pegó dos tiros en la cabeza a la burra.

La mujer, muy asustada, se atrevió a decirle:

—¿Por qué has hecho eso con la burra, hombre?

—¡Con la burra y con quien sea menester! ¡Que se hubiera quedao donde la dejé! ¡A mí, la burra que quiera hacer lo que a ella le dé la gana, no me vale! ¡Y no me repliques!

La mujer, acobardada, dijo:

—Bien, bien, has hecho muy bien.

Y cogidos del brazo se marcharon hacia el pueblo.

Llegaron a la casa y después de descansar un rato, en que ella no se atrevía a decir ni una palabra, dijo él:

—Vámonos al corral a ver los novillos que he comprado.

Una vez en el corral le dijo:

—He vendido los dos novillos y he comprado estos cuatro para engordarlos. ¿Qué te parece?

—Bien, muy bien; lo que tú hagas está bien. En cuanto engorden tendremos cuatro en vez de dos.

Conque se volvieron al interior de la casa, abrió él un baúl, sacó unos miles de pesetas y se los dio diciendo:

—Toma; tú eres el ama de la casa y de los cuartos. Yo, a ganarlos, y tú a gastarlos conmigo.

Y mientras la mujer fue a guardar el dinero, sacó del mismo baúl una bandurria y acompañándose se puso a cantar:

Vengo, mujer, de la feria
de comprar una bandurria.
Acuérdate, mujer mía,
lo que le pasó a la burra.

Volvió la mujer pensando para sus adentros: «¡Muy bruto es, pero es el marido que yo necesitaba!» Se abrazó a él y le dio muchos, muchos besos.

74. EL PRÍNCIPE TOMASITO

Este era un Rey que tenía un hijo de catorce años. Todas las tardes se iban de paseo el Rey y el Príncipe Tomasito hasta la Fuente del Arenal, que era una fuente de unos jardines de un palacio que estaba abandonado, porque decían que allí vivían tres brujas. La gente decía que las brujas eran hermanas y se llamaban Mauregata, Gundemara y Espinarda.

Una tarde el Rey cogió en la Fuente del Arenal una rosa blanca hermosísima, que parecía de terciopelo, y se la llevó a la Reina.

A la Reina le gustó muchísimo y guardó la rosa en una cajita que dejó en una habitación junto a la alcoba.

A medianoche, cuando estaban dormidos los Reyes, despertó el Rey y oyó una voz lastimera que decía:

—¡Rey, ábreme!

—¿Dices algo? —preguntó el Rey a la Reina.

—Yo, no.

—Pues me parecía que me llamabas.

La Reina se volvió a quedar dormida y el Rey volvió a oír muy claramente:

—¡Rey, ábreme!

Entonces el Rey se levantó, fue a la habitación de al lado y abrió la caja donde estaba la rosa blanca, que era de donde salían las voces.

Al abrir la caja empezó la rosa, que era la bruja Espinarda, a crecer, hasta convertirse en una Princesa que le dijo al Rey que quería casarse con él y que tenía que matar a la Reina.

—Eso yo no lo puedo hacer.

—Pues lo harás o morirás. Media hora te doy de plazo.

El Rey no quería matar a la Reina; la cogió en brazos, se la llevó a un sótano y la dejó allí encerrada. La Reina se puso a rezar a San José creyendo que el Rey se había vuelto loco, y el Rey se volvió a su alcoba.

A la mañana siguiente Tomasito entró, como tenía por costumbre, a dar los buenos días a sus padres y exclamó:

—¡Esta no es mi madre!

—¡Calla o te mato! —dijo la bruja.

Luego salió la bruja de la habitación y dijo a los criados de palacio que ella era la Reina Rosa y que al que no la obedeciera, le mandaría matar.

Tomasito se marchó llorando, recorrió todo el palacio y cuando estaba en una de las habitaciones más bajas oyó unos lamentos que le parecieron de su madre. Se guió por el oído, llegó al sótano donde estaba encerrada y Tomasito le dijo que no podía abrir, pero que le llevaría comida.

En palacio estaban todos atemorizados con la Reina Rosa.

Un día la bruja pensó deshacerse de Tomasito y le mandó llamar.

—¡Tomasito! —le dijo—, me vas a traer, a escape, un jarro de agua de la Fuente del Arenal.

Tomasito cogió un jarro, se montó en un caballo y se fue hacia la Fuente del Arenal. En el camino le salió un anciano que le dijo:

—Tomasito, sé lo que vas a hacer, pero óyeme bien lo que te encargo: Coge el agua de la Fuente sin detenerte ni apearte del caballo, sin volver la vista atrás y sin hacer caso cuando te llamen.

Al llegar Tomasito cerca de la Fuente, le llamaron dos mujeres que le querían tirar una soga al cuello, pero no les hizo caso; cogió el agua sin parar el caballo y volvió a palacio.

La Reina Rosa se extrañó al verlo volver y le mandó que fuese a por tres limones a la Fuente del Arenal.

Tomasito emprendió de nuevo el camino y le volvió a salir el mismo anciano que le dijo que cogiera los tres limones sin parar el caballo ni hacer caso de llamadas. Lo hizo así y se presentó en palacio con los tres limones.

La Reina Rosa se puso hecha una furia y le dijo:

—¿A qué me traes limones, si te he dicho que naranjas? ¡Vete ahora mismo por tres naranjas!

Otra vez se marchó Tomasito hacia la fuente y otra vez le salió el mismo anciano a decirle que cogiera las tres naranjas llevando el caballo a toda carrera al pasar junto a los árboles.

Se presentó en palacio con las tres naranjas y la Reina Rosa le dijo que era un inútil y lo echó de palacio.

Tomasito se fue al sótano, se despidió de su madre, encargó a una doncella que no dejara de llevarle comida y cuidarla y se marchó de palacio a recorrer mundo, huyendo de la Reina Rosa.

A poco de andar le salió al encuentro el mismo anciano, que era San José, aunque el Príncipe Tomasito ni lo sabía ni se lo figuraba. Le pasó la mano por la cara a Tomasito, le disfrazó de ángel con una cabellera rubia llena de tirabuzones y le dijo:

—Ahora vamos a ir al castillo de las brujas; veremos a dos mujeres que me dirán que deje el niño para enseñarle el castillo; son las hermanas de la Reina Rosa. Tú me dirás: «¡Papá, déjame!», y yo te dejaré dos horas; te enseñarán todo menos una habitación; tú porfía para que te la dejen ver y una vez dentro haz lo que tú quieras.

Llegaron al palacio y sucedió todo lo que le había dicho San José. Le enseñaron todo el palacio menos una habitación que tenían cerrada. Tomasito dijo que le gustaría verla también y le dijeron que no tenía nada de particular y que además ya se les hacía tarde, porque estaban esperando que fuera un niño que se llama Tomasito para colgarlo de un árbol. Insistió Tomasito en ver la habitación con tantos argumentos que las convenció, y vio que era una habitación con paños negros en las paredes y una mesa con tres faroles que tenía cada uno una vela encendida. Preguntó qué eran aquellos tres faroles y dijo la Gundemara: «Estas dos velas son nuestras vidas y la de este otro es la de nuestra hermana, que ahora es la Reina Rosa. Cuando se apaguen estas velas se acabarán nuestras vidas.»

Tomasito dio un soplo a las dos primeras velas y allí reventaron la Gundemara y la Mauregata. Cogió el tercer farol y al salir del castillo se encontró al anciano, que le dijo:

—Has hecho lo que yo esperaba. Vámonos a tu palacio. Ya es hora de que sepas que yo soy San José, que estoy atendiendo las súplicas de tu madre.

Llegaron al palacio y por medio de un criado mandó llamar a su padre. Cuando lo vio le dijo:

—¡Padre! ¿Qué vida prefiere usted, la de mi madre o la de la Reina Rosa?

El Rey dijo:

—Yo quiero la de tu madre.

—Pues déle usted un soplo a esta vela.

El Rey sopló, se apagó la vela y la Reina Rosa dio un estallido.

Bajaron al sótano para librar a la Reina del encierro y San José había desaparecido sin saber por dónde.

75. LAS TRES NARANJITAS DEL AMOR

Este era un Rey muy antojadizo, y un día se le antojaron las tres naranjitas del amor. Cogió un caballo, y trotando y galopando fue entrando por todas las quintas y por todos los jardines a ver si las encontraba.

En unas partes le decían:

—¿Naranjitas del amor? No las hemos tenido nunca.

En otras:

—Se nos han concluido.

En otras:

—Más adelante tendremos.

Y como él las quería entonces mismo porque tenía muy poca espera y todo lo quería en el acto, siguió trotando y galopando hasta que llegó a un jardín, y el jardinero le dijo:

—Sí, señor; tres quedan en un árbol.

Las compró el Rey y se fue con ellas.

En el camino tuvo sed y partió una, y se encontró con que era una señorita con un niño en brazos. La señorita era muy guapa y llevaba el pelo tendido, y le pidió al Rey agua para lavarse, peine para peinarse y toalla para secarse.

El Rey dijo:

—Aquí no tengo; voy a palacio a buscarlo, y todo te lo traeré enseguida.

Pero la señorita instantáneamente y en presencia del Rey, se volvió paloma y se marchó volando con el niño.

Partió otra naranjita y lo mismo sucedió: también salió una señorita muy guapa con el pelo tendido y un niño en brazos, y también pidió agua para lavarse, peine para peinarse y toalla para secarse; y después de decir el Rey que iba por ello y enseguida lo traería, la señorita se volvió paloma y voló con el niño.

Ya no se atrevió a partir la otra naranjita, aunque tenía mucha sed; pero llegó a una fuente, bebió agua y al momento le entró la curiosidad de saber lo que había dentro de la tercera naranjita; la partió y salió otra señorita muy guapa, con el pelo tendido y un niño en brazos.

La señorita pidió agua para lavarse, peine para peinarse y toalla para secarse.

Sin contestar palabra, no fuera que la señorita se volviera paloma, echó a correr el Rey para traerle lo que había pedido.

Mientras tanto llegó a la fuente una pícara negra, y dijo:

—¿Quiere usted que la peine? Una señorita tan guapa, ¿qué hace usted aquí tan sola y tan despeinada? ¿Quiere usted que la peine? ¡Vamos, que enseguida la peino!

La señorita se resistió cuanto pudo; no quería dejarse peinar; pero tanto y tan cariñosamente insistió la negra, tan melosa estuvo y la jonjabó tanto, que por fin accedió.

Empezó a peinarla, y al poco rato le clavó en la cabeza un alfiler negro, que es lo que la pícara negra quería. Y no hizo más que clavarle el alfiler y enseguida la señorita se volvió paloma y se fue volando, pero sin el niño.

Entonces la negra cogió el niño, se desgreñó toda y se sentó a esperar al Rey.

Vino el Rey en su coche con dos caballos, sacó la jofaina, el peine y la toalla, y sorprendido, dijo:

—Pero, ¿cómo te has vuelto tan negra?

—Mira, del Sol; por tapar al niño, me he vuelto negra.

—¿Y cómo es que el niño no se ha vuelto negro?

—Porque lo he tapado yo.

—¿Y cómo te voy a llevar a mi palacio, si le he dicho a mi madre que eres tan guapa?

—¿No ves que me he puesto negra del Sol? Por tapar al niño, me he puesto negra.

—Bueno, bueno, vamos a palacio.

La lleva en el coche y la madre del Rey que la ve, dice:

—¡Uh, qué demonio! ¡Qué negra! Pues ¿cómo te has enamorado de esto?

—Que la ha quemado el Sol y la ha puesto negra; ya se le quitará y se quedará blanca como antes.

—¡Bah!

Se quedó esto así; repartieron las meriendas y merendaron todos en palacio.

Al otro día volaba una palomita por el jardín de palacio y le preguntaba al jardinero:

—¡Hortelano del Rey!

—¡Señora!

—¿Cómo le va al Rey con la Reina Mora?

—Comen, beben y están a la sombra.

—Y el niñito, ¿qué hace?

—Unas veces ríe y otras veces llora.

—¡Y su triste madre por los campos sola!

Al otro día lo mismo; volvió la paloma al jardín, hizo iguales preguntas al jardinero y se marchó.

Conque el jardinero se lo dijo al Rey, y el Rey dijo:

—Pues pon un lazo y cógeme esa paloma.

Puso el lazo el jardinero y la cogieron al tercer día.

El Rey la dejaba suelta por dentro de palacio para que jugara el niño con ella; andaba la paloma haciendo monadas por todas partes, y cuando comían se subía a la mesa y picaba en todos los platos y en el de la Reina Mora...

Ya no quiero decir por lo claro lo que hacía; apoyando las patitas en el borde del plato, se ponía de modo que el piquito estaba hacia fuera y la colita hacia dentro; levantaba un poco la colita, le aumentaba la ración a la Reina Mora y daba un saltito.

Y la Reina Mora decía:

—¡Uy, qué asco! ¡Qué gorrinería! ¡Yo ya no como! ¡Fuera esa paloma! ¡Fuera esa paloma!

Y el Rey decía:

—No, no, pobrecita; ¿a ver?, ¿a ver?

La coge, le pasa la mano por la cabeza y dice:

—¿Qué tiene aquí, un granito?

Y la Reina Mora decía:

—¡Uy, qué asco! ¡Uy, qué asco! ¡Quitádmela de aquí! —Porque a todo trance quería que se llevasen la paloma.

Pero el Rey, registrándole el bultito que tenía en la cabeza, vio que era la cabeza de un alfiler; le arrancó el alfiler y la paloma se volvió lo que era, una señorita muy guapa, y contó lo que había sucedido en la fuente.

Entonces la madre del Rey, por el chasco que se había llevado al encontrarse con una nuera tan fea y tan antipática, dice:

—¡Quemadla a esta pícara negra, quemadla!

La señorita decía que no, que la perdonaran; pero la quemaron en medio del jardín y luego vivieron todos muy felices.

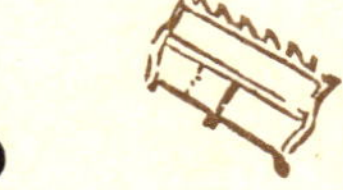

76. EL ACERTIJO

Un Rey tenía una hija muy lista y cuando ésta llegó a edad de casarse, su padre echó un bando que decía que la Princesa su hija se casaría con quien le dijera un acertijo que ella no pudiera adivinar.

Empezaron a acudir príncipes, condes y duques de todas partes que le decían acertijos a la princesa y ella los acertaba todos.

Así llegó uno y le dijo:

—¿Qué cosa tiene el molino
precisa y no necesaria
que no molerá sin ella
y no le sirve de nada?

La Princesa acertó enseguida que era *el ruido*.

Otro le dijo:

—Iba yo por un camino
y sin querer me la hallé,
me puse a buscarla
y no la encontré,
yo me la llevé.

—Pues *una espina que se clavó* —replicó la hija del Rey.

Pero un día llegó un pastor que había matado una yegua preñada y le sacó el potro vivo y lo crió. Con la piel de la yegua se había hecho una capa que se puso para ir a palacio montado en el potro. Por el camino vio una culiblanca que llevaba un racimo de uvas en el pico. La mató, le quitó el racimo, lo estrujó y metió el mosto en un frasco.

Y llegó a palacio y le dijo a la Princesa:

—Beba usted, señora, de este blanco vino
que una culiblanca llevaba a su nido.
Yo vengo montado en lo no nacido
y de la madre vengo yo vestido.

Y éste fue el único acertijo que no acertó la Princesa, pero dijo que con un pastor no se casaba. El pastor reclamaba su derecho; el Rey quería buscar una fórmula de arreglo y la Princesa propuso casarse con el pastor si hacía tres cosas que ella dijera y llenara además un saco de embustes, con la condición que de no hacerlo le costaría la vida.

El pastor accedió y le dijo la Princesa:

—Tenemos cien liebres en un corral y tiene usted que llevarlas tres días a pastar al campo a las ocho de la mañana y traerlas por la noche sin perder ninguna. Después tiene usted que encerrarse en una habitación con cien panes y comérselos todos sin dejar una migaja. Y luego tiene que separar cien fanegas de trigo y cien de cebada en una noche.

Entonces el pastor dijo que volvería a la mañana siguiente y se marchó llorando del palacio, cuando le salió al paso una bruja y le preguntó:

—¿Por qué lloras?

Y el pobre pastor le contó todo lo que había ocurrido.

Pero la bruja le dijo:

—No te apures, que yo te ayudaré. Toma esta flauta y vete mañana con las cien liebres, déjalas que corran y coman por el campo y cuando quieras volverlas a palacio, no tienes más que tocar la flauta y todas vendrán detrás de ti.

Conque así pasó. Tuvo las liebres todo el día en el campo y cuando llegó la noche tocó la flauta, se reunieron todas y volvió a palacio sin perder ninguna.

La Princesa, el Rey y todos los de palacio quedaron asombrados. Al día siguiente ocurrió lo mismo, y al tercer día va la Princesa y se disfraza de aldeana, para que no la conociese el pastor y ver si le podía quitar alguna liebre. Vestida de aldeana encontró al pastor, le vio que estaba solo y no veía ninguna liebre.

La Princesa le preguntó:

—¿Qué, ya no tienes libres?

Y contesta el pastor:

—Por ahí están pastando.

Y dijo la Princesa:

—¿Podrás venderme una?

El pastor, que había reconocido a la Princesa, pero se hizo el desentendido, le contestó:

—No puedo vender ni una sola porque las necesito todas para casarme con la Princesa.

Entonces la Princesa le rogó y le rogó, tanto y tanto, que el pastor se hizo como que se ablandaba y le dijo:

—Bueno, pues le voy a vender una, la que usted quiera, pero con una condición: que le dé usted un beso en el culo a mi mula.

La Princesa dijo que sí; el pastor tocó la flauta, acudieron las liebres, cogió una, la Princesa besó el culo a la mula, recogió la liebre y se marchó tan contenta.

Pero antes de que la Princesa llegara a palacio, el pastor tocó la flauta y la libre se le escapó a la Princesa y se fue corriendo con las demás.

Cuando por la noche llegó a palacio con las cien liebres le dijo el Rey:

—Ya llevas ganada la primera. Ahora vamos con la segunda.

Le metió en una habitación donde estaban preparados los cien panes y lo dejó encerrado. Al verse solo empezó a llorar y se le aparece otra vez la bruja, que le dice:

—No llores, toca la flauta y empezarán a venir pájaros que se comerán todos los panes sin dejar una migaja.

Y así pasó.

Al otro día fue el Rey a ver al pastor y como no vio ni una sola migaja de pan le dijo:

—Pues ya llevas ganada la segunda. Ahora vamos con la tercera.

Y lo lleva a una cámara donde estaban mezcladas cien fanegas de trigo y cien de cebada y también le dejó encerrado.

El pobrecito pastor, después de un rato, vuelve a llorar y se le apareció la bruja, que le dijo:

—No llores, hombre; no tienes más que tocar la flauta y verás cómo empiezan a venir hormigas que te hacen un montón del trigo y otro de la cebada. Tú te puedes echar a dormir y cuando despiertes estará todo separado.

Pasó todo como había dicho la bruja y al otro día fue el Rey a verlo y como estaba durmiendo le despertó.

—Aquí tiene usted todo el grano separado —dijo el pastor.

—Pues ya llevas ganadas las tres, y ahora veremos cómo llenas un saco de embustes. Vente conmigo.

Se fueron el Rey y el pastor a un salón de palacio donde estaba reunida toda la corte y la Princesa tenía preparado un saco.

Conque se fue el pastor junto a la Princesa y mirando a toda la gente dijo:

—Señores, va el primer embuste: El otro día, cuando estaba con las liebres en el campo vino la Princesa a verme para que le vendiera una liebre y yo se la vendí con la condición de que le besara el culo a mi mula. Y la Princesa fue, le alzó el rabo y le besó el culo.

Y entonces gritó la Princesa:

—¡Que se sale el saco! ¡Que se sale el saco! ¡Me caso, me caso con el pastor!

Y se arregló la boda y se acabó mi cuento.

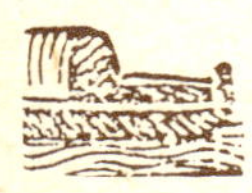

77. PIEDRA DE DOLOR Y CUCHILLO DE AMOR

Un día el diablo se metió en un jardín donde estaban jugando al escondite las muchachas de un colegio y se fijó en la más guapa con intención de robarla y llevársela.

Estaba cada una escondida en el sitio que mejor le pareció cuando llegó el diablo adonde estaba la colegiala guapa, le puso un anillo dormidero en el dedo y la muchacha se quedó dormida en el acto. Entonces la cogió en brazos y se la llevó, la metió en una urna de cristal y la tiró al mar.

La urna flotaba sobre las aguas y se la encontró un hijo del Rey que había salido a pescar en una barca. El Príncipe dijo a los dos marineros que le acompañaban, que cogieran lo que estaba en las aguas, sin saber bien lo que era, por capricho de verlo. Al subir la urna a la barca vieron que dentro de la caja de cristal había una muchacha como muerta. Rompieron la urna, sacaron a la muchacha y no sabían si estaba muerta o dormida. El Príncipe se fijó en el anillo que tenía en una mano y se lo quitó para verlo bien y de pronto se despertó la muchacha y empezó a dar gritos, pero el Príncipe le volvió a poner el anillo y se quedó otra vez dormida.

Entonces el Príncipe dijo:

—No he visto en mi vida una muchacha tan preciosa como ésta. Me la voy a llevar a palacio sin decirle nada a mi padre.

Y los dos marineros le ayudaron a llevarla y esconderla en palacio en una habitación que cerró con llave el Príncipe.

Todos los días iba a verla el Príncipe, la despertaba, le llevaba la comida, hablaban y la volvía a dormir. Los dos marineros limpiaban la habitación, y el Príncipe, que estaba cada día más enamorado, había dicho ya a la muchacha que se casaría con ella cuando encontrara ocasión de decírselo a sus padres.

Las dos hermanas que tenía el Príncipe estaban intrigadas con lo que el Príncipe debía tener en la habitación que siempre estaba cerrada con llave, y un día madrugaron mucho, fueron a la alcoba de su hermano, antes de que se despertara, le registraron los bolsillos y le quitaron la llave de la habitación, creyendo que les daría tiempo de satisfacer su curiosidad y volverle a dejar la llave en el bolsillo.

Se fueron las dos curiosonas a la habitación, vieron a la muchacha, que estaba dormida, una de ellas le quitó el anillo y la muchacha se despertó, pero ellas se asustaron, salieron corriendo, cerraron la puerta con la llave y fueron a contar a sus padres lo que habían hecho y lo que habían visto.

El Rey mandó llamar al Príncipe y cuando el Príncipe entró en la habitación de sus padres, vio en una mesita el anillo dormidero y la llave, por lo que comprendió que habían descubierto el secreto. Les contó el Príncipe todo lo ocurrido y su deseo de casarse con la muchacha. Los padres dijeron que se oponían a semejante cosa, pero después de ver lo enamorado que estaba el Príncipe accedieron y se celebró la boda en palacio con todo esplendor.

Antes de pasar un año murió el Rey. El Príncipe heredó el trono y tuvo que hacer un viaje por distintos reinos. Entretanto la joven Reina tuvo un hijo muy mono y al día siguiente, estando ella en la cama, se presentó el diablo y le dijo:

—O me dices lo que viste o me das lo que pariste.

Y contestó la muchacha:

—Ni te digo lo que vi ni te doy lo que parí.

El diablo le quitó el niño que tenía con ella, se lo comió y untó a ella los labios con la sangre del niño.

Poco después entró la madre del Rey y le preguntó por el niño. La muchacha no contestó nada y se echó a llorar. La abuela, sin preguntar más ni hacer indagaciones, empezó a insultarla y salió de la habitación diciendo que se había comido a su hijo.

Cuando volvió el Rey de su viaje salió su madre a recibirle y le dijo:

—Ya ves lo que ha traído el casarte contra la voluntad de tus padres; la esposa que en mala hora escogiste se ha comido a su hijo.

El Rey contestó:

—De sus entrañas salió y a sus entrañas volvió.

Y se fue a ver a su mujer.

Ella se abrazó a él llorando amargamente y cuando él quiso enterarse de lo que había pasado, ella decía llorando:

—¡No me preguntes nada! ¡No me preguntes nada!

La madre y las hermanas estaban muy indignadas y querían que el Rey mandara ahorcar a su mujer, pero éste dijo que ya procuraría saber lo ocurrido cuando volviera de un pequeño viaje que le quedaba por hacer. Para que se quedasen tranquilas les aseguró que, a su regreso, sería con ella todo lo cruel que fuera necesario, si era culpable.

Al emprender su nuevo viaje preguntó el Rey a sus hermanas y a su mujer qué querían que les trajera. Las hermanas le pidieron joyas y la mujer le dijo que le trajera una piedra de dolor y un cuchillo de amor.

En las tierras que recorrió encontró joyas muy bonitas para sus hermanas, pero en ninguna parte le decían dónde encontraría la piedra de dolor y el cuchillo de amor. Estaba muy preocupado pensando para qué quería su mujer esas dos cosas tan difíciles de encontrar.

Cansado de preguntar por todas partes, había decidido volver a palacio, cuando oyó a un vendedor ambulante pregonar:

—¡Piedras de dolor y cuchillos de amor!

—¿Cuánto quiere usted por esta piedra y este cuchillo? —preguntó cogiéndolos del tablero donde los llevaba.

Y dijo el vendedor:

—Se los cambio por todas las joyas que lleva en el saquito de viaje.

Compredió el Rey que era el diablo. Con el cuchillo que había cogido hizo tres veces la señal de la Cruz en el aire y el diablo huyó, quedándose el Rey con las joyas, la piedra y el cuchillo.

Al llegar a palacio entregó los regalos y al dárselos a su mujer quiso preguntarle para qué los quería, y siempre llorando amargamente decía:

—¡No me preguntes nada!

Ella tenía cogidos con las manos muy apretados la piedra y el cuchillo, y le dijo:

—¡Déjame sola!

El Rey hizo como que se marchaba y se escondió detrás de unas cortinas para observar a su mujer, porque sospechaba algo raro. Cuando ella se creyó que estaba sola se sentó junto a una mesa, dejó la piedra encima de la mesa y dijo:

—¡Piedra de dolor! ¿Es verdad que el hijo del Rey me salvó del mar, me llevó a su palacio y se casó conmigo?

—Es verdad, es verdad —contestó la piedra, al tiempo que se partía en cuarenta pedazos.

La muchacha preguntó después:

—¡Piedra de dolor! ¿Es verdad que tuve un niño del Rey y que vino el diablo, me lo arrebató, se lo comió y me untó los labios de sangre para que se creyeran que yo me lo había comido?

—Es verdad, es verdad —volvió a decir la piedra y cada pedazo se partió en otros cuarenta.

—¡Piedra de dolor! ¿Es verdad que mi suegra y mis cuñadas creen que yo me comí a mi hijo y quieren que el Rey me mande ahorcar?

—Es verdad, es verdad —contestó la piedra y cada pedacito se hizo otros cuarenta, que en total eran sesenta y cuatro mil pedazos.

Y exclamó la muchacha:

—¡Cuchillo de amor! Como se ha partido la piedra de dolor, párteme tú mi corazón.

Cuando se lo iba a clavar en el pecho, fue corriendo el Rey, se lo quitó de la mano, se abrazó a ella, le dijo que él creía en ella y la quería más que nunca y que no se separaría jamás de su lado para ser muy felices.

78. JUAN SIN MIEDO

Era un muchacho fuerte y robusto, de unos veinte años, que le llamaban Juan Sin Miedo porque no tenía miedo a nada, de nada ni por nada. Siempre estaba diciendo:

—Yo no sé lo que es miedo y me gustaría saberlo.

Un día que sus padres comentaban con el sacristán de la Iglesia que su hijo no conocía el miedo, y que le gustaría conocerlo, dijo el sacristán que él se comprometía a enseñarle lo que era miedo, que fuera esa noche por su casa.

Cuando llegó a casa el muchacho, le dijeron los padres lo que el sacristán había dicho, y después de cenar, se marchó Juan Sin Miedo a casa del sacristán. Estaban acabando de cenar el sacristan y la sacristana, y después de estar hablando un rato de lo del miedo, se fueron los dos hombres a la Iglesia; dejó el sacristán a Juan sentado en el banco y le dijo que no tardaría mucho rato en saber lo que era miedo.

En efecto, al poco rato, salió de la sacristía un fantasma envuelto en una sábana, con los brazos en alto y dos velas encendidas, una en cada mano. Se fue muy despacio hacia donde estaba Juan y cuando llegó junto a él, dijo Juan:

—¿Tú vienes a meterme miedo?

Y empezó a dar puñetazos y puntapiés al fantasma, que salió huyendo hacia la sacristía.

Salió Juan tranquilamente de la Iglesia y, muy despacio, se encaminó a casa del sacristán. Le salió a abrir la sacristana y le dijo que su marido estaba en la cama quejándose de muchos dolores y con un ojo amoratado.

—Bueno, pues déjalo. No venía más que a decirle que he pasado un rato de risa en la Iglesia, porque se me apareció un fantasma, le he pegado una paliza y ha salido corriendo.

El sacristán, que quería vengarse de la paliza, le contó al enterrador, que era muy amigo suyo, lo que le había sucedido y el enterrador dijo que él le iba a enseñar lo que era miedo, si quería saberlo.

Se fue el enterrador a buscar a Juan y le dijo que le convidaba a cenar aquella noche en el cementerio para que aprendiera lo que era miedo. Y Juan aceptó.

Llegó Juan al cementerio, donde le estaba esperando el enterrador. Le enseñó un muerto que había en el depósito y un camastro junto al muerto donde tenía que quedarse a dormir, si no le daba miedo. Luego lo pasó a otra habitación pequeña en la que estaba preparada una mesa para cenar, que en lugar de platos, vasos y cubiertos, tenía calaveras y huesos de muerto. El enterrador dijo:

—Vamos a cenar.

Y Juan dijo:

—Vamos.

Cenaron con la mayor naturalidad, se acostó Juan en el camastro y se durmió como si estuviese en su casa.

El enterrador se pasó toda la noche asomándose al depósito y preguntando con una voz cavernosa:

—Juanito, ¿tienes miedo?

Pero Juan Sin Miedo dormía y roncaba a pierna suelta.

A la mañana siguiente, el enterrador dijo que se daba por vencido y que con razón le llamaban Juan Sin Miedo.

Se hizo tan célebre Juan Sin Miedo, que llegó su fama a oídos del Rey. El Rey dijo que le llevaran a Juan Sin Miedo a su presencia, y que si era verdad que no tenía miedo, le casaría con la Princesa.

Se fue Juan Sin Miedo a palacio y el Rey había dispuesto ya todo lo que había imaginado para hacerle pasar miedo. Así que le encerraron en un sótano lóbrego y oscuro donde tenía que pasar la noche, si antes, por miedo, no pedía que lo sacaran.

Al poco rato de estar Juan en el sótano pensó que lo mejor sería acurrucarse en un rincón y dormir, pero empezó a oír ruido de cadenas arrastradas por el suelo y ayes y lamentos como de personas martirizadas, y se dijo Juan:

—¡Estos bárbaros no me van a dejar dormir!

Luego cesaron los ruidos y los lamentos, y vio unas sombras blanquecinas que llegaban con trozos de leña y los iban dejando en el centro, diciendo a la vez:

—¡Aquí morirá quemado Juan Sin Miedo, si el Rey no le salva! ¡Aquí morirá quemado vivo Juan Sin Miedo si el Rey no le salva! ¡Tiembla, Juan Sin Miedo, que ha llegado tu última hora!

Y dijo Juan Sin Miedo:

—Pero, ¡qué brutos! Nada, que no me van a dejar dormir.

Después de esta escena se marcharon los fantasmas, entraron dos criados que traían una mesa con servicio puesto para comer, un sillón y un candelabro con una vela encendida. Lo dejaron todo en medio del sótano y se fueron.

Entonces Juan Sin Miedo se acercó a ver lo que era, se sentó en el sillón, que era muy cómodo, y dijo Juan Sin Miedo:

—Hombre, esto está bien; por lo menos mientras coma y beba, no me aburriré.

Al ir a coger un pedazo de pan vio caer del techo una araña muy gorda, cogió el tenedor y la mató; luego empezaron a caer más arañas y salamanquesas y dragones y camaleones y otros bichos repugnantes y miedosos; pero Juan Sin Miedo se divertía en irlos matando con el tenedor y el cuchillo.

Cuando se había pasado un rato sin que cayeran bichos del techo, cogió el sillón, se lo llevó a un rincón y se puso a dormir.

A la mañana siguiente entraron a decirle que el Rey le esperaba. Subió Juan Sin Miedo, se presentó ante el Rey y éste le preguntó:

—¿Qué tal has pasado la noche? Cuéntame todo lo que has visto.

—Señor, yo estaba dispuesto a dormir tranquilamente, pero empezaron unos ruidos de cadenas, unos ayes y unos lamentos que no me dejaron dormir; después se les ocurrió venir a unos fantasmas ridículos ensabanados que dijeron unas cuantas sandeces y se fueron; luego me trajeron una mesa y empezaron a caer del techo arañas, dragones, salamanquesas y lagartos, y estuve entretenido en matarlos, y, por último, aún pude dormir un rato y eso ha sido todo.

—¿Pero no has tenido miedo?

—Si yo no sé lo que es miedo.

—Pues un hombre así es lo que yo quiero para mi hija.

Se arregló la boda y Juan Sin Miedo se convirtió en el príncipe Juan.

Una tarde, después de comer, se acostó el príncipe Juan a dormir la siesta y le regalaron a la Princesa una pecera llena de peces de colores. La Princesa, muy contenta con el regalo, fue a enseñárselo a su marido, que estaba profundamente dormido. La Princesa se acercó a la cama y hostigó a los peces, que empezaron a nadar de prisa y saltar, con lo cual el agua de la pecera salpicó toda la cama y la cara del Príncipe.

Entonces Juan Sin Miedo, sin acabar de despertar, empezó a gritar:

—¡Qué me matan! ¡Favor! ¡Socorro! ¡Auxilio!

Y se despertó con gran sobresalto.

—¡Qué te pasa, Juan? —dijo la Princesa.

—No sé. Un miedo terrible. Tengo toda la cara mojada de no sé qué.

—¿Pero has tenido miedo?

—Muy grande.

—Pues mira de lo que has tenido miedo, de lo que yo me río: de los peces de colores. Pero no se lo digas a nadie, que yo te guardaré el secreto, para que te sigan llamando el príncipe Juan Sin Miedo.

79. EL PRÍNCIPE DESMEMORIADO

El rey Perico y la reina Mari-Castaña tenían un hijo de más de veinticuatro años que se llamaba Andana. Este Príncipe tenía el defecto gravísimo de no tener memoria y se olvidaba de todo, casi en el acto.

Los reyes estaban muy preocupados y llamaron en consulta a los mejores médicos del reino. Después de largas discusiones llegaron al acuerdo de que no conocían ningún remedio para el mal del Príncipe y presentaron al Rey un extenso dictamen con el parecer unánime de que el Príncipe se fuera a recorrer el mundo, asegurando que volvería, recordando, si no todas, parte de sus aventuras.

Tanto el rey Perico como la reina Mari-Castaña recibieron con gran alegría el dictamen de los médicos y les concedieron cruces y condecoraciones en premio a su talento y sabiduría.

La Reina Madre preparó una buena merienda al Príncipe, le dio unos cuantos consejos y le despidió llorando.

El Príncipe echó a andar. Al poco rato, ni se acordaba de las lágrimas de su madre, ni de los consejos, ni de que llevaba merienda. Estuvo andando, hasta que sintió un hambre atroz y se metió en una posada. Pidió de comer, le sirvieron una buena comida, porque le habían conocido, comió y se marchó sin acordarse de pagar la cuenta al posadero.

Andando, andando, llegó hasta la orilla del mar, vio una viña y entró a por uvas; pero el guarda le confundió con un ladronzuelo vulgar y para escarmentarlo le cogió y le tiró al mar.

El Príncipe se acordó entonces de que sabía nadar, pero se le ocurrió nadar mar adentro y lo recogió un barco que navegaba hacia Turquía.

En la corte de Turquía estaba de sultán el Gran Turco. El Gran Turco era un déspota y todo el pueblo le odiaba y le temía. Tenía más de sesenta años, estaba ciego, porque se le habían formado cataratas en los ojos, y había llamado a los médicos de la corte diciéndoles que si no le sabían curar la ceguera, los mandaría matar.

Los médicos del Gran Turco no sabían operar las cataratas, pero como les peligraba la vida se decidieron a buscar un médico que pudiera curar la ceguera del Gran Turco. Averiguaron que en una de las ciudades turcas había un médico cristiano que hacía curas sorprendentes. Se lo dijeron al Gran Turco, le mandó llamar, y cuando tuvo en su presencia al médico cristiano le dijo que si le curaba le daría una gran cantidad de oro, pero que si no le curaba, mandaría que le cortasen la cabeza.

El médico cristiano entretuvo al Gran Turco unos cuantos días con cocimientos de flor de saúco y con lavados de agua de San Antonio; pero como el Gran Turco no mejoraba y el médico estaba temiendo por su vida, se le ocurrió decir al sultán:

—Mire, señor, el remedio más eficaz no se encuentra aquí en Turquía; consiste en una untura hecha con mantecas de cristiano y unas hierbas que yo conozco, pero aquí es muy difícil encontrar un cristiano.

—¿Estás seguro de lo que dices?

—Sí, señor, sí.

—Pues hazme enseguida el ungüento.

—Es que no se encuentra aquí ningún cristiano.

—¿Qué me dices? Si no se puede echar mano de un cristiano, ya echaremos mano de ti.

El médico por poco se muere del susto; pero reaccionó a escape y dijo:

—Es que mi manteca no sirve. Ha de ser de cristiano joven.

En este preciso momento entraron a decir al Gran Turco que unos marineros habían recogido a un náufrago cristiano, que era el príncipe Andana, el hijo del rey Perico y de la reina Mari-Castaña.

—Pues ya lo tenemos. Sácale las mantecas y haz el ungüento.

El médico estuvo a punto de perder el conocimiento, le entró un sudor frío y se marchó a ver el náufrago, confiando en buscar algún pretexto para no hacer la medicina. Cuando vio al Príncipe tuvo la idea luminosa de volver a ver al Gran Turco y decirle que el príncipe Andana estaba muy flaco, y antes de sacarle las mantecas había que engordarlo, dándole una buena habitación, comida abundante, comodidades y distracciones.

Esto le pareció bien al Gran Turco y destinó al Príncipe una de las mejores habitaciones, junto a la habitación de una esclava circasiana, recién llegada a palacio, que era una maravilla de hermosura.

Una vez que el Príncipe quedó tan perfectamente alojado, fue a verle el médico y a contarle todo lo que ocurría. Le recomendó que aunque pasara hambre, no comiera más que lo indispensable para no morirse, mientras el médico preparaba la fuga de los dos.

Cuando llevaron la comida al Príncipe, ya no se acordaba de la recomendación del médico y se dio un gran banquete, comiendo y bebiendo hasta hartarse. Para reposar a gusto la comida sacó una butaca al balcón y vio a la circasiana. El Príncipe estuvo toda la tarde hablando con su vecina y se enamoró locamente de ella.

Las comidas extraordinarias del Príncipe y las conversaciones con la circasiana se repitieron varios días, con lo que el Príncipe engordó una porción de kilos.

Fue el médico a verle y le contó que había dado palabra al Gran Turco de hacer el ungüento al día siguiente, y que aquella misma tarde al anochecer se marcharían en un barco que tendría él preparado a la orilla del mar. El Príncipe le dijo que se tenía que llevar a la circasiana para casarse con ella, y quedaron los tres conformes en la fuga a la puesta del Sol. El médico se despidió de ellos diciéndoles que se iba a pasar la tarde con el Gran Turco, entreteniéndole para que no sospechara, y contándole la manera de hacer y darle la untura al día siguiente.

Cuando llegó el médico a la orilla del mar vio que el barco estaba ya a bastante distancia, porque el Príncipe se había olvidado del médico. Este empezó a dar voces y gritos, insultando al Príncipe y a la circasiana, pero vio con gran pena que el barco cada vez estaba más lejos, hasta que desapareció. El médico se marchó a su casa, se acostó para consultar con la almohada lo que más le convenía hacer y se quedó dormido.

Ya era de noche cuando los criados del Gran Turco dieron al sultán la noticia de que al ir a llevar la cena al Príncipe se habían enterado de que el Príncipe, la circasiana y el médico se habían escapado en un barco y el Gran Turco se murió de repente del berrinche.

Corrieron las voces de la muerte del Gran Turco por la ciudad, formó el pueblo una gran manifestación de alegría que iba dando vivas al médico y al Príncipe que eran los causantes de la muerte del tirano, cuando se enteró la gente de que el barco estaba embarrancado cerca de la costa.

Entonces se formó otra manifestación, que llevaba dos carros triunfales para recoger a los náufragos y pasearlos por las calles y plazas de la ciudad. Recogieron al Príncipe y a la circasiana y supieron que el médico no había embarcado con ellos, en vista de lo cual, fueron a casa del médico, derribaron las puertas de la habitación, se despertó el médico asustado, pero se tranquilizó al oír tantos vivas al médico cristiano y al Príncipe. Por fin, pudo enterarse de todo lo ocurrido y se dejó llevar en procesión triunfal, yendo él en un carro junto al otro en que iba el Príncipe y su pareja.

El gobierno turco les regaló un barco lleno de oro en premio a sus servicios y se marcharon al país del Príncipe.

El Rey Perico y la Reina Mari-Castaña los recibieron organizando grandes fiestas para presentar la nueva Princesa a la corte.

El Príncipe se casó, la Princesa circasiana le ayudaba al Príncipe a recordar lo que se le olvidaba, al médico le dieron un buen destino en palacio y todos fueron muy felices.

80. JUAN BOLONDRÓN, MATASIETE EL VALENTÓN

Vivía en un pueblo un zapatero de unos veinticuatro años que había heredado de su padre el pequeño taller donde se dedicaba tranquilamente al arreglo de calzado.

Este zapatero era una buena persona que se llamaba Juan Bolondrón.

Tenía, como tienen todos los zapateros, un cacharrito con engrudo, y un día de verano vio que sobre el engrudo se habían posado unas cuantas moscas.

Juan Bolondrón, al verlas, dio un manotazo y mató siete moscas en el momento que entraba una mujer a que le arreglara unas botas.

Esta mujer fue la encargada de propagar por el pueblo que Juan Bolondrón había matado siete moscas de un manotazo y este hecho tan simple fue la causa de que al poco tiempo Juan Bolondrón tenía el apodo «Matasiete»; apodo que, por parte de los chicos del pueblo, vino a modificarse, unas veces, en «Matasiete de un manotón», y otras, en «Matasiete el valentón».

Por toda la comarca se fue extendiendo la noticia de la existencia de «Juan Bolondrón, matasiete el valentón», y empezaron a atribuirle hazañas inverosímiles de las que el pobre Juan Bolondrón era totalmente ajeno. Sin embargo, no le desagradaba la fama de valiente que le atribuían y tomó por norma no contradecir ni afirmar lo que de él quisieran decir.

Cerca del pueblo donde vivía «Matasiete el valentón», había un bosque que pertenecía al Rey, y el Rey vivía en un palacio, en el otro extremo del bosque.

En dicho bosque se había refugiado, huyendo de las nieves de la sierra próxima, un jabalí viejo que hacía bastantes daños en los alrededores, y cuando se lo comunicaron al Rey dio la orden para que varios de sus monteros fueran a dar una batida contra el jabalí.

Los cazadores entraron en el bosque acompañados de perros que iban rastreando y guiando a los hombres. De este modo lograron dar con el jabalí, pero el feroz animal arremetió contra todos, mató varios perros, hirió a varios hombres y tuvieron que abandonar el bosque sin lograr su propósito.

En vista del fracaso se organizó una batida con los hombres más valientes que había al servicio del Rey y después de sufrir el ataque del jabalí, que hirió a alguno de ellos, se volvieron a palacio asustados de la ferocidad y bravura de la fiera del bosque.

Inventaron trampas y lazos para conseguir la caza del jabalí, que seguía haciendo daños y destrozos en los alrededores del bosque, y tampoco dieron ningún resultado.

Ante el disgusto y la preocupación del Rey por causa del ya célebre jabalí, le dijeron al Rey que llamase a un valiente llamado «Matasiete el valentón», que a juzgar por su fama era capaz de matar, no sólo al jabalí, sino a veinte jabalíes que hubiera en el bosque.

En vista de estas noticias, el Rey mandó llamar a Juan Bolondrón, que acudió a palacio y le dijo el Rey:

—¿Es verdad que te llaman «Matasiete» por lo valiente que eres?

—Sí, señor, así me llaman.

—¿Y te comprometes a cazar un jabalí que hay en el bosque?

—Yo me puedo comprometer a intentarlo, lo cual ni es valentía ni tiene ningún mérito.

—¿Entonces, te comprometes, aunque te mande cortar la cabeza si no le cazas?

—Muy fuerte es esa condición, pero yo me comprometo a lo que he dicho, sí, señor.

—¿Y tú eres noble?

—Tan noble como yo los podrá haber, pero más no.

—Pues bien, si me traes el jabalí te daré en matrimonio a mi hija, y si no lo traes te cuesta la cabeza. Vete a la armería y escoges las armas que quieras.

Y Juan Bolondrón escogió dos magníficos cuchillos de monte, aunque no tenía idea de cómo saldría del compromiso en que se había metido.

El caso es que al día siguiente se decidió a ir al bosque a probar fortuna, y al poco rato de andar por los senderos tropezó con el jabalí, que estaba hecho una verdadera fiera por las heridas que le habían hecho los perros y porque estaba hambriento. Con los ojos ensangrentados, las cerdas erizadas y dando gruñidos imponentes, corrió el jabalí hacia Juan Bolondrón, que huyó a todo correr, seguido del jabalí. Matasiete corría todo lo que podía y el jabalí detrás, corre que corre. Logra salir, siempre corriendo, fuera del bosque, y el jabalí detrás de él. Entonces pensó Juan Bolondrón que si el jabalí le seguía, lo iba a encerrar en palacio, y siguió corriendo y llegó a palacio, atravesó un patio, y el jabalí siguiéndole de cerca. Abrió una puerta con gran estrépito, y corrió por una galería donde estaba la guardia de palacio.

Los veinte soldados de la guardia, al oír el ruido de la puerta, salieron con sus mosquetones y al ver al jabalí dispararon todos los soldados y cayó muerto el jabalí atravesado por veinte tiros.

Al ruido de los disparos salió asustado el Rey a la galería y vio que Juan Bolondrón estaba gritando muy enfadado a los soldados de la guardia, diciéndoles que quién eran ellos para matar al jabalí.

El Rey entonces preguntó:

—¿Pero qué es esto?

Y dijo Juan Bolondrón:

—Señor, que yo quería traer al jabalí vivo y estos soldados del demonio lo han acribillado a tiros.

—Así me gustan a mí los hombres, valientes; desde hoy te aposentarás en palacio y aquí vivirás mientras se prepara la boda con la Princesa.

Desde ese mismo día comenzaron los preparativos de la boda y Juan Bolondrón vivía con todo regalo como futuro Príncipe. En palacio toda la gente ponderaba la valentía del Príncipe Juan Bolondrón, aunque eran muchos también los que decían que era un zafio, que no tenía conversación, que no quería contar nada a nadie de sus grandes valentías y que era una lástima que se casara con él la Princesa.

Por fin llegó el día de la boda, que se celebró con gran regocijo. Por la noche la Princesa despertó a los gritos que daba en sueños su marido, se levantó y, dejando dormido al Príncipe Juan, se fue llorando a ver a su padre y le dijo:

—¡Ay, padre mío! ¡Qué desgraciada soy! ¡Me has casado con un zapatero! Esta noche ha empezado a soñar en voz alta y a darme gritos diciéndome:

—¡Acércame el sacabrocas! ¿No sabes lo que es un sacabrocas? ¡Tráeme una lezna! ¡Pon ahí esas hormas! ¡No, que ése es el tirapié!

El Rey procuró tranquilizar a su hija y le ofreció averiguar si era verdad lo que ella suponía, para lo cual mandó llamar a Juan y así que llegó Juan a ver al Rey, éste le dijo:

—Me dijiste que eras noble y nos has engañado. ¿Cómo me explicas el sueño de esta noche con sacabrocas, leznas, hormas y tirapiés?

—Señor —dijo Juan—, yo no he engañado nunca a nadie, pero dejo que los demás se engañen como quieran. Sostengo y sostendré siempre que a nobleza no me gana nadie y que se puede ser noble y prudente y, si es preciso, astuto. Yo nunca he dicho que era valiente sino que me lo decían. Yo me comprometí a intentar cazar al jabalí y se lo traje. Yo no he pretendido casarme con la Princesa y me han casado y desde hoy para mí no ha de haber más voluntad que la de la Princesa. Yo me acosté anoche pensando en el jabalí, porque esta aventura del jabalí no es para olvidarla, y me dormí pensando en que el jabalí tenía morros de sacabrocas, colmillos como leznas, cabeza como una horma y una mancha en el lomo como un tirapié. Lo que luego soñara y dijera no me acuerdo. Y si la Princesa no me quiere, bastará que me lo diga para que yo me vaya por donde he venido.

Luego, el Rey convenció a la Princesa de que no tenía motivo para su disgusto y que no volviera a tener quejas de su marido.

Poco a poco se fueron acostumbrando uno a otro, vivieron felices, tuvieron muchos hijos y cuento contao...

81. RELÁMPAGO Y PENSAMIENTO

En una Corte vivía un sastre enfrente del palacio real, y un día estaba la hija del sastre regando una matita de albahaca que tenía en una ventana: la vio el Príncipe, y como la encontró tan hermosa, quiso entrar en conversación con ella, y le dijo:

—Señorita que riega la albahaca, ¿cuántas hojitas tiene la mata?

Y ella dijo:

—Dígame usted, señor caballero, ¿cuántas estrellas hay en el cielo?

Y ya quedó empezada la conversación; se dijeron unas cuantas cosas más; otro día volvieron a hablar otro rato; otro día hablaron ya por la mañana y por la tarde; otro día por la mañana, por la tarde y por la noche; y cuantos más días pasaban, más ganas tenían de verse y de hablarse, porque estaban perdidamente enamorados.

La Reina se enteró de estos amores, y le dijo al Príncipe:

—Pero, hijo, ¿en qué estás pensando?, ¿te has bebido el juicio? ¡Dónde va a parar, enamorarse de la hija de un sastre!

—¡Qué quiere usted, madre, me gusta mucho; es muy hermosa!

—Será muy hermosa, pero no es Princesa. Que se te quiten esas tonterías de la imaginación, y que no vuelva yo a saber que hablas con la vecina.

El Príncipe ya no se atrevió a asomarse de día; pero, por la noche, todas las noches, hablaba con su novia. Ya llegó a saberlo la Reina, y le dijo:

—¿Pero es posible que sigas tan obcecado haciendo cocos a la vecina?

—No se canse usted, madre; me casaré con ella.

—Pues bien, ya que te empeñas, consiento en ello; pero ha de ser con la condición de que me ha de traer lo que yo le pida. Un día, paseando en un barquito, se me rompió un rosario y se me cayó una cuenta al mar: ¡que me la traiga!

El Príncipe se lo dijo a su novia y su novia se fue al mar, buscó la cuenta, la encontró y se la dio al Príncipe para que se la entregara a la Reina. La Reina, dijo:

—Bien, bien; déjame, déjame; ¡el demonio de la pelindrusca!, no te casas con ella, no.

Otro día perdió la Reina otra cosa aún más difícil de conseguir y también lo consiguió como si fuese la cosa más fácil del mundo; y otro día otra cosa mucho más difícil, y lo mismo; y como estaba tan cerrada que su hijo no se había de casar con la hija del sastre, siempre decía:

—¡Bah, bah!, que no te casas, no; que no te casas.

Por fin la novia, cansada ya de servir a la Reina en los caprichos tan raros que tenía, para no ganar nada con eso, le dijo al Príncipe:

—Mira, ¿sabes lo que podemos hacer?, escaparnos esta noche: coge dos caballos, uno para ti y otro para mí, y nos escapamos.

—Pero no podrá ser, porque lo notará enseguida, pues desde hace unos cuantos días me duermo en una alcoba tabique por medio de la de mi madre y a cada momento me pregunta: ¿duermes?, y yo, si estoy dormido, le contesto: sí duermo; y si estoy despierto, digo: no duermo.

—Bueno, eso se remedia fácilmente: a la noche haces como que te vas a dormir y echas en la alcoba un escupitinajo, que él contestará por ti hasta que se seque, y tú vas a las caballerizas, coges dos caballos y cuando nos vayan a buscar ya estaremos a cien leguas de aquí.

Así lo hizo el Príncipe y se marcharon aquella noche, él a caballo con «Relámpago» y ella en «Pensamiento», que eran los dos caballos más corredores de todos los que tenía la Reina.

Durante la noche preguntaba la Reina de cuando en cuando: «¿duermes?», y oía la contestación como si fuera de su hijo: «sí duermo». «¿Duermes?» «Sí duermo»; pero el hijo no hacía más que trotar y galopar en compañía de la hija del sastre; y si no corrían más, y si se paraban a descansar algunos ratos, era porque el caballo «Pensamiento» tenía la virtud de hacer todo lo que la señorita quería que hiciera.

Allá a las diez de la mañana seguía preguntando la reina: «¿duermes?», y aún oyó contestar: «sí... duer... mo»; pero tan bajito, tan bajito, que casi no se oía y al poco rato, cuando volvió a preguntar, ya no oyó ninguna contestación y dijo:

—¡Ya se me ha escapado!

Empezó a llamar a los criados, les preguntó por el Príncipe, nadie le dio razón, les mandó que lo buscasen por todo el palacio y por los jardines y por las caballerizas, pero no lo encontraron por ninguna parte y le dijeron que faltaban también «Relámpago» y «Pensamiento».

—Entonces, ¡ciertos son los toros!, se han ido cada uno con su caballo. ¡A ver! ¡Enseguida! ¡Ensillad los caballos!

Y la Reina y los criados montaron y echaron a correr sin parar en toda la tarde. Antes de ponerse el Sol, cuando iban corriendo por un sitio que estaba un poco en alto, vio la reina a su hijo y a la vecina, que iban a caballo muy despacito, y dijo:

—Picad espuela, que ya se ven.

Y a lo que iban a llegar adonde estaban el Príncipe y la hija del sastre, dijo la hija del sastre:

—Caballo «Pensamiento», vuélvete una huerta y que yo sea la hortelana y el «Relámpago» que se vuelva borrico y el Príncipe que sea el hortelano cavando las coles.

En cuanto la Reina llegó a la puerta de la huerta, le preguntó a la hortelana:

—¿Ha visto usted pasar por aquí un caballero y una señora, a caballo?

—Sí, señora, de todo tengo: apio, escarola, lechuga...

—Si no pregunto eso; digo que si ha visto usted pasar un caballero y una señora.

—Sí, señora, sí, y melocotones también, y ciruelas, y manzanas, de todo tenemos, de todo, gracias a Dios.

—¡Bah!, se conoce que esta mujer es sorda.

Y siguieron adelante. La huerta se volvió otra vez «Pensamiento»; la hortelana, hija del sastre; el borrico, «Relámpago», y el hortelano, Príncipe, y pasaron a la Reina y a los criados sin que nadie los viera.

Poco después se dejaron ver, y corrió la Reina a cogerlos, pero «Pensamiento» se volvió ermita, el Príncipe un cura diciendo misa, «Relámpago» el monaguillo, y la hija del sastre una vieja de rodillas. Entró la Reina en la ermita, y le preguntó a la vieja:

—¿Ha visto usted pasar por aquí un caballero y una señora a caballo?

—Sí, señora, todavía llega usted, que no han pasado el misal.

—Si no pregunto eso: digo que si ha visto usted pasar un caballero y una señora.

—Vamos, déjeme usted rezar; arrodíllese usted y oiga usted la misa con devoción.

—¡Bah!, se conoce que esta mujer está tan sorda como la otra.

Y la Reina y sus criados siguieron adelante.

La ermita, el cura, el monaguillo y la vieja se volvieron otra vez lo que era cada uno, y pasaron a la Reina y a los criados sin que nadie los viera.

Cuando ya era de noche se dejaron ver, y corrió la Reina a cogerlos; pero la hija del sastre dijo:

—Está visto que esta buena mujer no nos va a dejar en paz: caballo «Pensamiento», vuélvete un monte, y tú, «Relámpago», vuélvete un río, y que no te vea la Reina, y trágatela cuando pase.

La Reina, que estaba tan contenta viendo que ahora los iba a coger, no vio el río y allí se ahogó. El Príncipe y su novia se volvieron entonces a su palacio con todos sus criados; se casaron, tuvieron muchos hijos, vivieron tan felices, y colorín colorao, mi cuento ya se ha acabao.

¿Te ha gustao? Pues por eso lo he contao.

82. EL CURA QUE SE COMIÓ LAS PERDICES SIN SER PARA ÉL

Este era un buen hombre que se había casado con el ama del cura, y un día fue a cazar muy de mañanita y volvió a casa tan contento con dos perdices. Era glotón, y le dijo a su mujer cómo las había de guisar, aunque demasiado lo sabía ella, y todo el día tuvo en el pensamiento las perdices, contando con atracarse bien, cenándose él solito lo menos, lo menos perdiz y media, pues creía que su mujer con media perdiz tendría bastante.

Pero el ama se había casado a gusto del señor cura, así es que el señor cura iba a menudo a ver al ama, y aquel día, al anochecer, entró el señor cura, que desde antes de llegar a la puerta de la calle ya había olido el rico tufillo de las perdices y dijo:

—¡Ama!, pero ¡qué bien huele! Buenas tardes. Pero ¡qué bien huele!

—Las tenga usted muy buenas, señor cura.

—Pero ¡qué bien huele! ¡Si se me hace la boca agua! ¿Qué guisas por ahí, qué guisas?

—Pues mire usted, que ha traído mi marido dos perdices esta mañana, y las estoy guisando para esta noche.

—¡Qué poco me has llevado siquiera una!

—Sí, bueno es mi marido; ya sabe usted lo que es para comer y lo que le gustan las cosas buenas.

—Pues ya sabes que tampoco yo soy caballo de mala boca. Y qué ¿ya están, ya?

—No les faltará mucho, no.

—¿Sabes de que aún tendríamos tiempo para comérnoslas, antes de que venga tu marido?

—¡Ay, señor! Qué cosas tiene usted; bueno se pondría; pacífico es mientras no le tocan la pitanza; pero si él viniera y se encontrara sin sus perdices, no me escapaba yo esta noche sin una paliza. No señor, no; bastante lo siento, pero no puede ser. Si acaso quédese usted a cenar con nosotros.

—A ver, a ver si está eso ya, que ya debe estar por el olor.

Le dio el ama un poquito de caldo para que lo probara, y el señor cura no pudo resistir a la tentación.

—Chica, chica, échalas en una fuente y vamos a comérnoslas.

—Pero...

—No hay pero que valga: hazle a tu marido cualquier otra cosa; ¿qué tienes por ahí?

—Pues unos riñones tenía para esta noche; pero como él ha traído estas perdices...

—Perfectamente: guísale los riñones y no tengas cuidado. Dile que se han vuelto riñones las perdices; y si no te cree y se enfada mucho, y ves que la cosa se pone mala y que va a pasar a mayores, dile que venga a consultar conmigo. Vamos, vamos, no tengas miedo y echa en una fuente esas perdices.

El ama dio gusto al señor cura, aunque no las tenía todas consigo, pues sabía que su marido vendría lleno de ilusión con la cena con que contaba, que se desesperaría en cuanto se encontrara chasqueado y que no se quedaría tranquilo mientras no cogiera un palo y le midiera las costillas unas cuantas veces. Pero, en fin, acercó una mesita al hogar, la cubrió con una servilleta, puso una fuente, dos tenedores, dos cuchillos, pan, un vaso y una botella de vino, cogió la cazuela de las perdices, la volcó en la fuente y enseguida empezó a trinchar y a comer el señor cura. El ama, como veía que las cogía su amo tan a deseo, ni quería siquiera probarlas; tanto es así, que, sólo después de muchos ruegos, consintió en coger una patita; pero, entretenida en guisar los riñones, aún fue dando tiempo para comérsela, y por último no se la comió; se la dio al señor cura, que parecía que se quedaba como con gana de comer perdices.

Se marchó el señor cura, y, al marcharse, volvió a decirle:

—No tengas cuidado; dile que se han vuelto riñones las perdices; y, si ves que la cosa se pone mala, dile que venga a consultar conmigo.

—Así lo haré, y veremos qué es lo que sucede.

—Nada, nada; hasta mañana, no tengas cuidado.

Siguió el ama preparando la cena, puso la mesa como de costumbre, y en cuanto vino el marido ya entró diciendo:

—Echa, echa las perdices, que esta noche no quiero otra cosa.

La mujer presenta los riñones y dice el marido:

—Pero ¿y las perdices?

—Ahí las he echado.

—¿Dónde?

—En la fuente.

—Pero ¿tú crees que yo estoy ciego? Si esto es... Si esto no son perdices. Si esto es... Si esto creo que son riñones.

—Pues mira, lo mismo me parece a mí; también yo creo que esto son riñones y no perdices.

—Y ¿dónde están las perdices? ¿Por qué no las has guisado?

—Pero si las he guisado, y ya ves lo que nos encontramos ahora.

—Eso es que te las has comido.

—No lo creas.

—No hay más, te las has comido y ahora mismo te las voy a hacer vomitar a garrotazos.

Y se levanta el bruto para ir a coger un mango de azada. La mujer lo contiene y le dice:

—¿Qué vas a hacer? ¿No te digo que no me las he comido? ¡Si yo misma estoy admirada! ¡Si parece que aquí han andado las brujas! ¡Mira que volverse riñones las perdices!... Anda, vete a casa del señor cura y dile que venga, o consúltale el caso a ver qué te dice.

Al marido le entró la duda de si podría ser que las perdices se hubieran vuelto riñones; creyó además que, de haberle hecho trampa su mujer, pronto lo habría de descubrir y tiempo le quedaba para pegarle una buena soba; y se fue a ver al señor cura. Llega, le explica el caso, y el cura le escucha tan atento, se queda unos cuantos segundos reflexionando y dice:

—Puede ser, puede ser, no te digo que no. Yo he leído algo de esto...

Y se levanta a coger un libro antiguo, más grande que un misal: casi era como un libro de coro.

—Yo he leído algo de esto... y ha debido ser en este libro.

Se sienta otra vez, lo abre por donde le ocurre y dice:

—¡Aquí!; efectivamente, y en letra bien gorda y bien colorada. Toma: lee aquí.

—Si no sé leer, señor cura.

—No, pues aquí no será porque te estorbe lo negro, que ya ves que la letra, ¿ves?, es bien colorada.

El pobre hombre miraba con tanta atención donde tenía puesto el dedo el señor cura como si fuera capaz de adivinar lo que decía allí, y estaba con grandísima impaciencia esperando que se lo leyera el señor cura. El cura le dijo muy reposadamente:

—Ya ves que el libro es viejo, y grande, y que está en latín, y que tiene mucha letra colorada... pues mira, aquí dice:

Perdices guisadas
con leña e tocones
en año bisiesto
se vuelven riñones.

El infeliz abrió una boca descomunal: tan asombrado se quedó. Sabía que era de tocones la leña que gastaban en su casa; sabía que aquel año era bisiesto y dijo:

—No sabe usted cuánto se lo agradezco, señor cura, pues si no es por usted y por su libro no sé lo que pasa en mi casa esta noche.

Se fue a su casa, le pidió mil perdones a su mujer, cenó en paz con ella, se acostaron juntos y colorín colorado por la chimenea se va al tejado.

83. ZAPATERO, A TUS ZAPATOS

En un caserón inmenso, que antiguamente fue el palacio señorial de unos Marqueses, vivía un matrimonio extraordinariamente rico que hacía una vida muy retraída desde que tuvieron la desgracia de perder al único hijo que habían tenido.

La gente del pueblo los llamaba «los Marqueses» porque, aunque no lo eran, merecían serlo por su trato afable, las limosnas que hacían y las necesidades que remediaban.

Los dos esposos se toleraban mutuamente y era muy frecuente que discutieran, dentro de una corrección muy exquisita, porque casi siempre pensaban de modo diferente.

En lo que estaban de acuerdo era en sentirse dos seres muy desgraciados, por haber perdido a su hijo y porque todo su dinero, que lo tenían de sobra, no les servía para ser felices.

Se pasaban muchas horas del día, especialmente antes y después de comer, en una gran sala llena de muebles antiguos de gran valor y cómodos sillones, junto a un balcón que daba a una calle de una fachada lateral del palacio.

En una casita humilde que estaba frente al balcón, vivía un zapatero casado con una mujer muy guapa y muy trabajadora y que tenía siete hijos. La familia del zapatero era una familia feliz; el hombre, trabajando todo el día, estaba siempre contento al ver que con su trabajo sacaba adelante a toda la familia; la mujer se pasaba el día atendiendo a sus hijos y a las faenas de su casa, cantando siempre que se ponía a lavar, fregar, coser o limpiar las habitaciones; los chicos tenían la alegría propia de los chicos sanos y robustos y, gracias a su madre, habían aprendido a jugar sin reñir.

Una tarde que «los Marqueses» estaban reposando la comida en dos sillones junto a las vidrieras del balcón, dijo la señora:

—¡Qué barbaridad! ¡Ya está otra vez embarazada la zapatera! Y sin tener dos reales y siempre tan contentos. En cambio, nosotros con tanto dinero y sin un momento de alegría ni de felicidad. ¡Oye! —dijo la señora—, ¿por qué no te ofreces para sacar de pila al niño que tenga?

—¿Yo? De ninguna manera. Al apadrinarlo ya tengo la responsabilidad de su educación y me busco un compromiso para toda la vida. Un ahijado mío no va a ser zapatero, sino un hombre de carrera; si lo mando a un Colegio o al Instituto y a la Universidad y luego resulta un truhán, que nos brea a disgustos... No, yo padrino de lo que nazca, no.

—Es que yo al ver esta familia tan pobre, tan decente, tan resignada con su pobreza y tan alegre, quería protegerla.

—Eso es otra cosa. Les hacemos un gran regalo, lo que tú quieras, y todos contentos. Lo que no quiero es tener disgustos el día de mañana con la excusa de que somos compadres. De modo que toda la protección que quieras y como quieras.

—¡Oye! ¿Y si los sacáramos de pobres par que él no tuviera que trabajar más?

—Ya te he dicho que sí, que lo que quieras. Se les puede dar la casa del Romeral para que vivan y la Dehesa de las Jaras que da de renta cuarenta mil reales.

—Entonces, ¿se lo puedo decir?

—Sí, llámale, que venga y yo se lo diré como cosa tuya.

Estaba el zapatero machacando suela y cantando:

A la Habana voy
te lo vengo a decir,
si me pagas el viaje
ya no hay más que pedir,

cuando recibió el aviso de que fuera a ver a los señores del palacio.

El zapatero, creyendo que le llamaban para hacer algún encargo, dijo:

—Ahora mismo paso.

Y como era muy servicial, dejó el martillo y la suela, se quitó el mandil y, sin preocuparse de lavarse las manos ni adecentarse en el vestir, pasó a casa de «los Marqueses».

Cuando entró y dijo que venía a ver qué se les ofrecía a los señores, le dijo un criado que subiera con él al salón.

Allí estaba el matrimonio sentado en sus sillones junto al balcón y después del saludo corriente le dijo el señor al zapatero que se sentara. El zapatero no quería, pero al fin se sentó, bastante azorado, y el señor le dijo:

—Le he llamado a usted porque mi mujer, al ver que tienen ustedes siete hijos y vísperas, y que usted se pasa todo el día trabajando, quiere hacerles un gran regalo para que puedan vivir holgadamente sin necesidad de trabajar, de modo que les regalamos la casa del Romeral, que está amueblada, para que vivan en ella, y la Dehesa de las Jaras para que les sobre el dinero, si no empiezan a derrochar. Yo le daré los cuarenta mil reales de la renta de este año y un día que venga al pueblo el notario, haremos la escritura. Conque, usted dirá.

—Pues yo, señor, no sé qué decir. Si yo no estoy soñando, es la fortuna que entra en mi casa, así es que yo, qué quiere que les diga, que muchísimas gracias, y que si salimos de pobres no hemos de salir de ser agradecidos y besar donde pise la señora y pedir que el Cielo los bendiga.

Se levantó el señor, salió de la sala y volvió enseguida con la llave de la casa y las diez mil pesetas, que entregó al zapatero.

Éste las cogió y emocionado, con lágrimas en los ojos, les dijo con voz entrecortada:

—Ya me pienso que esto lo hacen ustedes... por el alma...

Y los tres rompieron a llorar.

Pasada esta escena se fue el zapatero a su casa, contó a su mujer lo ocurrido y acordaron que la mujer pasara a dar las gracias a los señores mientras él acababa de hacer dos arreglos que tenía pendientes, porque quería quedar bien con su parroquia y que no creyeran que se había vuelto orgulloso de repente. Luego harían la mudanza y aquella misma noche o al día siguiente se irían a su casa del Romeral.

Por la tarde había metido el zapatero todas las herramientas y el material de su taller en un arcón. En un carrito de una vecina trasladaron el arcón y algunos enseres y ropas y, antes de ponerse el Sol, quedaron instalados en la casa nueva.

Cenaron con enorme alegría y al irse a acostar dijo el zapatero a su mujer y a sus hijos mayores:

—¡Cerrad bien todas las puertas y ventanas, no sea cosa de que vengan a robarnos!

Aquella noche los chicos durmieron a pierna suelta, pero el zapatero a cualquier ruido extraño que oía, pensaba que podían entrar a robarle.

Al otro día recorrieron bien toda la casa para curiosear lo que en ella había, la mujer hizo la comida, los chicos estuvieron entretenidos, el zapatero hacía cuentas de memoria, pero aquella mañana no cantaron la zapatera ni el zapatero. La mujer, cada vez que entraban o salían sus hijos, les decía:

—¿Habéis cerrado bien la puerta de la calle?

Así pasaron unos cuantos días. Siempre pendientes de que tuvieran cerradas las puertas y ventanas, siempre durmiendo con sobresalto, por miedo a los ladrones y sin que se les escapara ni uno solo de los cánticos que antes alegraban la casa del zapatero.

Llegó una noche en que la pasaron completamente en vela porque oían un ruido sospechoso (que lo hacía un ratón) y a la mañana siguiente dijo el zapatero a su mujer:

—Así no podemos vivir; vamos a coger nuestros cuatro trastos y vamos a volver a poner el taller y a vivir contentos como antes, sin esta zozobra de pensar en que nos roben. Coges los dineros que nos quedan, se los llevas a los señores y les dices que no nos acostumbramos a ser ricos, que les estamos muy agradecidos y que antes de que me lo digan me lo digo yo mismo: ¡Zapatero, a tus zapatos!

Volvieron a su vida antigua, volvió la tranquilidad y la alegría a la familia del zapatero, y cuando hizo el primer nuevo arreglo que le encargaron, se le oyó cantar:

—Te llevaré a Puerto Rico
en un cascarón de nuez...

84. LA PRINCESA MONA

Un Rey que tenía tres hijos cayó enfermo, y aunque no estaba para morirse, empezó a preocuparse de cuál de sus hijos haría mejor Rey, cuando él se muriera o abdicara.

Curó el Rey de su enfermedad, pero se sentía débil y cansado, y llamó a sus hijos para decirles que había pensado abdicar el trono y nombrar heredero a uno de sus hijos. Las leyes de ese reino establecían que el Rey podía nombrar como sucesor suyo a uno cualquiera de sus hijos, por lo cual, el Rey, después de decirles que a los tres les quería lo mismo, les comunicó que había decidido que se fueran de viaje y, un mes después, volvieran a palacio trayendo una toalla, y que nombraría heredero del trono al que trajera la toalla más bonita.

Se marcharon los tres hermanos por tres caminos distintos. El mayor compró en casa de un anticuario una toalla preciosísima que tenía el escudo real bordado con sedas y oro, el mediano fue a una fábrica de telas y tapices y encargó una toalla de terciopelo blanco con flecos de seda que era una verdadera maravilla, y el hermano menor había escogido un camino que, sin atravesar pueblo ninguno, conducía a un castillo encantado que estaba bajo la custodia de una bruja, que tenía el poder de convertir en monas a todas las personas que entraban en el castillo.

Llegó a este castillo el hijo del Rey, llamó a la puerta y salió a abrirle la bruja.

—¿Qué quiere usted?

—Mire usted, voy corriendo el mundo buscando una toalla que sea una cosa nunca vista y que no haya otra mejor en el mundo.

—Pero ¿no quiere usted pasar?

—No, no, muchas gracias.

—Pues como me ha sido usted tan simpático, le voy a dar el paño de limpiar las sartenes y así se lleva usted una toalla nunca vista.

La bruja le envolvió en unos papeles el trapo de limpiar las sartenes, lleno de chafarrinones, y lo ató con una cantidad extraordinaria de cuerda, pues le dio lo menos diez vueltas de cuerda por cada parte.

Al cumplir el mes estaban en palacio los tres hijos del Rey con sus toallas. El mayor presentó su toalla con el escudo bordado, que gustó extraordinariamente, el mediano sacó la toalla de terciopelo con flecos de seda que entusiasmó a todos y el menor estaba con su paquete sin atreverse a abrirlo, por miedo a que se burlaran de él.

—¿Y tu toalla? —dijo el Rey.

—Padre, no me atrevo a enseñarla.

—Pero ¿la traes? ¿A ver?

Cogió el Rey el paquete, se pasó un rato desliando el paquete, por la enorme cantidad de cuerda que tenía, y por fin salió una toalla espléndida y sorprendente, porque los tiznones de limpiar las sartenes se habían convertido en flores y pájaros bordados de sedas de mil colores y todo el tejido era de una felpa suavísima.

El Rey al verla no pudo menos que decir:

—Como esta toalla no hay ni puede haber otra mejor, de modo que tú eres mi heredero.

Los hermanos protestaron y pidieron al padre que les diera otro plazo con la obligación de traer otra cosa cualquiera.

Accedió el padre a darles otro plazo de un mes para que trajeran la jofaina más bonita y nombrar heredero al que tuviera mejor gusto o mejor suerte.

Se volvieron a marchar los tres hermanos por los mismos caminos. El mayor adquirió una jofaina de loza con reflejos de oro que era asombrosa. El mediano trajo una jofaina de plata sorprendente con un cerco repujado que representaba escenas históricas. El hermano pequeño había vuelto al castillo encantado, habló con la bruja, le contó el por qué deseaba una jofaina, y la bruja dijo a una de las monas del palacio que trajera el tiesto donde bebían agua las gallinas. Envolvió el tiesto en un papel, luego en otro papel, después en otro, luego lo ató con mucha cuerda y se lo dio al hijo del Rey.

Cuando sus hermanos habían presentado sus magníficas jofainas, estaba el hermano pequeño avergonzado, sin atreverse a sacar el tiesto de las gallinas y dijo el padre, cogiéndole el paquete:

—Vamos a ver tu jofaina.

Y después de desliar toda la cuerda y quitar el papel y otro papel y otro papel, salió una jofaina de plata por fuera, oro por dentro y un cerco de brillantes, topacios, esmeraldas, turquesas, amatistas, rubíes y zafiros.

Al ver aquella maravilla dijo el padre:

—Comprenderéis que ya no hay duda, trajo la mejor toalla y ha traído la mejor jofaina, de modo que él debe ser el heredero.

De nuevo protestaron los dos hermanos mayores y pidieron a su padre que hiciera la tercera prueba, porque no debía entregarse un reino por una toalla y una jofaina.

Entonces el padre les dijo que, de manera definitiva, sería el heredero del trono el que, dentro de un mes, trajese la novia más guapa y más elegante, puesto que iba a ser la Reina.

Emprendieron cada uno su camino. El mayor y el mediano se dedicaron a buscar la muchacha más bonita entre las hijas de los Condes, Duques y Marqueses del reino. El más pequeño se fue al palacio encantado, llamó y salió la bruja:

—¿Qué te trae por aquí otra vez? ¿No quieres pasar?

—No, no quiero volverme mona.

—Y, ¿qué es lo que quieres ahora?

—Pues voy buscando novia, pero ha de ser muy guapa y muy elegante, porque pudiera ser la Reina.

La bruja dio una voz:

—¡Titina!

Y se presentó una mona. Entonces dijo la bruja:

—Que vengan Rosalinda y las cuatro azucenas y que Celedonio traiga el carro grande.

Al poco rato aparecieron cinco monas que rodearon a la bruja; ésta abrió las puertas del castillo de par en par y salió un carro, que era como un cajón grandísimo hecho con tablas clavadas de cualquier manera, tirado por dos caballos blancos guiados por la mona Celedonio.

Metió la bruja en el cajón a las cinco monas y le dijo al hijo del Rey:

—Ya te puedes llevar a tu novia, pero no consientas que se abra el cajón hasta que no llegues a la puerta de palacio y te digan todos que quieren verla.

Llegaron a palacio cuando ya estaba reunida toda la corte y se iba a hacer la presentación de las novias.

Subió el hijo del Rey, le preguntaron por la novia y contestó que primero vieran las novias de sus hermanos y después ya vería si todos manifestaban deseo de ver la novia que traía.

El Rey dijo a su hijo mayor que presentara a su novia. El hijo fue a la habitación de al lado y trajo una muchacha alta, morena, de un tipo oriental arrogantísimo que provocó un murmullo de admiración.

Luego dijo al segundo que podía presentar a su novia. Pasó a buscarla a la habitación de al lado y presentó una muchacha elegantísima, de pelo castaño, ojos grandes y facciones correctísimas, que causó el asombro de todos e hicieron demostraciones de que era más guapa que la otra.

Después dijo al hijo menor que trajera a su novia. Entonces preguntó:

—Pero, ¿la quieren ver todos?

Y todos dijeron:

—Sí, sí.

Bajó al patio, se fue hacia el carro, empezaron a caer al suelo las tablas que formaban el cajón y se descubrió una magnífica carroza. Las cinco monas se habían convertido en cinco muchachas hermosísimas, que eran la Princesa Rosalinda y sus cuatro damas de honor. La Princesa era muy rubia, vestía un traje blanco de cola, con una guirnalda de flores en el pelo y una corona de brillantes, un soberbio collar de perlas al cuello y tenía un tipo escultural precioso. Las cuatro damas cogieron la cola del vestido; cuando la Princesa bajó de la carroza, el Príncipe dio el brazo a la muchacha para subir las escaleras, y le dijo la muchacha:

—Yo soy la Princesa Rosalinda, que estaba encantada. Tú me has desencantado y, aunque no me hagan Reina, te casarás conmigo.

Al entrar los novios en el salón la gente no se pudo reprimir y empezó a aplaudir y a decir: ¡Esta es nuestra Reina!

El Rey comunicó a todos que abdicaba a favor de su hijo menor y que las tres bodas se celebrarían a un tiempo, al día siguiente. Los hermanos mayores reconocieron que el más pequeño los había derrotado en buena lid, y todos se llevaron muy bien y fueron muy felices, como debe ser para que el cuento guste.

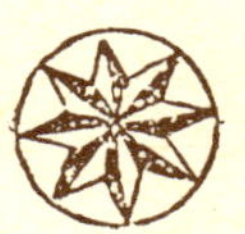

85. LA NIÑA SIN BRAZOS

Un matrimonio sin hijos, que era completamente pobre, se encontró un día sin poder comer porque ni él ni ella pudieron encontrar trabajo. El hombre salió a buscar algún dinero prestado y la mujer, que estaba en estado de buena esperanza, se quedó sola en la casa. Y sin pensar en lo que decía, se le ocurrió decir:

—Si viniera alguien, aunque fuese el diablo, y nos diera dinero, le entregaba lo que naciera.

Conque de pronto, se le apareció el diablo, entregó mucho dinero a la mujer, dijo que le llenaría la cámara de trigo, y que volvería en cuanto diera a luz. Al marcharse, el diablo le dijo que habiendo hecho ya pacto con él, le llamara siempre que quisiera.

Cuando llegó el marido, y se enteró de lo que había pasado, dijo que no podía vivir ni un minuto más con una madre tan descastada y que se marchaba del pueblo a buscar fortuna.

La mujer siguió viviendo sola y contenta, porque tenía todo lo que quería, y un día tuvo una niña preciosa que, desde el momento de nacer se vio que era santa, porque recién nacida se santiguó y dijo: ¡Ave María Purísima!

La pícara de la mujer llamó al diablo y le dijo:

—¿Sabe usté que la niña que he tenido se santigua y dice: ¡Ave María Purísima!?

—Pues córtale el brazo —dijo el diablo.

Y la bestia de la madre cortó el brazo a la niña. (Esto bien se comprende que es una barbaridad, pero es que si no le corta el brazo no hay cuento.)

La niña recién nacida, en cuanto se quedó sin el brazo derecho, se santiguó con el izquierdo y volvió a decir: ¡Ave María Purísima!

Llamó la madre al diablo para decirle que ahora se santiguaba con el brazo izquierdo, y, por orden del diablo, también se lo cortó.

Entonces la niña se santiguaba con el muñón del brazo y ayudándose con cuatro movimientos de cabeza para completar la cruz.

Volvió la madre a contarle el caso al diablo y éste le dijo que tuviera encerrada a su hija en una habitación donde nadie la viera, y cuando fuese mayor iría a buscarla.

Lo hizo así la madre y pasaron quince años. La niña era una mujer preciosísima, y un día vino el diablo y se la llevó a una casa, en lo alto de unas peñas. La dejó en una habitación del piso bajo y le dijo:

—Ahora desnúdate y subes cuando yo te llame.

Estaba la muchacha sin saber qué hacer cuando entró en la habitación una perrita que se dirigió hacia la niña meneando la cola. Y dijo la muchacha:

—Perrita chinita, llama a la Virgen María y a toda su compañía.

Entonces se oyó la voz del diablo que decía:

—¿Subes o bajo?

—Espérate, hombre, que me estoy quitando la blusa... Pero la muchacha no pensaba en quitarse la blusa.

Y otra vez le dijo la muchacha a la perra:

—Perrita chinita, llama a la Virgen María y a toda su compañía.

El diablo gritó desde arriba:

—¿Subes o bajo?

—Hombre, espérate, que me estoy quitando la falda.

Y le dice a la perra otra vez:

—Perrita chinita, llama a la Virgen María y a toda su compañía.

Volvió el diablo a preguntar:

—¿Subes o bajo?

—Cállate, que me estoy quitando la enagua.

Y como la muchacha no había hecho intención de desnudarse, dijo con apuro a la perra:

—Perrita chinita, llama enseguida a la Virgen María y a toda su compañía.

Entonces el diablo entró en la habitación y le dijo:

—¿Pero es que me piensas engañar?

Y la cogió en brazos para llevársela. La muchacha se santiguó con el muñón del brazo y empezó a decir:

—¡Ay, Virgen María!

Y en ese momento se presentó la Virgen y el diablo huyó hacia un balcón y tiró a la muchacha, que cayó en unas zarzas sin hacerse el menor daño.

Estaba en la zarza, sin saber qué hacer, cuando llegaron aullando unos perros de caza que la rodearon, y detrás de los perros llegó el Rey, que estaba de caza, y como la vio tan hermosa, se enamoró de ella y la llevó a su palacio.

Al llegar a palacio la instaló en unas habitaciones reservadas y dijo a los criados que le vieron entrar con ella que no dijeran nada a su madre.

Después de unos días en que el Rey no se atrevía a decir nada a su madre, se decidió a declararle que estaba decidido a casarse y que ya había elegido novia. Acabó de contarle a su madre el modo de encontrarla y subieron a las habitaciones de la muchacha. Vio la madre que, efectivamente, era de una belleza extraordinaria, pero le dijo al Rey que cómo se iba a casar con una mujer sin brazos. Insistió el Rey en su pasión y en que ya remediarían la falta de brazos, y se celebró la boda.

Habían transcurrido muy pocos meses, cuando el Rey tuvo que marcharse a la guerra, y estando el Rey ausente, tuvo la joven Reina dos niños preciosos. Como es natural, escribieron al Rey comunicándole la noticia; pero el diablo se las arregló para cambiar la carta y decir que la Reina había dado a luz dos perros. El Rey se puso muy triste, y contestó que si Dios lo había dispuesto así, tenía que conformarse y que su mujer criara los perros hasta que él volviese; pero el diablo volvió a dar el cambiazo a la carta del Rey y llegó a palacio una carta que decía que mataran a los perros que había dado a luz.

La Reina no podía comprender lo que la carta decía, pero estaba tan claro lo de que los tenía que matar, que mandó preparar unas alforjas para poner un hijo en cada bolsón, y con sus hijos se marchó de palacio a correr el mundo, para que el Rey no los matara cuando volviese.

Después de mucho andar empezaron a llorar los niños, y de repente se le aparecieron dos caminantes, que eran la Virgen y San José.

Se pararon, hablaron con ella, y dijo la Virgen:

—Estos niños lloran de sed, vete detrás de aquella piedra y encontrarás una fuente.

Ella dijo que como estaba sin brazos, no podía darles de beber, y la Virgen dijo:

—No te importe; tú vete a la fuente.

Ella obedeció, llegó a la fuente, se inclinó para ver si agachándose mucho mojaba las boquitas a los niños, y se le cayeron las alforjas al agua. Se tiró la madre dispuesta a sacarlos con la boca cuando le salieron de pronto los brazos y cogió a sus hijos.

Loca de alegría fue corriendo a dar las gracias a la Virgen y San José, pero habían desaparecido. Siguió andando y encomendándose a la Virgen, cuando vio que venían al encuentro unos soldados, que le dijeron:

—Señora, sálgase de la carretera, que detrás de esos montes están las tropas y hay peligro de seguir adelante.

—Bueno, pues me iré por este otro camino a ver si me quieren dar posada esta noche en aquella casa.

—Allí será difícil, porque es donde está el Rey.

No dijo nada la mujer; pero pensó que todo lo que ocurría estaba dirigido por la Virgen, que no la desamparaba.

Al llegar cerca de la casa que había visto desde lejos vio un hombre que estaba en una huertecita junto al camino arrancando unas matas de judías.

El hombre, al verla, le dijo:

—¿Dónde va usted por aquí, buena mujer?

Se paró y le explicó al hombre que se veía obligada a correr el mundo con sus dos hijitos, que un soldado le había dicho que no siguiera por la carretera y que se le había ocurrido venir a esta casa para que la dejaran cobijarse por una noche.

El hortelano le dijo:

—Pues ahora en casa está alojado el Rey con una porción de gente, pero como me has dado lástima y compasión, te recogeré en mis habitaciones, como si fueras de mi familia; si alguien te preguntara, ya lo sabes. Algo gordo te debe pasar para echarte a correr el mundo con esas dos criaturitas.

Y mientras hacía un gran fajo con las matas de judías, siguió diciendo:

—En este mundo todo son desgracias. Yo también arrastro la mía, que me casé con una mala mujer que vendió al diablo un hijo de sus entrañas, y me tuve que marchar de mi casa y no volverla a ver.

A la muchacha se le ocurrió pensar si aquel hombre sería su padre; pero no quiso decir nada.

Se cargó el hombre a la espalda el fajo de judías y, en compañía de la mujer, se dirigieron a la casa donde aquél tenía su vivienda.

Por el camino contó la muchacha su historia, y el hortelano pensó si sería su hija, pero tampoco quiso decir nada.

Llegaron por fin a la casa y los vieron entrar unos soldados que hacían guardia alrededor del edificio.

Los soldados corrieron la voz de que el hortelano había traído a su casa una mujer hermosísima, y buscando cualquier pretexto, empezaron a pasar por la casa del hortelano casi todos los alojados y, finalmente, un emisario del Rey con la orden de que subiera la muchacha con los dos niños.

Al verla entrar, el Rey se quedó maravillado y exclamó:

—Si no tuvieras brazos, diría que eras mi mujer.

Y contestó:

—Tu mujer soy, por milagro de la Santísima Virgen, y éstos tus hijos.

Se abrazó al Rey, le contó todo lo sucedido desde que se marchó de palacio y le pidió llevarse con ella al hortelano, porque le quería proteger y tenerlo a su lado hasta que se muriese.

86. LA REINA ENCONTRADA

Había una vez un Rey que quería casarse, pero no le gustaba ninguna de las princesas que su madre le proponía, porque todas eran muy feas y estaba decidido a casarse con una mujer guapa.

Un día que el Rey regresaba de un viaje, dijo a sus acompañantes:

—Cuando veamos una fuente vamos a descansar y que beban los caballos.

No había pasado un cuarto de hora cuando vieron cerca del camino una fuente rodeada de árboles y se dirigireron hacia ella.

Al llegar allí se encontraron sentada y recostada en un árbol una muchacha dormida, como de unos quince años, de una hermosura incomparable. Los acompañantes del Rey hicieron intención de ir hacia ella, y el Rey les dijo:

—No la toquéis. Que se despierte ella sola.

Y se quedó embelesado mirándola. Los acompañantes no cesaban de ponderar la belleza de la muchacha. A los relinchos de los caballos y la conversación de los hombres la muchacha se despertó y abrió unos ojos grandes, negros y soñadores, que enloquecieron al Rey.

—¿Quieres venir conmigo a palacio? —preguntó el Rey.

Y la muchacha, que en aquel momento se encontraba abandonada y sola en el mundo, dijo:

—Bueno.

Se montó a la grupa del caballo del Rey y todos regresaron a palacio.

Por el camino, como es natural, fueron hablando. El Rey haciéndole el amor, y la muchacha contándole que era hija de una buena familia, que por una calumnia del mayordomo de su padre la habían echado de su casa y se encontraba abandonada.

Así que llegaron a palacio el Rey contó a su madre que ya había encontrado una novia de su gusto para casarse. La madre se disgustó mucho; le dijo que era un disparate casarse con una encontrada, que podía ser una cualquier cosa, pero el Rey estaba tan enamorado, que dijo que se casaba y se casó, y todos la llamaban la Reina Encontrada.

Los servidores más íntimos de los reyes eran tres doncellas y un negro, y la joven Reina había observado que el negro era un hombre indigno y despreciable.

A los pocos días de casados tuvo necesidad el Rey de salir de viaje, y dijo a su madre:

—Volveré dentro de tres días, por la tarde; a tu cuidado dejo a mi mujer.

Al tercer día, después de comer, dijo la Reina joven a la Reina madre:

—Quisiera ir de paseo para salir al encuentro del Rey.

Y la madre dijo:

—Bueno; pero para que no vayas sola, que te acompañe el negro.

Llevaban andando cerca de dos horas cuando el negro, con los ojos saltones de lujuria, dijo:

—Yo quererte, Reina.

Y la muchacha, comprendiendo que el negro parecía dispuesto a hacer una barbaridad, le dijo:

—Espérame aquí, que voy detrás de aquellos matorrales a hacer una cosa.

Y la muchacha, en cuanto se ocultó por los matorrales, echó a correr a toda velocidad a campo traviesa.

Cuando se cansó el negro de esperar, fue a buscarla y no la encontró; la siguió buscando, pensó que se habría vuelto a palacio y se volvió él también.

Al llegar a palacio se enteró que la Reina no había regresado y dijo a la Reina madre que la Reina se había marchado sin que él supiera dónde se había ido.

A la caída de la tarde llegó el Rey a palacio y preguntó a su madre por su mujer. La Reina madre, muy apenada, le dijo:

—¡Yo que sé! Se nos ha escapado sin saber dónde. Eso es lo que tiene casarse con una encontrada. Por algo no quería yo.

—¡Pues ahora mismo vamos a buscarla! —dijo el Rey.

Y llamó a dos hombres de armas y al negro y dijo a su madre:

—Hasta que no la encontremos no volveremos.

Mientras tanto la muchacha, corriendo a todo correr, llegó a una posada, pidió cena y cama y le dijo al posadero que no tenía dinero, pero que le dejaba en prenda unos pendientes de brillantes, y que además necesitaba unas tijeras y un traje de hombre. El posadero, al ver que hacía un negocio fabuloso, tomó los pendientes y le proporcionó las tijeras y el traje.

La muchacha cenó, se metió en la habitación, se disfrazó de hombre, se cortó el pelo con las tijeras, se lo requemó con una vela encendida para disimular los trasquilones, y a la medianoche se escapó de la posada y se fue, con su traje en un hatillo, andando hacia su pueblo.

Al llegar a su pueblo vendió las sortijas, las pulseras y un collar y con el dinero puso una fonda que la tituló *Fonda de la Reina.* Además buscó ocasión de trabar amistad con su hermano, que como estaba tan bien disfrazada, no la conoció; se hicieron muy amigos, ella le ofreció darle parte en el negocio, que no tenía más que ganancias, y el hermano se pasaba casi todo el día en la fonda.

A los pocos días se presentó el Rey en el pueblo con sus tres acompañantes pidiendo habitaciones, y ni el Rey ni el negro la reconocieron. Ella preparó una cena digna del Rey y le dijo a su hermano que invitara a cenar a sus padres y al mayordomo.

Se sentaron a la mesa todos ellos, menos los dos hombres de armas y el negro, que se quedaron de pie detrás del Rey. Cuando terminó la cena dijo la muchacha:

—¿Quieren ustedes que, para distraernos, cuente cada uno un cuento?

Y dijo el Rey:

—Muy bien. Que empiece el dueño de la fonda, que ha sido el de la idea.

La muchacha comenzó:

—Pues señor, éste era un matrimonio que no tenía hijos y pidió al Apóstol Santiago que les concediera uno.y le prometieron ir en romería con el hijo que tuvieran. Al año siguiente tuvieron un hijo, pero no cumplieron la promesa. Un año después tuvieron una hija y dejaron pasar quince años sin cumplir su promesa al Apóstol. Al fin, un día se fueron los padres con el hijo a Santiago, dejando en su casa a la hija con el mayordomo.

El mayordomo intentó abusar de la muchacha sin conseguirlo, y en venganza, mandó a decir a su padre que la muchacha estaba entregada al vicio y que hasta a él mismo le perseguía.

Entonces el mayordomo dijo:

—¡Si los cuentos fueran verdad, éste mentira será!

El padre le mandó callar, y a la madre empezaron a salirle lagrimones de los ojos.

—Sigue —dijo el Rey.

Y la muchacha continuó:

—El padre se creyó las infamias del mayordomo y le encargó al hijo que se volviera deprisa al pueblo, que la echara de casa, que la llevara al campo y le sacara los ojos. El hermano llegó a su casa y dijo a la hermana: «Arréglate, que tenemos que salir». Se fue con ella al campo, pero no se atrevió a matarla y la dejó junto a una fuente, diciéndole que no volviera más por casa.

La madre estaba ya llorando a lágrima viva. Todos los demás estaban muy emocionados oyendo el cuento, y la muchacha siguió diciendo:

—Cuando la muchacha se quedó sola se sentó a llorar junto a un árbol, se reclinó y se quedó dormida. Al despertarse se encontró rodeada del Rey y de varios caballeros.

El Rey se enamoró de ella, la llevó a palacio y se casaron.

A los pocos días de la boda el Rey tuvo que hacer un viaje y dejó a su mujer al cuidado de la Reina madre. La muchacha quiso dar un paseo, para salir al encuentro del Rey el día que tenía que volver, y su madre le dijo que la acompañara el negro. El negro quiso abusar de la muchacha, pero ella dijo que iba a hacer una necesidad detrás de unos matorrales y huyó hasta librarse del negro.

Entonces el negro dijo:

—¡Si los cuentos fueran verdad, éste mentira será!

El Rey, de pronto, se volvió, le dio un puñetazo en la boca al negro y dijo a los soldados:

—¡Maniatad a este criminal! —por el negro—, ¡y a ese granuja! —por el mayordomo.

Luego se abalanzó a la muchacha y la abrazó diciéndole:

—¡Amor mío!

Al negro y al mayordomo se los llevaron presos.

El Rey, los padres y los hermanos se abrazaban y lloraban de alegría.

Ella se volvió a vestir de mujer, se puso un pañuelo en la cabeza, cubriéndose el pelo cortado, y se marcharon todos a palacio.

Al día siguiente en una hoguera quemaron vivos al negro y al mayordomo, y la Reina Encontrada supo hacer muy feliz a su marido.

87. LA PRINCESA ZAMARRA

Un Rey tenía tres hijas, y un día les ofreció regalarles lo que ellas quisieran. La mayor le pidió un vestido de raso, la mediana un collar de perlas y la pequeña una varita de un árbol que había en el monte, a la entrada de una cueva que llamaban la cueva de la bruja.

Les trajo el Rey lo que cada una le había pedido, y luego les dijo:

—Ahora me tenéis que decir como cuánto me queréis.

La mayor le dijo que le quería tanto como a su vida, la mediana que más que a su vida, y la pequeña dijo que tanto como a un buen ciscar.

El padre se molestó tanto con lo que creyó una grosería y una falta de respeto y de dignidad, que llamó a los criados y les ordenó que se llevaran a su hija menor al monte, le sacaran los ojos y la lengua y la enterraran en la cueva de la bruja.

Se marcharon los criados con la hija del Rey y aquéllos acordaron por el camino decirle a ella que se marchara a correr el mundo, porque ellos iban a matar una perra para llevarle los ojos y la lengua al Rey. Y lo hicieron así.

La muchacha, al salir de palacio, se había escondido en el pecho la varita pedida a su padre, que era una varita de virtudes. Cuando los criados la dejaron sola, ella echó a andar y dio con una cabaña de pastores a los que les pidió un traje de pastora a cambio del vestido que llevaba. Los pastores le dieron una falda muy sucia y una zamarra, y ella continuó su camino.

Al poco rato oyó a sus espaldas el trote de los caballos de un coche, y cuando el coche pasó por su lado los viajeros le preguntaron:

—¿Es éste el camino de la frontera? Porque vamos al reino vecino.

Ella contestó:

—Sí, señores. Y si quieren me subo en el coche y yo les guiaré.

Aceptaron que la muchacha les sirviera de guía, y ella al subir al coche, dijo para sí:

—Varita de virtud, haz que los caballos vayan por donde deben ir.

Y cada vez que los caballos tomaban un camino, decía ella:

—Sí, sí, por aquí es.

Llegaron con toda facilidad al término de su viaje y la muchacha se presentó con su zamarra en el palacio del Rey a pedir colocación como sirvienta. Aceptaron sus servicios y vieron pronto que era muy buena criada y que era una lástima que fuera tan mal vestida, pero ella dijo que o seguía con su traje o se iba de palacio.

En este reino el Rey era jovencito y vivía con su madre. En palacio estaban haciendo los preparativos para dar tres bailes suntuosos, de noche, con intención de que en ellos buscara novia el Rey.

La primera noche, cuando el Rey se dirigía hacia el baile, se cruzó con él intencionadamente la muchacha, tropezó con el Rey, y éste dijo empujándola:

—¡Quítate de ahí, zarrapastrosa!

Entonces la muchacha se fue a la habitación, sacó la varita de virtudes y le pidió un traje de seda blanca y un caballo blanco que corriera mucho. Se vistió, montó a caballo, se fue al baile y llamó la atención de todos por lo guapa y lo elegante. El Rey, en cuanto la vio, se dirigió a ella, estuvo bailando con ella toda la noche, le regaló una sortija y ella dijo que abandonaba el baile porque tenía que marchar a su tierra.

—¿De qué tierra eres? —preguntó el Rey.

Y contestó la muchacha:

—Soy la princesa Zamarra, de Zarrapastra.

El Rey, que se había enamorado de ella, no podía sospechar quién era, dijo que la quería acompañar a su casa, y salieron; montaron ella en su caballo blanco y el Rey en otro caballo; echó ella a correr, el Rey la perdió de vista y se volvió a palacio muy enfadado porque el caballo no corría.

Para la segunda noche se había preparado el Rey un caballo mejor, y cuando ya se marchaba al baile le vuelve a salir al paso la muchacha y se dio un encontronazo, como sin querer. El Rey le dio otro empujón y le dijo:

—Jesús, qué asco de mujer; quítate de ahí.

En cuanto los de palacio se fueron al baile se metió la muchacha en su habitación y le pidió a la varita de las virtudes un traje de raso azul y un caballo que corriera más que el blanco. Se vistió, se fue al baile y dejó asombrados a todos; el Rey estuvo con ella bailando toda la noche, y cada vez más enamorado. Llegó la hora en que ella dijo que se iba a su tierra y el Rey le regaló unos pendientes y dijo que la quería acompañar. Salieron, se montaron en sus caballos y echaron a correr; pero corría tanto el de la muchacha, que el Rey la perdió de vista y se volvió a palacio muy rabioso.

A la tercera noche tenía el Rey el mejor caballo de su reino, porque estaba dispuesto a que no se le escapara la Princesa. Como en las dos noches anteriores, al ir el Rey al baile se le cruzó la muchacha, pero el Rey quiso evitar el encontronazo como en las otras noches y dijo:

—¡Quítate de mi vista! ¡Y a ver cuándo te vas a quitar tanta pringue como llevas encima!

Esta noche la muchacha pidió a la varita de virtudes un traje de terciopelo negro bordado con brillantes y estrellitas de oro, seis damas de compañía con trajes bonitos y un coche con cuatro caballos que corrieran el doble que el del Rey.

Su entrada en el baile produjo una admiración sin límites. El Rey se dedicó sólo a ella, y le dijo que la quería pedir por esposa a sus padres aquella misma noche. Ella dijo que estaba muy contenta y muy agradecida por tan alta distinción, y el Rey le regaló un alfiler de brillantes.

A la hora de costumbre dijo ella que se retiraba, y él, que la quería acompañar. Se montó ella en el coche con las seis damas y el Rey se colocó en su caballo junto a la portezuela del coche. Salieron corriendo y en un minuto se perdió de vista el coche, quedándose el Rey tan desconsolado que se volvió a palacio y cayó enfermo en cama. No tenía más pensamiento que el de la Princesa del baile; no quería oír hablar de nada, ni comer, ni beber, ni distraerse con nada. En palacio estaban todos queriendo indagar quién era la princesa misteriosa. La madre del Rey se pasaba el día llorando, viendo que su hijo se iba a morir, y un día dijo la muchacha de la zamarra a la Reina madre:

—¿Quiere usted que le haga un bollo de dulce al Rey, a ver si lo come?

—¿Tú? —dijo la Reina—. ¿Y con el asco que te tiene al verte siempre tan sucia? El saber que lo habías hecho tú sería suficiente para que se lo tirase a la cabeza a quien fuera con el bollo.

—Señora, que yo creo que con el bollo se va a curar, que yo lo hago por salvarle la vida, que me lo va usted a agradecer.

La Reina se dejó convencer y la muchacha hizo un bollo con leche, huevo, harina y azúcar, y metió dentro la sortija de la primera noche.

Cuando la reina llevó el bollo a su hijo, lo cogió, lo partió y vio la sortija.

—¿Quién ha hecho este bollo? —preguntó rápidamente.

Pero la madre no se lo quería decir.

—Pero, ¿quién ha hecho este bollo? Dímelo, por Dios, que este bollo me da la vida.

Conque la madre se decidió a decirle:

—Esa palurda de la zamarra.

—Pues dile que me haga otro.

Y la madre, con un tono más cariñoso que siempre, dijo a la muchacha:

—¡Ay, hija, que tenías razón! Ha dicho el Rey que quiere que le hagas otro bollo.

Y fue la muchacha y en otro bollo igual metió los pendientes de la segunda noche.

Se lo llevó la Reina, partió el bollo el Rey y al ver los pendientes dijo lleno de esperanza:

—Que venga inmediatamente la de la zamarra, que por ella vamos a saber quién es la princesa.

Y fue la propia Reina a decirle a la muchacha que le llamaba el Rey, y además le dijo:

—¿Por qué no te aseas un poquito para presentarte delante del Rey?

—Así lo haré, señora.

Y se fue a su habitación, pidió a la varita de virtudes el traje blanco de seda, se lo puso y, con el alfiler de la última noche prendido en el pecho, se presentó en la cámara de Rey, que estaba con la Reina.

La Reina se quedó aturdida al verla, y el Rey dijo:

—Sí, ésta es la que quiero hacer mi esposa.

Allí mismo se concertaron las bodas para la semana siguiente. Durante la conversación ella puso dos condiciones: primera, que el Rey del reino vecino viniera tres días antes de la boda para que fuese padrino, y segunda, que no le preguntaran nada de su familia hasta la víspera de la boda.

Conque llegó el Rey forastero y la princesa Zamarra dijo que quería ser ella quien le hiciera los honores. Ella misma preparó un gran banquete, y en los platos del huésped echó jalapa.

Cenaron muy contentos y se fueron a acostar. Al Rey huésped le había preparado ella una habitación sin ventilación, ni retrete y con un orinalito de niño.

A la medianoche empezó el Rey a sentir unos grandes retortijones de tripas, se levantó y llenó el orinal. Y le dio otro dolor de cólico y se ensució en el suelo. Se acostó y le dieron nuevos dolores de vientre y se lamentaba diciendo:

—¡Ay! Yo que mandé matar a mi hija por decirme que me quería como a un buen ciscar. Nadie sabe bien lo que es hacerlo a gusto. ¿Por qué la mandaría matar, Dios mío?

Y la muchacha, que estaba al acecho, le preguntó desde la puerta:

—¿Pero está usted seguro de que mataron a su hija?

—¡Ay!, ¡no he de estarlo! Si me llevaron los ojos y la lengua.

Y entró la muchacha con luces y le dijo:

—Pues, porque es usted mi padre, le perdono. Yo soy su hija, sí, ¡su hija!, y ahora se limpia usted toda esta porquería y a dormir, que mañana tiene usted que concederle al Rey la mano de su hija.

88. LOS TRES CONSEJITOS DEL REY SALOMÓN

Esto era un matrimonio pobre que vivía poco menos que en la mayor miseria; tenía el marido poco trabajo, y apenas podían mal comer el matrimonio y un chiquitín que Dios les dio hacía cinco o seis años. Tan mal andaban de recursos y arrastraban una vida tan llena de privaciones, que un día le dijo el marido a la mujer.

—Mira, Fulana: está visto que así no podemos vivir; para un día que trabaje estoy parao un mes, y como esto no lleva camino de mejorar, nos vamos a morir de hambre tú y yo y el chico si no voy a otra parte a buscar la vida.

La mujer comprendió que el marido tenía mucha razón en lo que decía, y dijo:

—Es verdá; en este pueblo no ganamos nada y nos moriremos de hambre; yo cuidaré al chico; viviremos como Dios nos dé a entender y tú vete a ver si encuentras dónde ganar la vida, y ya nos ayudarás cuando puedas.

Al día siguiente se despidió de la mujer y del hijo y se marchó el pobrecillo sin saber dónde ni cuándo encontraría trabajo para poder comer y para poder enviar a su mujer algún dinero.

Fue entrando por muchos pueblos a ver; pero se tenía que salir sin encontrar lo que buscaba; hasta que, por fin, dio con una casa en donde podía prestar sus servicios. Allí estuvo trabajando como un desesperado y sin atreverse a pedir ni una sola peseta por no exponerse a perder una casa que tan buena parecía; y así pasó algunos años, acordándose de su gente, pero sin poder enviar nada a su mujer, ni tampoco hubiera tenido con quién mandarle algo aunque hubiera podido.

Por fin, un día le dijo a su amo:

—Mire usté, señor, que hace ya tantos años que estoy en la casa; cuando vine dejé a mi familia en la mayor miseria, sin más amparo que el del Cielo; no he tenido noticias desde entonces, y ya me va entrando la gana de ir a ver cómo les ha ido y llevarles lo que tengo ahorrao. Yo pienso volver a servirle a usté; de manera que si usté está contento conmigo, estaré de vuelta dentro de muy pocos días; pero si usté no lo lleva a mal, déme usté lo que he ganao para entregárselo a mi mujer.

El amo le dio permiso para que se marchara por unos días, y le dijo:

—Mira, te daré, si quieres, todo lo que alcanzas; pero aún puede ser que salieras mejor librado si en vez de darte tu dinero te diera los tres consejitos del rey Salomón.

El criado se rascó la cabeza y empezó a dudar; pero tenía tanta confianza en su señor, que dijo:

—Pues déme usté pal viaje y déme los tres consejitos del rey Salomón.

Le dio el amo para el viaje y le dijo:

—Estos son los tres consejitos del rey Salomón: primero, no vayas por el atajo; segundo, no hables sin que te pregunten; tercero, no te vengues hasta el otro día.

El criado tomó el piquillo que le dio su amo para el viaje y aprendió de memoria los consejos. Cuando ya se disponía para marchar le dio su amo una gran fiambrera, encargándole que no la abriera hasta el día más feliz de su vida.

Se despidió del amo y de todos los de la casa y emprendió su viaje muy de madrugada con su gran fiambrera en un ojo de la alforja, alguna friolerilla de comer en el otro ojo, su piquillo en el bolsillo de la faja y los consejitos del rey Salomón en la cabeza.

Allá a media tarde, cuando ya estaba bastante cansado de andar, notó que el camino que llevaba daba un gran rodeo; tentado estuvo de echar por el atajo, como acostumbraban casi todos los caminantes; pero tenía muy presentes los tres consejitos y dijo:

—No; que me ha dicho mi amo que no vaya por el atajo.

Y siguió andando por el camino. Pero antes de anochecer llegó a una venta; entró y dijo:

—¡Ay, María! ¿Hay posada?

—¡Ah!, no, señor; mire usté: en cada cama hay un herido, y hasta por aquí, por el suelo, los tiene usté. Bien se conoce que no ha venido usté por el atajo, o vendría usté herido como estos pobres hombres, o le habrían muerto, y de todos modos le hubieran quitado además los cuatro cuartos que lleve usté encima, y hasta si lleva usté una miaja de merienda en esa fiambrera. Hay en el atajo una cueva de ladrones, y quitan a todo el que pasa por allí todo lo que lleve, y a nada que se resista lo hieren o lo matan.

Siguió, pues, andando y empezó a dar en su interior mil y mil gracias a su amo por el primero de sus consejos, y después de bien entrada la noche llegó a otra venta; llamó, le abrieron y entró y preguntó si podían darle de cenar y cama para dormir. Le dijeron que sí, y allá al rato el mismo ventero pone la mesa para tres personas. Esto ya le chocó al caminante, que pusiera cucharas y platos para tres no viendo a nadie por allí más que al ventero; pero se guardó muy bien de preguntar para quién era el otro cubierto que ponía, acordándose del segundo consejo de su amo, y cuando ya estaba puesta la cena en la mesa ve que el ventero sube de la cueva a una mujer atada de pies y manos; le desata las manos y se sientan los tres a cenar. Cenaron los tres sin rechistar palabra, y cuando se acabó la cena el ventero volvió a atar a la mujer y la bajó a la cueva, y el caminante cogió un candil y se fue a la cama. Al otro día por la mañanita pagó el caminante lo que debía y se despidió; pero cuando ya se marchaba le dice el ventero: «Venga usté», y le lleva a un cuarto para que viera cuántos hombres ahorcados había allí, y le dice:

—¿Ve usté cuánto ahorcao? Pues a estos caminantes los he ahorcao yo, porque habiendo visto lo que ha visto usté cuando almorzaban o comían o cenaban en la venta, me han preguntado que por qué ataba y encerraba en la cueva a esa mujer. Yo hago eso porque es mi mujer propia y ha sido muy mala, sin que yo le haya dao ningún motivo, y estoy dispuesto a seguir ahorcando al lucero del alba que me venga con preguntitas o con reconvenciones. Usté no abrió anoche su boca y se va sin preguntarme una palabra... ¡Vaya usté con Dios!, y le dejo ir en paz sin hacerle ningún daño.

El caminante dijo:

—No, no, si yo, mire usté, la mejor palabra es la que está por decir y al buen callar llaman Sancho, que en boca cerrada no entran moscas, cada uno se entiende y se baila solo y quien manda, manda; usté es el amo y cada uno en su casa es rey.

Conque empezó su caminata de aquel día y andaba tan contento diciendo:

—¡Anda, anda, el segundo consejo de mi amo! ¡Pobre de mí si no lo sigo!

Y estuvo andando todo el día y hasta toda la noche para poder llegar a su casa al día siguiente; y no tan sólo por llegar a su casa un día antes no quiso hacer noche en el camino, sino por no exponerse a que le pasara alguna gran avería en alguna otra venta.

Llegó, pues, a su casa por la tarde y ya oyó algazara antes de llegar a la puerta; ve la puerta abierta, entra y ve que estaba la sala llena de gente y su mujer bailando con un cura. Si no se desesperó entonces, le faltó poco; se enfureció tanto, que hubiera matado allí mismo a su mujer si no se hubiera acordado del tercer consejo que su amo le dio al pedirle la cuenta; así es que, acordándose del consejo, dijo:

—No; la mataré mañana.

Entrar no entró en la sala, y como la gente ni siquiera notó que había llegado un hombre hasta la puerta, se marchó de casa medio loco, hecho una furia, y se fue a escape por las calles del pueblo y estuvo andando por todas ellas hasta que una mujer que estaba hilando en la puerta de la calle le dijo:

—Pero, Fulano, ¡tú por aquí! ¡Tanto tiempo sin venir por el pueblo! ¿Cómo no vas a tu casa? ¿No sabes la novedad?

—Demasiao la sé; ya he ido a mi casa y he visto lo que he visto y me he salido corriendo por no perderme.

—Pues, ¿qué has visto?

—¿Qué he de ver? ¡Si he encontrado a mi mujer bailando con un cura!

—Pues, ¡no ha de bailar! ¿Qué haría yo si me encontrara en su pellejo? ¡Ya puede bailar y bien a gusto! Pues, ¡si el cura es tu hijo, que se ha hecho cura y ha cantao misa esta mañana!

Entonces dijo:

—Bendito sea mi amo por el tercer consejo.

Y echó a correr hacia su casa y entró gritando:

—¡Paso! ¡Paso!

Y se plantó en medio de la sala, y abrazó al cura y abrazó a su pobre mujer, y contó los tres consejitos del Rey Salomón que le había dado su amo en vez del dinero que le guardaba, y lo que había sucedido en el camino y hasta en su propia casa, y lleno de alegría dijo:

—Día mejor que éste ya no lo puedo tener; éste es el día mejor de mi vida. Mi amo, además de darme los tres consejos, me dio esta fiambrera con encargo de que no la abriera hasta el día más feliz de mi vida, y voy a abrirla ahora mismo delante de todos.

La abrió y se encontró una tortilla; pero ¡qué tortilla!; muy ancha y de más de cuatro dedos de recia y formada por muchísimas torrecitas de monedas de oro.

Con esto, y con el hijo cura, vivió tan feliz el matrimonio, y colorín colorao, mi cuento ya se ha acabao.

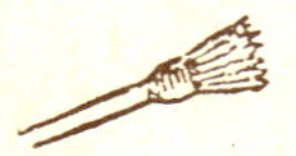

89. LA VARITA DE VIRTUDES

Una mujer tenía tres hijas; la mayor muy lista, la mediana muy guapa y la pequeña muy tonta.

Tenía en la casa tres conejitos y todos los días iba la madre al campo a coger hierba para los conejos.

Un día agarró la mujer una hierba de grama, y al tirar, para arrancarla, oyó una voz que le decía:

—¡No me tires de los pelos!

—Pero, ¿quién eres? —dijo la mujer.

—Soy un Príncipe encantado. Tráeme mañana a tu hija la guapa y cuando vengáis me tiras como hoy de los pelos.

La mujer señaló la mata de grama rodeándola de piedras para poder volver al mismo sitio, se fue a casa y contó a sus hijas lo que le había pasado.

Después de discutir mucho lo que debían hacer decidió la hija guapa ir con su madre, como había dicho el Príncipe encantado.

Al día siguiente fueron la madre y la hija, tiró la madre de la misma hierba, se abrió la trampa disimulada debajo de las hierbas, y dijo la voz:

—Que pase tu hija sola.

Vieron que aquella trampa era la puerta de un palacio encantado, entró la hija y se marchó la madre.

La muchacha recorrió todo el palacio sin ver a nadie. Vio unas habitaciones muy lujosas, un comedor con la mesa puesta y la comida preparada en los platos, una alcoba fantástica con la cama recién hecha, y después de haber recorrido todo el palacio se puso a comer.

Al acabar de comer oyó una voz que decía:

—Cuando quieras algo no tienes más que decir: ¡Negrito mío, quiero tal cosa! Y si quieres ver el jardín de palacio, que no lo has visto, no tienes más que decir: ¡Negrito mío, llévame al jardín!

La muchacha, que era muy tranquila, dijo:

—¡Negrito mío, llévame al jardín!, —y apareció un negrito que la llevó al jardín y desapareció.

Allí se pasó toda la tarde viendo los macizos con flores, que todas eran muy bonitas, y los estanques con peces de colores, oyendo cantar a los muchos pájaros que había en los árboles y sin ver ni oír a nadie.

Al anochecer volvió a palacio y se encontró con la mesa preparada para cenar; cenó y se acostó.

Al despertar al día siguiente, cuando ya era de día, comprendió que alguien había dormido con ella, pero no lo había visto ni oído.

Ese día pasó la mañana en sus habitaciones, comió y volvió a decir:

—¡Negrito mío, llévame al jardín!

Vino el negrito, la llevó al jardín y desapareció.

Esa tarde el jardín estaba lo mismo que el día anterior, pero los pájaros no cantaban, y dijo la muchacha:

—¡Qué tristes están hoy los pajaritos! Entonces oyó una voz que decía:

—Es que tu hermana la mayor está muy enferma.

—Pues yo querría ir a verla —dijo la muchacha. Y la voz le contestó:

—Pero no hagas más que ir, verla y volverte enseguida.

Se fue la muchacha, y sin hablar con su madre ni con sus hermanas, regresó al palacio.

Pasaron varios días, haciendo siempre la misma vida que el primer día, y una tarde, estando en el jardín, oyó que los pájaros cantaban como si estuvieran locos.

—¿Qué pasará, que están tan alegres los pajarillos? —dijo la muchacha. Y la voz le contestó:

—Es que se casa ahora tu hermana la tonta.

Conque dijo la muchacha que quería ir a la boda y la voz le dijo que fuera, pero que tenía que volver muy pronto. Y la hermana fue, vio la boda y se volvió a palacio a escape, sin haber hablado con su madre ni con sus hermanas.

Otro día, que estaba en el jardín, los pájaros no cantaban, y preguntó la muchacha:

—¿Qué tendrán hoy los pájaros, que están tan tristes?

Y le dijo la voz:

—Que tu madre se está muriendo.

—¡Ay, yo quiero ir a verla!

—Bueno, pero no tardes en volver.

Se fue la muchacha, vio a su madre, estuvo hablando con ella, le contó lo que hacía en palacio y la madre le dio una pajuela para que la encendiera por la noche y viera quién se acostaba con ella. Y se volvió a palacio, cenó y se acostó.

Cerca de la medianoche, la muchacha encendió la pajuela y vio que en la cama había un hombre muy guapo dormido, con un medallón al cuello que tenía una lavandera lavando, y dijo la muchacha:

—¡Lavandera, lavandera, que se te marcha el trapo!

El Príncipe se despertó y le dijo:

—¡Ya me has desencantado! Toma esta varita de virtudes para que consigas con ella todo lo que quieras. Y el Príncipe desapareció.

A la mañana siguiente, al levantarse, vio que el palacio estaba en el centro de un pueblo.

En aquel pueblo decían que en el palacio vivía una bruja, y nadie se atrevía a pararse en la puerta.

Un día se juntaron los tres mozos que se tenían por más valientes y acordaron salir de dudas y averiguar quién vivía en el palacio, yendo primero uno, luego otro y después el tercero.

El primero de los tres llegó a la puerta, llamó, la muchacha fue a la puerta y preguntó por la mirilla:

—¿Quién es?

—¡Buenos días! ¿Me podrían dar aquí de almorzar?

—Sí, señor; pero el que aquí almuerza, come; el que come, cena, y el que cena se acuesta conmigo. ¿Quiere usted pasar?

El mozo dijo que sí y entró. Almorzaron, comieron y cenaron, y al irse a acostar, dijo la muchacha:

—¡Ay, que se me ha olvidado la jarra de agua junto al pozo!

Y dijo el mozo:

—Pues yo voy por ella.

Entonces la muchacha sacó la varita de virtudes y dijo:

—Varita de virtudes, haz que se le pegue la mano a la jarra, y la jarra al suelo, y que se pase toda la noche junto al pozo.

La muchacha durmió tranquilamente y al despertarse cogió la varita de virtudes y dijo:

—Varita de virtudes, que se le suelte la mano de la jarra y se vaya con viento fresco.

Entonces al mozo se le soltó la mano de la jarra y, más que deprisa, se marchó a la calle.

Cuando se encontró con sus amigos, le preguntaron qué había visto y cómo lo había pasado, y les dijo que admirablemente bien, que la bruja no es tal bruja sino una muchacha muy guapa; que había comido muy bien, había dormido muy bien y lo había pasado divinamente.

El mozo segundo, impaciente por disfrutar de la misma aventura, dijo:

—Ahora me toca a mí, ¿eh?

Y se fue hacia palacio, repitiéndose la escena:

—¿Quién es?

—¡Buenos días! ¿Me podrían dar aquí de almorzar?

—Sí, señor; pero el que aquí almuerza, come; el que come, cena, y el que cena, se acuesta conmigo. ¿Quiere usted pasar?

Entró el mozo, almorzaron, comieron, cenaron, y al irse a acostar dijo la muchacha:

—¡Ay!, que se me ha olvidado traerme el espejo.

El mozo, muy solícito, dijo que él iba a por el espejo. La muchacha sacó la varita de virtudes y dijo:

—Varita de virtudes, haz que se le pegue la nariz al espejo y que no pueda descolgarlo en toda la noche.

Conque la muchacha durmió tranquilamente toda la noche y al despertarse acudió a la varita de virtudes y dijo:

—Varita de virtudes, que se le suelte la nariz del espejo y se vaya con viento fresco.

Al mozo se le soltaron las narices y, con más miedo que vergüenza, se marchó corriendo a la calle.

Fue a buscar a sus amigos y les contó que lo había pasado muy bien, que la muchacha era guapísima, muy amable, que había almorzado, comido, cenado y dormido como no se podían figurar de bien.

Con esta relación el tercer mozo se fue con ansia hacia palacio y llamó a la puerta:

—¿Quién es?

—¡Buenos días! ¿Me podrían dar aquí de almorzar?

—Sí, señor, no faltaba más; pero el que aquí almuerza, come; el que come, cena, y el que cena, se acuesta conmigo.

El mozo se puso muy contento, entró, almorzaron, comieron, cenaron, y al irse a acostar dijo la muchacha:

—¡Ay!, que se me ha olvidado echar el cerrojo a la puerta de la calle.

El mozo dijo:

—Yo mismo lo echaré, y se fue a echar el cerrojo.

La muchacha pidió a la varita de virtudes que se le quedara pegada la mano al cerrojo toda la noche; se durmió con toda tranquilidad y a la mañana siguiente dijo:

—Varita de virtudes, haz que se le despegue la mano y se marche con viento fresco.

Cuando al mozo se le soltó la mano abrió la puerta y se marchó.

Al encontrarse a sus amigos les dijo que la muchacha era una bruja que le había tenido toda la noche con la mano pegada al cerrojo de la puerta, y que la iba a denunciar por bruja. Los otros dos mozos le confesaron cómo habían pasado la noche y los tres se fueron juntos a denunciarla a la justicia.

Se la procesó y la condenaron a morir ahorcada por bruja. Sacó la muchacha su varita de virtudes y dijo:

—Varita de virtudes, que venga mi Príncipe a salvarme.

Al poco rato entraba en el pueblo el Príncipe en una magnífica carroza con una escolta de cien soldados a caballo, se fue al Juzgado, hizo llamar al juez y le dijo:

—Esta mujer ni es bruja, ni es mala y ahora mismo me la llevo.

La muchacha se fue con el Príncipe en la carroza, llegaron a palacio, se preparó la boda, se casaron y cuento contao.

90. EL PANDERO DE PIEL DE PIOJO

Un Rey tenía una hija. La Princesa, que tendría unos quince años, estaba un día paseando con su doncella por el jardín y vió una matita que no sabía de qué era.

—¿De qué es esta matita? —dijo la Princesa.

—Es de hinojo —contestó la doncella.

—Pues la vamos a cuidar para ver lo grande que llega a ser.

Otro día estaba la doncella peinando a la Princesita y en el peine sacó un piojo y dijo la Princesa:

—Pues lo vamos a cuidar para ver lo grande que llega a ser.

Y lo metieron en una tinaja.

Pues ya, pasaron muchos días y la matita de hinojo era un árbol, el piojo había engordado tanto que no cabía en la tinaja y el Rey dijo que la Princesa estaba ya en edad de casarse, pero que tenía que casarse con el hombre más listo del reino.

Para ello se le ocurrió hacer un pandero con la piel del piojo y hacerle el arco con madera de hinojo; después mandó el Rey echar un bando en que decía que el Rey había dispuesto casar a la Princesa con el hombre que acertara de qué estaba hecho el pandero; que le daría un plazo de tres días para acertarlo y que si no lo acertaba sería condenado a muerte.

A palacio acudieron Condes, Duques y Marqueses y muchachos muy ricos, por el afán de casarse con la Princesa; pero ninguno acertaba, todos morían al tercer día.

La noticia se fue extendiendo por todas partes y llegó a oídos de un pastor, que le dijo a su madre:

—Madre, prepáreme usté las alforjas, que me voy a palacio para acertar de qué es el pandero de la Princesa, porque conozco todas las pieles de todos los bichos del campo y todos los árboles del bosque.

La madre no quería que su hijo fuera, por miedo a que le pasara a su hijo lo que a todos los pretendientes, pero se dejó convencer; preparó las alforjas a su hijo y éste emprendió el camino hacia palacio.

Al llegar junto a un pueblo se encontró con un gigante que estaba sujetando una peña muy grande y le preguntó:

—¿Qué haces ahí?

Y contestó el gigante:

—Estoy sujetando esta peña para que no se caiga y destroce al pueblo.

—¿Y cuánto ganas?

—Dos pesetas diarias.

—Pues yo te doy tres y mantenido.

Y el gigante se fue con el pastor.

Llegaron a otro pueblo y se encontraron a un hombre con una escopeta apuntando hacia el cielo.

—¿Qué haces ahí?, —le preguntó el pastor. Y contestó el hombre:

—De detrás de aquella nube sale un bando de mosquitos y por cada uno que mato me dan diez céntimos.

Pues yo te doy una peseta diaria y mantenido.

Y el cazador se fue con el pastor y el gigante.

A la salida del pueblo vieron junto al camino a un hombre que estaba con el oído en el suelo y le preguntaron:

—¿Qué hace usté ahí?

—Estoy oyendo nacer la hierba.

—¿Cuánto gana usté al día?

—Pues gano un real.

Yo le doy una peseta y mantenido, si viene con nosotros. Y el que oía crecer la hierba se fue con el pastor, el gigante y el cazador.

Ya llevaban andando un buen rato cuando vieron a un hombre que estaba atado a un árbol con dos ruedas de molino puestas a los pies.

—¿Qué hace usté aquí? —le preguntaron. Y contestó:

—Aquí me tienen atado, porque si me sueltan, me corro el mundo entero en un minuto.

—¿Y cuánto gana usté al día?

—Dos reales.

—Pues yo te doy una peseta y mantenido.

El de las ruedas de molino dijo que le desataran y que si se montaban en las ruedas los llevaría a donde quisieran tan deprisa como el rayo.

Conque mientras el gigante lo desataba, el pastor vio una hormiga y un escarabajo, los cogió y los metió en las alforjas.

Emprendieron todo el camino montados en las ruedas de molino y sin darse cuenta llegaron a palacio. Y en aquel momento vieron a una mujer que perseguía un ratón con una escoba, pero el pastor dijo:

—No lo mate, que quiero cogerlo vivo. Y sobre las ruedas fueron detrás del ratón, lo cogió el pastor y lo metió en las alforjas.

El pastor, el gigante, el cazador, el que veía nacer la hierba y el hombre de las ruedas de molino se alojaron en una posada que había enfrente del palacio y el pastor los dejó para ir a ver a la Princesa.

Una vez que llegó a palacio y le enseñaron el pandero, dijo:

—Pues esto es de piel de cabrito y aro de cornicabra.

—No, señor —dijo el Rey—. Tiene usté tres días para acertarlo, y si no lo acierta tendrá usté que morir.

El pastor todo desconsolado se marchó a la posada, y el que oía crecer la hierba le preguntó por qué venía tan triste. Contó el pastor todo lo ocurrido y el compañero dijo:

—Yo me enteraré de todo y te lo diré.

Al día siguiente se marchó éste al jardín donde se paseaba la Princesa con su doncella, pegó el oído al suelo y oyó que la doncella decía:

—¿No es una lástima ver cómo matan a tantos hombres como vienen a pretenderla? ¿Pero quién va a acertar que el pandero es de piel de piojo y arco de hinojo?

Así que oyó esto se fue corriendo a la posada y se lo dijo al pastor.

Lleno de alegría se fue a palacio y le dijo al Rey:

—Aquí vengo a decirle que el pandero es de piel de piojo con arco de hinojo.

El Rey mandó llamar a la Princesa y a toda la corte para comunicarles que el pastor había acertado y se tenía que casar con la Princesa; pero la muchacha dijo que con un pastor no se casaba de ninguna manera. El Rey dijo que no podía volverse atrás de su palabra, y la Princesa entonces le hizo al pastor tres encargos, con la intención de que se marchara y no volviera. El primero, que tenía que traerle antes de la puesta del sol una botella de agua de una fuente que estaba a cien leguas de palacio. El segundo, que en una noche separara el maíz que había en la cámara, haciendo tres montones; de bueno, de regular y de malo. El tercero, que llevase en un solo viaje dos arcones llenos de onzas de oro desde palacio a una casita al otro extremo del jardín.

Conque el pastor se fue a la posada tan afligido como el día anterior y contó a sus compañeros los tres imposibles que le pedía la princesa.

Entonces el de las ruedas de molino le dijo:

—No te apures, que yo te traigo la botella de agua antes de diez minutos.

Y el gigante le dijo:

—Los dos arcones te los llevo yo.

Y la hormiga dijo desde la alforja:

—Si me llevas a la cámara del maíz yo te hago los tres montones en una noche.

Al poco rato se presentó el pastor en palacio con la botella de agua y la hormiga en el bolsillo y entregó la botella y pidió que le pusieran una cama en la cámara, porque le iba a sobrar tiempo para dormir.

A la mañana siguiente, mientras el Rey y la Princesa estaban viendo el maíz ya separado en los tres montones, fue el gigante y trasladó los dos arcones a la casita de la Princesa.

En vista de todo ello el Rey le dijo a su hija:

—Hija mía, no tienes más remedio que casarte con el pastor.

Pero la Princesita se puso muy rabiosa y dijo que no se casaba con él de ninguna manera, aunque la mataran, y que con quien se quería casar a todo escape era con un Príncipe muy guapo que ya sabía el Rey quién era.

El pastor se marchó muy triste y en palacio empezaron los preparativos de la boda de la Princesa.

Una vez en la posada contó a sus compañeros que la Princesa le despreciaba y se iba a casar con un Príncipe, y dijo el ratón:

—Pues el día de la boda, el escarabajo y yo nos vengaremos.

Y cuando llegó el día de la boda se presentó el pastor en palacio, con el ratón y el escarabajo en el bolsillo, y pidió que le dejaran ver el dormitorio de los novios. Soltó, sin que le vieran, al ratón y al escarabajo, que se escondieron en un rincón, y se fue a la posada.

Conque se celebró la boda, y hubo grandes fiestas, y llegó el momento de que los novios se fueron a acostar. Cuando ya estaban acostados y apagaron la luz, salió el escarabajo, se le metió al novio por el trasero y empezó a hacerle pelotas en las tripas. Y le dieron unos dolores muy fuertes y una diarrea que ensució toda la cama y ensució también a la novia. La Princesa tuvo que ir a lavarse y se marchó a dormir a otra habitación.

A la mañana siguiente fue el novio a la habitación de la Princesa, para decirle que le dispensara, porque no sabía lo que le había hecho daño.

Conque por la noche se volvieron a acostar y el Príncipe, por precaución, se había puesto un tapón de corcho para que no le entrase ningún bicho.

En cuanto apagaron la luz, fue el escarabajo a repetir la faena de la noche anterior, y al encontrarse con el corcho, fue y se lo dijo al ratón. Y fue el ratón y le metió al novio el rabo por las narices. De las cosquillas que le hizo al novio, dio un estornudo tan fuerte que le salió el tapón, y volvió el escarabajo a revolverle las tripas al novio. Y otra vez le vino la diarrea y el ensuciar toda la cama y poner perdida a la novia.

La Princesa salió dando voces, acudió el padre y le dijo:

—Todo esto te pasa por no haberte querido casar con el pastor.

Y la Princesa dijo que aún podía deshacerse la boda con el Príncipe cagón y que viniera el pastor a vivir a palacio para ver si podía tomarle cariño.

91. EL AGUA AMARILLA

Un Rey joven y soltero estaba enamorado de la hija más pequeña de uno de los muchos guardas que cuidaban los jardines de palacio, que tenía su vivienda en los mismos jardines.

El Rey se iba muchas veces de paseo y contemplaba a la hija del guarda a través de unas enredaderas muy tupidas que rodeaban la casita del guarda, sin que desde la casa pudieran verle.

Una tarde estaban cosiendo a la puerta de la casa las tres hijas del guarda y llegó el Rey hasta las enredaderas en el momento en que decía la hermana mayor:

—A mí me gustaría casarme con un panadero, para tener el pan seguro.

La mediana dijo:

—Pues a mí me gustaría casarme con un cocinero, porque esos tienen pan y comida.

Y dijo la pequeña:

—Pues yo quisiera un imposible: me gustaría casarme con el Rey.

El Rey, que lo había oído todo, dio la vuelta al macizo de enredaderas, se presentó a las muchachas y les dijo:

—Cuando queráis se hacen esas tres bodas en el mismo palacio. Tú te casas con mi panadero, tú con mi cocinero y tú conmigo.

Le contestaron que qué bromista era y les dijo muy serio que si ellas querían, dentro de quince días se celebraban las tres bodas.

Conque se casaron y las tres quedaron viviendo en palacio. Las dos mayores tenían una envidia tan grande a su hermana pequeña que llegaron a odiarla a muerte.

Antes de cumplirse el año de la boda la Reina tuvo un niño y las envidiosas de las hermanas le robaron el niño, lo pusieron en un cesto y lo echaron a uno de los arroyos del jardín. Y al Rey le presentaron, en una canastilla adornada con sedas, un perro recién nacido, diciendo que lo había parido su hermana.

El Rey sufrió una desilusión tan grande que quiso separarse de la mujer; pero sus consejeros le convencieron de que no lo hiciera.

El cesto de flores con el niño fue como un barquito por el arroyo y lo recogió un guarda que estaba casado, sin hijos, y deseando tenerlos, por lo que le dijo a la mujer que lo criara, sin decir a nadie que lo había encontrado.

Al año siguiente la Reina tuvo otro niño. Las hermanas repitieron el cambio del niño por un gato recién nacido y al niño lo echaron en otro cesto al arroyo. El mismo guarda recogió al niño y se lo llevó a su mujer para que lo criara.

El Rey quería matar a su mujer y los consejeros le convencieron de que a veces se producen esos abortos de la naturaleza, sin que la mujer sea culpable.

Al otro año tuvo la Reina una niña. Las hermanas hicieron lo que los años anteriores; pero no encontrando perro ni gato pusieron en la canastilla para el Rey un pedazo grande de corcho untado de sangre. Y la niña por el arroyo fue a parar a manos del mismo guarda.

El Rey, sin hacer caso ya de los consejeros, mandó hacer una jaula de hierro para encerrar en ella a su mujer y que fuera todo el que quisiera a verla y burlarse, y echarle comida como si fuera una fiera.

El guarda y su mujer conservaron el secreto del hallazgo de los tres niños y los criaron con todo cariño. Pero un día se murió el guarda y la guardesa se marchó de los jardines a vivir con los niños en una casita de un monte que también era del Rey.

Cuando la niña cumplió los quince años se murió la guardesa y los niños creyeron que se había muerto su madre.

Siguieron viviendo los tres solitos. Los dos mayores se dejaban gobernar y dirigir por la hermana, que cuidaba de la casa mientras ellos iban a cazar o a ganar algún jornal.

Un día en que la niña estaba sola en la casa llegó una vieja, estuvo hablando con la niña y le dijo:

—No seréis felices mientras no tengáis estas tres cosas: el agua amarilla, el pájaro que habla y el árbol que canta.

Y la niña se quedó muy pensativa al marcharse la vieja.

Volvieron los hermanos y la niña les contó lo que había dicho la vieja. Entonces el mayor dijo:

—Pues voy a buscarlas. Algún misterio deben tener, porque debe ser la misma vieja la que nos ha dado, a mí, este cuchillo, y a éste, un espejo, diciendo que cuando el cuchillo se mancha de sangre o el espejo se empaña es que el dueño está en gran peligro. De manera que toma el cuchillo. —Y se fue.

Junto al camino vio a un ermitaño en una ermita y le preguntó si sabía dónde estaban el agua amarilla, el pájaro que habla y el árbol que canta. El ermitaño le contestó que sí lo sabía, pero que todo el que había ido a buscarlos se había quedado encantado. Y le dijo, además:

—Si quieres encontrarlos toma esta bola; cuando veas el camino cuesta abajo, la tiras a rodar con fuerza; se parará frente a un monte y subes hasta lo más alto, sin volver la cara atrás.

El muchacho cogió la bola, la tiró cuando vio la cuesta abajo, empezó a subir al monte y cuando estaba a la mitad, oyó unas voces que le llamaban, volvió la cara y se quedó convertido en una piedra negra.

Los hermanos, que estaban pendientes del cuchillo, vieron que se llenaba de sangre y dijo el hermano:

—Voy a ver si lo encuentro.

Le dio el espejo a su hermana y se marchó.

A poco de andar vio la ermita y preguntó al ermitaño lo mismo que antes había preguntado su hermano. El ermitaño le contestó de igual modo, dándole otra bola. El muchacho hizo exactamente igual que su hermano y a la mitad del monte se quedó convertido en piedra negra.

La muchacha, que se estaba contemplando en el espejo lo guapa que era, vio que de pronto se empañaba el espejo, quedando como si estuviera esmerilado, y salió en busca de sus hermanos.

Al pasar junto a la ermita preguntó al ermitaño:

—¿Ha visto usté pasar por aquí a dos muchachos, hará un cuarto de hora o media hora?

—¿Unos que van buscando el agua amarilla?

—Los mismos.

—Pues les he dicho que siguieran el camino y cuando lo vieran cuesta abajo tiraran la bola que les di, como ésta; que la bola se pararía frente a un monte, que lo subieran sin volver la vista atrás, porque el que la vuelve se queda encantado. En lo más alto del monte está el pájaro que habla, se le pone la mano encima y entonces ya se puede mirar para atrás sin peligro.

—¿Me quiere usté dar a mí otra bola y unos trapos para taparme los oídos?

El ermitaño le dio la bola y los trapos, la niña echó a andar y fue haciendo lo que le había dicho el ermitaño. Como llevaba tapados los oídos no oyó cuando la llamaban, llegó a lo más alto, vio un pájaro, le puso la mano encima y dijo el pájaro:

—¡Una pícara mujer me tenía que coger!

La niña se puso a acariciar al pájaro y a decirle bonito y le preguntó dónde estaba el agua amarilla y el árbol que canta.

El pájaro le explicó dónde estaba el agua amarilla y el árbol que canta, y que regando con el agua amarilla las piedras negras del monte podría desencantar a sus hermanos.

Y fue la muchacha, cortó una rama del árbol que canta, la mojó en la fuente, fue rociando las piedras negras y desencantó a sus hermanos.

El hermano mayor se fue corriendo a su casa por un cantarillo para coger agua. Uno de los hermanos llevó el cantarillo de agua, otro la rama del árbol, la niña cogió el pájaro y se fueron tan contentos a su casa, donde plantaron la rama del árbol. De cada hojita de la rama salían cantos como si el arbolito estuviera lleno de ruiseñores.

Al día siguiente los dos hermanos mayores se fueron de caza y se encontraron con el Rey, pero sin conocerle. Estuvieron tan amables con él que ya les dijo que era el Rey y que les convidaba a comer.

—No, señor, muchas gracias, pero no queremos dejar a nuestra hermanita sola.

—Pues que se venga con nosotros.

Y se marcharon a comer con el Rey. Luego el Rey les enseñó todo el palacio y vieron a una mujer en una jaula; pero, muy prudentes, no quisieron preguntar nada.

Al despedirse le suplicaron al Rey que al día siguiente fuera a comer con ellos, porque querían corresponder invitándole a su casa. Y el Rey les dijo que le esperaran, que iría.

Cuando llegaron a casa dijo la niña a sus hermanos:

—¿Qué comida le preparamos al Rey?

Y dijo el pájaro:

—Ponle pepinos rellenos de perlas.

—¿Qué dices?

—Pepinos rellenos de perlas.

—¿Y dónde voy a encontrar las perlas?

—Al pie del árbol que canta, en el monte, hay enterrada una arqueta llena de perlas. Traérosla.

Al día siguiente, a la hora de la comida, se presentó el Rey; se sentaron a la mesa y la niña le sirvió de primer plato dos pepinos. El Rey partió uno y al ver las perlas preguntó:

—¿Dónde se ha visto comer pepinos con perlas?

Y dijo el pájaro:

—¿Y dónde se ha visto que una mujer pueda parir un perro, un gato y un corcho?

—Pues ¿qué es lo que parió?

—A los tres infantes que tienes delante.

—Pero nuestra madre ¿no era la guardesa? —preguntó la niña.

Y contestó el pájaro:

—Vuestra madre fue la mujer que habéis visto en la jaula. Las hermanas de la Reina, por envidia, os cambiaron por el perro, el gato y el corcho.

El Rey se levantó, los abrazó, se los llevó a palacio, sacaron de la jaula a la Reina y en la misma jaula encerraron a las dos hermanas con veinte perros y veinte gatos.

92. EL PRÍNCIPE JALMA

Un leñador vivía con su mujer y una hija moza, que era hermosísima. El leñador se iba con un borrico al monte, hacía una carga de leña y al día siguiente la vendía en el pueblo.

Un día vio en el monte una encina muy grande que estaba seca. La encina debía tener cientos de años, porque el tronco era tan grande que en un hueco que tenía, se podía esconder muy bien un hombre.

El leñador pensó que de la encina seca iba a sacar más de veinte cargas de leña y dio al tronco el primer hachazo. No volvió a dar el segundo, porque oyó que la encina se quejaba y vio que por donde había dado el hachazo goteaba sangre.

El hombre se quedó asombrado y vio salir por el hueco del tronco la cabeza de un negro muy feo que le dijo:

—¡Desgraciado! ¡Me has herido! ¡Vas a morir!

El leñador le pidió perdón, le dijo que no podía suponer que él estaba dentro de la encina, que era un pobre leñador que con su trabajo mantenía a su mujer y a su hija, que era el único amparo que ellas tenían y que le daba palabra de no volver más por allí.

Entonces el negro le dijo:

—Te perdono si dentro de ocho días me traes a tu hija para casarme con ella. Cuando vengas das tres golpes con el hacha en el tronco. Ahora, arranca un pedazo de corteza del pie de la encina, mete la mano y saca las onzas que encontrarás, para que se las lleves a tu mujer y tu hija. —Y el negro desapareció.

Arrancó el hombre un pedazo de corteza y empezaron a salir onzas de oro, las cargó en el borrico y fue a casa a contar lo que le había pasado.

Las mujeres no le querían creer; pero como cambiaron algunas onzas y compraron muchas cosas se pusieron muy contentas y se dedicaron a transformar la casa, poniéndola muy lujosa.

Pasados los ocho días se fue el leñador al monte con su hija y el borrico. Dio los tres hachazos en la encina y apareció la cabeza del negro por el hueco del tronco.

—Aquí estamos, señor, que mi hija consiente con tal de que no maten a su padre.

—Que esté tranquila, que sólo por haber venido ya no haré nada contra ti. Ahora vamos a las condiciones de la boda. Nos tenemos que casar a oscuras. Ella no ha de pretender nunca verme. Yo iré todas las noches a dormir a casa, pero antes de hacerse de día desapareceré. Fijaros bien en todas las condiciones. El dinero nunca os faltará. Arranca otro pedazo de corteza y llévate todas las onzas que salgan. Dentro de ocho días, a las nueve de la noche, iré a casarme. Adiós. —Y desapareció.

El hombre arrancó la corteza, cargó el burro de onzas de oro y se marcharon el padre y la hija.

Se hicieron todos los preparativos para la boda. En el pueblo corrió la voz de que el leñador se había encontrado un tesoro escondido y que había inventado la boda a oscuras para no convidar a nadie. Y llegó el día convenido. A las nueve en punto de la noche, estando toda la casa a oscuras, entró el novio, se celebró la boda y se retiraron los novios a dormir.

A la mañana siguiente, cuando despertó la novia, se encontró sola en la habitación.

Por la noche, estando la muchacha acostada y a oscuras, llegó el marido, se acostó, y al hacerse de día el marido se había marchado.

Así pasaron varios días y fue a ver a la recién casada una amiga suya.

—¿Eres feliz?

—Sí que lo soy.

—¿Y cómo es tu marido?

—Pues no le conozco. Es muy cariñoso conmigo. Me da todo lo que yo quiero, pero no le conozco.

—¡Ay, hija! ¡No sé cómo tienes ese cuajo! Toma esta pajuela y, cuando esté durmiendo, la raspas en la pared y le podrás ver cómo es.

La muchacha cayó en la tentación, cogió la pajuela y sin acordarse de la condición de que no intentara verlo, puso en práctica la idea de la pajuela, aprovechó un momento en que él se quedó dormido y encendió la pajuela, con lo cual pudo ver que no era ni negro, ni feo, sino un hombre joven muy guapo.

El marido se despertó al resplandor de la pajuela, dio un manotazo en la mano de la muchacha, volvieron a quedarse a oscuras y dijo él:

—¡Falsa, perversa, ingrata! ¿No te dije que no intentaras verme? Con encender esa pajuela has hecho tu desgracia y la mía. Yo soy un Príncipe encantado, que me faltaba muy poco para salir de mi encantamiento, y tú lo has echado todo a perder. Ahora ni tú me volverás a ver ni yo estaré desencantado hasta que tú no desgastes un par de zapatos de hierro a fuerza de usarlos buscando a tu Príncipe Jalma. —Y desapareció.

La muchacha se quedó llorando. El marido no volvió por la noche y al día siguiente ella se encargó unos zapatos de hierro para desencantar al Príncipe.

Cuando tuvo los zapatos se los puso y se fue a recorrer el mundo. Se cansó de preguntar por todas partes por el Príncipe Jalma y en ningún sitio le daban razón de él. Llegó hasta el fin del mundo, donde está la casa de los Vientos. Llamó, salió a abrir una vieja, que era la madre del viento Norte, preguntó por el Príncipe Jalma y dijo la vieja que no sabía nada del Príncipe Jalma, pero que esperase a que viniera su hijo, por si acaso lo sabía. Llegó el viento Norte y dijo a la muchacha que por donde él soplaba no había tal Príncipe Jalma; que fuese a ver al viento Sur.

Y la muchacha se fue al otro extremo del mundo, encontró la casa del viento Sur y le pasó lo mismo: que llamó, salió una vieja que no sabía quién era el Príncipe Jalma; que vino luego el viento Sur y que la mandó que fuese a ver al viento Este.

La muchacha corrió medio mundo para llegar a la casa del viento Este. Llamó, abrió una vieja que tampoco sabía nada del Príncipe Jalma; esperó a que viniera el viento Este y le dijo el viento que con seguridad le daría razón del Príncipe Jalma el viento Oeste.

La muchacha marchó al otro extremo del mundo y llegó a la casa del viento Oeste. Llamó, abrió una vieja que al saber lo que quería le dijo:

—Yo soy la madre del viento Oeste y no sé dónde vive el Príncipe Jalma, pero a mi hijo le he oído hablar mucho de él; espera a que venga. Y esperando a que llegara el viento vio que en cada zapato se le había hecho un agujero en la suela de tanto como había tenido que andar. Llegó el viento Oeste y dijo a la muchacha:

—Ahora lo tiene secuestrado una bruja que quiere casarlo con su hija; está encerrado en el castillo de las Águilas, que está en lo más alto del monte más alto del reino del Príncipe Jalma, cerca de su palacio.

—¿Está muy lejos de aquí ese castillo?

—Sí, está lejos; pero yo te soplaré con fuerza y llegarás enseguida. Para entrar tienes que sobornar a la bruja y hacerte la tonta.

Entonces la madre del viento regaló a la muchacha un peine, un espejo y una jofaina, todos de oro, para que engañara a la bruja.

La muchacha les dio las gracias, se despidió del viento y de su madre y al empezar a andar se levantó un viento tan fuerte por la espalda que la obligaba a correr más que un caballo desbocado.

Casi sin darse cuenta llegó al castillo de las Águilas y se paró el viento. Rodeaban al castillo unos jardines muy bonitos; la muchacha se sentó en un banco, sacó la jofaina, el espejo y el peine y se puso a peinarse. Cuando se estaba peinando llegó la hija de la bruja y le preguntó:

—¿De dónde vienes tú?

—De mi pueblo, que me han echao por tonta.

—¡Ay, qué cosa más graciosa! ¿Y qué buscas por aquí?

—Venía a ver si veía a Dios, porque como yo sé una oración que dice: ¡Oh, Dios de las alturas!

—Oye, ¡qué peine, qué espejo y qué jofaina más bonitos! ¿Me los quieres dar?

—Si me enseñas a Dios te los doy.

—Pero, ¿cómo te voy a convencer de que aquí no puedes ver a Dios? ¿Quieres que te enseñe todas las habitaciones del castillo?

—Sí.

Recogió el espejo, la jofaina y el peine y se fue con la hija de la bruja al interior del castillo.

Vieron todas las habitaciones de la planta baja y la muchacha decía todas las tonterías que se le ocurrían. Subieron a la planta alta, donde había unos grandes salones y al pasar por una galería frente a una puerta dijo la hija de la bruja:

—Esta es una habitación donde está un Príncipe durmiendo y no se puede entrar.

—¡Ay, que tú me engañas! ¡Ahí debe estar Dios!

—No, mujer.

—Mira, si me dejas entrar te doy el peine, el espejo y la jofaina.

—Pero no hagas más que asomarte y convencerte de que no está Dios.

—Bueno, bueno.

Y la hija de la bruja abrió la puerta. Entró la muchacha, reconoció a su marido, que estaba durmiendo y le gritó abrazándose a él:

—¡Príncipe Jalma, aquí estoy con los zapatos rotos!

El Príncipe se despertó y quedó desencantado. Entre el Príncipe y la muchacha cogieron a la hija de la bruja y la encerraron en un baúl. Luego esperaron detrás de la puerta del castillo a que volviera la bruja, y cuando fue a entrar, la cogieron y la encerraron en otro baúl.

Después se marcharon juntos marido y mujer y se fueron al palacio del Príncipe. La alegría con que los recibieron no es para ser contada. El Príncipe mandó llamar al leñador y a su mujer y los alojó en palacio.

Al día siguiente volvieron los dos matrimonios, con varios criados de palacio, al castillo de la bruja. El Príncipe mandó a sus criados que hicieran una pila grande de leña, que pusieran encima los dos baúles y que pegaran fuego a la leña. Mandó después aventar las cenizas y regresaron a palacio, donde vivieron muchos años muy tranquilos y muy felices.

93. EL PAVO CON PAN Y VINO

Estos eran tres estudiantes que iban corriendo mundo sin tener dinero, y para poder comer estaban siempre haciendo alguna de las suyas; a veces comían bien, a veces mal, a veces no desayunaban en todo el día, a veces dormían en buena cama, a veces en mala, a veces no tenían dónde pasar la noche; pero ¡bah!, mal que bien iban viviendo, veían mucho mundo sin gastar un cuarto y estaban más contentos que unas pascuas.

Un día entraron en un pueblo a media mañana, y en la primera calle vieron un pavero con una gran manada de pavos. Enseguida dijo uno de los estudiantes:

—Hoy comemos pavo; —y otro dijo:

—Voy a buscar pan; —y el otro dijo:

—Yo me encargo del vino, y de aquí a media hora a ver si nos juntamos en la posada que hay a la entrada del pueblo.

El del pan se fue a buscar pan, el del vino se fue a buscar vino, y el otro se quedó allí para agenciarse un pavo.

Llegó el pavero adonde se había parado el estudiante, y le dijo el estudiante:

—¿A cómo vende usté los pavos?

—Según sean: ¿cuál quiere usté?

—Este.

—¡Quiá!, ese no me lo compra usté; es un pavo muy grande para usté solo y, dicho sea sin ofensa, lleva usté unos manteos muy raídos para comprarme un pavo como ése.

—¡Y usté qué sabe para quién es el pavo!

—También es verdá.

—Pues es para mi tío, el señor cura de esa parroquia. Conque, ¿cuánto?

—Para no andar enredando, y ya que es usté persona de formalidá, dos duros.

—Ocho pesetas.

—No puede ser menos.

—Vamos, en nueve pesetas lo llevaré.

—Aunque me dé usté treinta y nueve reales.

—Ea, tiene usté palabra de Rey; cójame usté el pavo.

Coge el pavo el pavero, se lo da al estudiante, y el estudiante dice:

—Vamos hacia la iglesia, que allí pagará mi tío.

Van poco a poco hacia la iglesia, el estudiante con su pavo y el pavero conduciendo su manada; llegan a la puerta, entran los dos, el estudiante se acerca a un confesonario donde estaba confesando un señor cura, se arrodilla y dice:

—Dispense usté, padre, no vengo a confesarme; vengo a advertir a usté que un pobre pavero, que hace ya siete años que no se confiesa, quiere confesarse ahora con usté; pero le da mucha vergüenza, y dice que tendrá usté que tener mucha paciencia y que tendrá que ayudarle mucho para que pueda recordar todos sus pecados.

—Bueno, bueno, ¡pobrecillo! Dile que venga, que no tenga cuidado, que a los arrepentidos quiere Dios.

—Gracias, padre; ahora va a pasar.

El estudiante besa la mano al señor cura, se levanta, hace una seña al pavero, y el pavero se acerca al confesonario y se queda plantado allí delante.

El confesor le dice muy cariñosamente:

—Arrodíllese usté.

—Pero...

—Vamos, hijo, vamos, arrodíllese y diga el Yo pecador.

—Pero...

—Nada de vergüenza; la vergüenza para pecar. Ahora viene usté al Tribunal de la penitencia...

—Pero ¡señor cura!

—Sí, ya lo sé; pero no importa, yo le ayudaré a recordar, y si usté viene verdaderamente arrepentido...

—Pero ¡si yo no vengo a confesarme!

—Vamos, ya que Dios le ha tocado en el corazón, no se vuelva atrás.

—Pero, señor cura, si soy un pobre pavero y vengo a que me pague usté dos duros de un pavo que me ha comprado para usté su sobrino.

—Pero, hijo, ¿usté está loco?

—No, señor, no; no estoy loco; si ha sido ahora mismo; si su sobrino se ha acercao aquí al confesonario a decirle a usté que me dé los dos duros, y ¡vamos!, démelos pronto, que está la manada sola en la puerta de la iglesia.

—¡Ah, ya comprendo! El estudiante nos ha engañao a los dos; a mí me ha dicho que venía usté a confesarse; no es sobrino, ni le conozco, ni es del pueblo; mire usté a ver si lo encuentra por ahí y puede cobrarle.

El pavero dijo:

—Usté dispense —salió de la iglesia, se marchó a recorrer calles con sus pavos y ya no echó la vista encima al estudiante.

El estudiante se marchó derechito a la posada y enseguida empezó a pelar y guisar el pavo la posadera. Como nada tenía que hacer en la posada mientras se guisaba el pavo se fue a dar una vuelta por el pueblo a ver si encontraba al del pan o al del vino y podía ayudarles en alguna cosa.

Al pasar por una panadería ve que entre las gentes que estaban comprando pan estaba su compañero, se acerca; en éstas pide su compañero tres panes, el panadero se los da, el del pavo los coge y se marcha a escape con ellos a la posada, y el que había pedido los panes da una media vuelta y se planta un parche en un ojo. Como no volvía la cara hacia el mostrador y ya hizo ademán de marcharse, le dijo el panadero:

—¡Eh!, que no me ha pagao usté los panes.

Entonces miró el estudiante al panadero y dijo como sorprendido:

—¿Qué dice usté?

Y el panadero dijo:

—Nada, usté dispense; había creído que era usté un estudiante que acaba de comprarme tres panes y se ha marchado con ellos sin pagármelos.

—Pues fíjese usté bien y no me tome usté a mí por el que se ha ido; —y se marchó a la posada y ya encontró allí a sus dos compañeros.

El del vino había llevado nada menos que tres cuartillos en una gran jarra. Le preguntaron cómo se las había arreglado, y por lo que él contó y por lo que luego se corrió por el lugar, se supo que entró en una barbería que estaba junto a una taberna y dijo:

—De parte del tabernero que si me hace usté el favor de dejarme una jarra grande, que ya pasará él a que le saque usté una muela y se la traerá.

El barbero le dio una jarra y el estudiante entró en la taberna y dijo:

—De parte del barbero que me eche usté tres cuartillos de vino en esta jarra, que él está ahora muy ocupao y no puede pasar, que pase usté a la barbería de aquí a un rato y le pagará.

El estudiante se fue a la posada con su vino. El tabernero, cuando bien le pareció, pasó a la barbería a ver si cobraba antes de que la deuda se hiciera vieja, y sin decir a qué iba ni a qué no, se sentó en una silla delante de un espejo. El barbero le dijo:

—Voy al momento, voy; lo que se ha de hacer tarde, luego.

—No, hombre, no corre tanta prisa.

—Vamos, que a nadie le gusta esperar cuando se encuentra en ese paso.

—¡Vaya una cosa!, no es para tanto.

—No, si ya sé yo que ahora estará usté tan tranquilo; pero que si le dejara marcharse como ha venido, me pondría usté como un trapo y echaría usté pestes contra mí.

—Hombre, pues no parece sino que nos conocemos de esta mañana.

—Voy ahora mismo, voy, y no haga usté caso de lo que yo digo.

Coge las tenazas, va por detrás del tabernero como a traición, le abre la boca, se las mete, empieza a buscar la muela dolorida; el tabernero forcejeaba, quería hablar y no podía; el barbero y un ayudante suyo sujetaban al tabernero con todas sus fuerzas; el barbero todo era darle ánimo y decirle que no fuera cobarde, que se la sacaría en un Jesús, que dijera él mismo cuál era, no fuese que le sacara una por otra, que aunque ahora padeciera un poquillo, después le daría las gracias, que no había cosa peor que el dolor de muelas y que no le diera vueltas a la cabeza, que mientras la muela estuviera en su sitio tendría al enemigo dentro del cuerpo. Por fin logró desasirse el tabernero y tuvo una agarrada con su vecino, diciéndole que no aguantaba burlas de nadie y menos de un barbero, que a él no le dolía muela ninguna y que había pasado por ver si le pagaba los tres cuartillos de vino; pero que ya no quería cobrarlos en dinero, sino en sangre barbera, que le había de sacar a solas o delante de testigos, como al barbero le diera la gana. Entonces comprendió el barbero el engaño de que los dos habían sido víctimas, le contó al tabernero humildemente lo que le había sucedido con el estudiante y se reconciliaron, quedando tan amigos como eran y conformándose con perder el barbero la jarra y el tabernero el vino.

Los estudiantes comieron opíparamente, se pusieron de pavo como no se habían puesto nunca, y con el pan que se comió cada uno y el vino que se bebieron, sacaron la barriga de mal año y ya no pensaron en más que en ir con la música a otra parte, y por lo que pudiera suceder, lo antes posible.

Como se habían dado un buen trato, la posadera los tomó por estudiantes de mucho dinero, así es que creyó que le pagarían muy bien. Le preguntaron cuánto debían y ella les dijo que entre el aceite, la lumbre, la sal, el trabajo de guisar y unas cosas y otras, importaba el gasto tres pesetas. Se echó uno mano al bolsillo sin rechistar y otro dijo:

—No, que pago yo, —y el otro dijo:

—No lo consiento, hoy me toca a mí.

«Que pago yo; que no, que pago yo; ni uno ni otro, he de ser yo»; y armaron una gresca que no se acababa nunca. La posadera decía:

—Pero que pague cualquiera, entre amigos ¿qué más tiene?

—No, señora —decían los tres al mismo tiempo—, yo, yo, yo.

—Pues lo mejor va a ser que paguen a escote, cada uno lo suyo, y así no hay cuestiones.

—¡Eso nunca! —dijeron los tres, y el del pavo dijo:

—¿Sabe usté lo que podemos hacer?

—¿Qué?

—Vendarle a usté los ojos y al que pille usté, aquél paga.

—¡Muy bien! —dijeron los otros dos, y hasta la posadera aprobó el pensamiento.

Vendaron los ojos con un pañuelo a la pobre mujer, se divirtieron un rato con ella dando vueltas por la cocina y cuando bien les pareció tomaron las de Villadiego; la posadera iba a tientas con los brazos tan extendidos, creyendo que ahora que estaban tan calladitos los estudiantes, atraparía más fácilmente a alguno de ellos, y estando en éstas, entró el marido, se quedó mudo al ver que su mujer por fuerza se había vuelto loca, y ella llegó a topar con él, lo sujetó cuanto pudo y le dijo:

—Tú pagas —y se quitó el pañuelo.

El marido dijo:

—¡Ah, tonta!, yo pago, yo; de seguro que ha habido estudiantes en la posada, cuando tanto te han engañado.

La mujer, avergonzada, le contó lo que había sucedido, y cuento contao por la chimenea se va al tejao.

94. LA CALANDRIA SALVADORA

Este era un padre que tenía un hijo de quince años y una hija de doce, cuando tuvo la desgracia de quedarse viudo. Viendo que no podía atender a sus ocupaciones y al cuidado de la casa y de sus hijos, tomó un ama de llaves, viuda, que tenía una hija, también de unos doce años.

Al poco tiempo se murió el padre y se quedaron los dos hermanitos con el ama de llaves y su hija.

Un día le dijo el hermano a la hermana:

—Mira, he decidido marcharme del pueblo a ver si encuentro una buena colocación, y trabajaré mucho y ganaré mucho dinero, para mandarte llamar y vivir juntos y solos, sin esta antipática ama de llaves.

La niña le dijo que le parecía bien y rompió a llorar y decir:

—¡Qué va a ser de mí!

De pronto se abrió la ventana de la habitación, entró volando una calandria y se les apareció un hada en la ventana que dijo a la niña:

—No temas nada. Cuida esta calandria, que ella te avisará de todos los peligros y te salvará en todas las ocasiones. Deja que se vaya tu hermano y que se acuerde de que tú tienes las tres gracias de Dios. —Y el hada desapareció. Cogió la niña la calandria y la metió en una jaula muy bonita.

Al día siguiente el hermanito se marchó y la niña le dio la despedida gitana:

Con el velo del Espíritu Santo seas cubierto;
que no seas preso ni muerto,
ni de mala hoz herido.
El Señor te dé tan buena guía
como se la dio a la Virgen María
desde la casa de Belén
a la de Jerusalén,
y te lleve y te traiga con bien
a tu casa. Amén.

El muchacho se dirigió a la ciudad donde vivía el Rey, se encaminó a palacio y pidió audiencia para hablar con el Rey, que era también muy joven.

El muchacho consiguió hablar con el Rey, le pidió una colocación y el Rey le dijo que le había sido muy simpático y que contara de seguro con algún empleo en el mismo palacio.

El Rey contó a su madre la visita del muchacho y dijo la Reina:

—Pero hijo, si no tenemos ningún empleo vacante; que se ponga a cuidar los pavos. —Y se quedó de pavero.

Todos los días iba el joven Rey a charlar un rato con el muchacho de los pavos y un día dijo el Rey a su madre:

—Tú no sabes lo simpático que es el muchacho que cuida los pavos. Yo quisiera darle un empleo mejor.

Y la madre contestó:

—Pues se le nombra tu ayudante de paseo, para que te haga compañía cuando salgas. Y desde entonces salían juntos todas las tardes el Rey y el muchacho.

Un día que estaban paseando por los jardines de palacio, se sentaron debajo de un árbol y preguntó el Rey:

—Oye, ¿tienes novia?

—Yo, no, señor, ¿es que tiene novia el señor?

—No, ni la tendré hasta que no encuentre a una muchacha que tenga las tres gracias por Dios.

—Mi hermana las tiene.

—¿De veras?

—Sí, sí, mi hermana tiene las tres gracias por Dios.

—Pues esta misma tarde se le escribe que venga.

Conque el mismo Rey escribió la carta y la mandó con un propio.

Pero la carta la recibió el ama y al enterarse de que el Rey llamaba a la hermana del muchacho para casarse con ella, dijo a su hija:

—Mañana nos vamos a palacio, te presentaré como si tú fueras la hermana y te casarás con el Rey.

Al día siguiente se subieron las tres en un coche y se fueron hacia la ciudad. En el camino, al pasar un puente, se asomaron para ver el agua, el ama tiró a la muchacha al río y se marcharon solas la madre y la hija.

Llegaron a palacio el ama y su hija con la jaula de la calandria. Las recibió el Rey, mandó llamar al muchacho, la hija del ama se abrazó a él, como si fuera su hermana, y cuando él iba a preguntar por su hermana, oyó que la calandria le decía por lo bajo:

—¡Tú cállate! ¡Tú cállate! —Y el muchacho se calló, pero se quedó muy triste.

Entonces el Rey dijo al ama y a su hija:

—Ustedes se quedan ya alojadas en palacio y ahora voy a enseñarle las habitaciones a mi novia. Y se fue con la muchacha.

Al quedarse solos el ama y el muchacho volvió a decir la calandria:

—¡Tú cállate! ¡Tú cállate!

Estando solos el Rey y la muchacha en una habitación, que era el tocador, le dijo el Rey:

—Oye, ¿por qué no lloras un poco?

La muchacha contestó:

—Si no tengo por qué llorar.

—Entonces, lávate las manos, que las tendrás sucias del viaje.

La muchacha se lavó las manos y no pasó nada de particular.

—Ahora, péinate —dijo el Rey.

Y la muchacha se peinó con un peine muy bonito que allí había y no pasó nada de particular.

El Rey se enfadó muchísimo, volvió con la muchacha al salón donde estaba el ama, llamó a unos criados y dijo a las dos mujeres:

—Con ustedes ya veré lo que hago; por lo pronto se quedan aquí presas en este palacio, y a este embustero, para que escarmiente, le vais a enterrar de medio cuerpo para abajo al pie del mismo árbol donde me echó la mentira.

Y la calandria decía bajito:

—¡Tú cállate! ¡Tú cállate!

Y volvamos ahora con la verdadera hermanita.

Cuando la tiraron al río empezó a dar manotadas, consiguió agarrarse a unas matas de la orilla y con grandes esfuerzos pudo salir del río.

Pasó por allí un pastor, que la vio toda mojada y llena de arañazos, y le preguntó si se había caído al río. La muchacha dijo que no, que es que la habían tirado desde el puente. El pastor se compadeció de ella y se la llevó a la cabaña.

La mujer del pastor, al ver una muchacha tan bonita, tuvo de pronto un arrebato de celos y empezó a dar gritos y a insultar al marido de tal modo que dijo la muchacha:

—Por Dios, no se ponga usté así. Yo me marcho para que usté se quede tranquila.

Rompió a llorar la muchacha; en ese momento empezó a llover, sin estar nublado, y una niña pequeñita que tenían los pastores, dijo:

—Mamá, que no se vaya, que llueve mucho.

La muchacha cesó de llorar y al mismo tiempo paró de llover.

Y la muchacha dijo a la pastora:

—Como ya no llueve, con su permiso voy a lavarme las manos y a peinarme un poco, para marcharme.

Mientras se lavaba las manos, en el agua florecían rosas, y cuando se estaba peinando le caían del peine perlas de oro.

La pastora al ver ese portento se pensó que la muchacha era la Virgen y le dijo que se quedara con ellos, que no volvería a reñir a su marido.

Se quedó la muchacha a vivir con los pastores y todas las mañanas, al peinarse con el peine de la pastora, recogía una porción de perlas de oro, de modo que en pocos días recogió una gran cantidad, y dijo a los pastores:

—¿Por qué no nos vamos a la ciudad, donde yo vendería todas estas perlas de oro y podríamos vivir cómodamente?

La pastora, que estaba obsesionada con que la muchacha era la Virgen, dijo que sí, y que ellos venderían las ovejas.

Conque se fueron a vivir a la corte y se instalaron en una magnífica casa con azotea que había enfrente del palacio real.

A la muchacha le gustaba salir a la azotea para coser, bordar y tomar el sol, cuando un día vio que un criado de palacio sacó al balcón la jaula con su calandria, y dijo la muchacha:

—¡Hola, calandria mía! —Y contestó la calandria:

—¡Señorita, de buen día!

—¿Y mi hermano?

—Al pie del árbol enterrao.

—¡Pobre de mí y de mi hermano desgraciao!

Y la muchacha se echó a llorar y empezó a llover, por lo que el criado abrió el balcón y metió la jaula.

Al día siguiente ocurrió lo mismo.

Al otro día, sacó el criado la jaula al balcón y se quedó a observar lo que pasaba, para explicarse por qué se ponía a llover en cuanto sacaba la jaula, oyó la conversación, empezó a llover, metió la jaula y fue a contarle al Rey todo lo que había visto y oído. Entonces el Rey le ordenó que fuera a casa de la muchacha y que le dijera que el Rey la invitaba a comer.

Se sentaron a la mesa el Rey, la Reina madre y la muchacha. El Rey dio una orden a un criado, el criado volvió con la jaula de la calandria y preguntó el Rey:

—¿Qué conversación tienes tú con esta calandria cuando la sacan al balcón?

Y dice la muchacha:

—¡Hola, calandria mía!

Y contestó la calandria:

—¡Señorita, de buen día!

Y siguieron:

—¿Y mi hermano?

—Al pie del árbol enterrao.

—¡Pobre de mí y de mi hermano desgraciao!

Y la muchacha empezó a llorar y empezó a llover.

Entonces el Rey mandó que desenterraran al muchacho y que lo trajeran a comer con ellos.

Comieron todos juntos y la muchacha contó durante la comida toda su historia.

Al terminar dijo el Rey a un criado:

—Trae un lavamanos y una toalla.

Cuando lo trajeron se lo ofreció a la muchacha, que se lavó las manos, y en el agua florecieron las rosas.

Al Rey se le veía rebosar de alegría y le dijo:

—Ven, pasa a mi alcoba y péinate.

La muchacha se peinó y empezaron a caer del peine perlas de oro.

Y loco de contento dijo el Rey a su madre:

—Madre, ésta es mi esposa, que tiene las tres gracias de Dios.

A los pocos días se casaron. El hermano se quedó a vivir en palacio, como infante real. Los pastores entraron al servicio de los reyes, y vivían también en palacio, y el Rey mandó ahorcar al ama de llaves y encerrar a la hija del ama en un convento.

Y con esto se acaba mi cuento.

95. LA GAITA MARAVILLOSA

Un padre tenía tres hijos. Los dos mayores eran inteligentes y les gustaba estudiar y trabajar. El más pequeño no tenía inteligencia para los estudios y era bastante holgazán.

El muchacho creía que ni su padre ni sus hermanos le querían, porque siempre le estaban regañando o burlándose de él, por su ignorancia.

Cuando ya fue mayorcito, su padre le buscó una colocación de pastor en casa del labrador más rico del pueblo.

Llevaba ya bastante tiempo cuidando ovejas y cumplía muy bien como pastor, de modo que en la casa le querían mucho.

Un día estaba cuidando su ganado, sentado en una piedra, sin hacer nada, como de costumbre, viendo cómo pacían las ovejas, y se le acercó una anjana o sea una bruja buena, y se puso de conversación con él.

—¿Cómo estás aquí de pastor de ovejas?

—Porque no me quieren mi padre y mis hermanos, y siempre se están burlando de mí.

—Algún día te podrás burlar tú de tus hermanos. ¿Y cómo te va de pastor?

—Muy bien, señora.

—¿Y tu amo?

—Es muy bueno.

—¿Y te da bien de comer?

—Sí, sí, muy bien.

—¿Y no te cansa estar horas y horas sin hacer nada?

—Algunos ratos me aburro, pero como no sirvo para estudiar ni trabajar, me conformo. Ya he pensao en comprarme una gaita, cuando me pague el amo.

—¡Hombre! Pues yo te voy a regalar una gaita maravillosa, con la que bailará todo el mundo cuando tú la toques.

Le entregó una gaita, se despidió de él y se marchó.

En cuanto se quedó solo, probó a tocar la gaita e inmediatamente se pusieron a bailar las ovejas. Estuvo tocando hasta que se cansó, y las ovejas, que también estaban cansadas de tanto bailar, se tumbaron a descansar en el suelo.

Todos los días a media mañana y a media tarde, hacía bailar a las ovejas; después, descansaban; con el ejercicio se les abría el apetito y comían mucho y estaban muy gordas.

El pastor no decía a nadie la virtud de su gaita, pero se enteraron otros pastores y, por envidia, le dijeron a su amo que estaba loco o era brujo, porque estaba enseñando a bailar a las ovejas.

El amo no lo quería creer, pero tanto se lo afirmaron, que decidió ir a verlo al día siguiente.

Llegó el amo al día siguiente a ver el rebaño, y todas las ovejas estaban acostadas.

—¿Qué les pasa a las ovejas que no comen?

—Es que están descansando.

—Me han dicho que las haces bailar.

—Sí, señor. Bailan cuando yo les toco la gaita, luego, descansan y luego comen más a gusto; por eso están tan gordas y lustrosas.

—¿Las podrías hacer bailar delante de mí?

—Sí, señor, ya verá usté.

Y se puso a tocar la gaita. En el acto empezaron a levantarse ovejas y corderillos y se pusieron a bailar; el amo empezó a reírse y, sin darse cuenta, se puso a bailar también.

Cuando paró de tocar, se volvieron a acostar las ovejas, y el amo tuvo también que acostarse, de cansado que estaba.

Fue el amo a su casa y contó a su mujer que el pastor tenía una gaita que hacía bailar a las ovejas y que él mismo había tenido que bailar. La mujer, que era muy mandona y tenía unos modales muy bruscos, le dijo:

—¿Me vas a hacer creer a mí esas paparruchas? A mí no me vengas con esos embustes.

—Vete mañana a verlo y te convencerás.

—Pues es mentira, pero vas a hacer que vaya. Y como no bailen, ya veremos.

Se marchó el ama al día siguiente a ver al pastor, y todo el rebaño estaba comiendo muy a gusto.

—¿Comen bien las ovejas?

—Sí, señora, así están tan gordas.

—¿Y qué cuento es ese de que las ovejas bailan?

—Eso no es cuento. Cuando yo comprendo que han comido bastante, toco la gaita, se ponen a bailar y luego descansan.

—¿Vas a tardar mucho en empezar el baile, para verlo?

—Si usté quiere, ahora mismo.

Sacó la gaita y empezó a tocar y al momento se pusieron a bailar las ovejas, los corderillos y el ama. Estuvo tocando bastante rato y cuando paró de tocar, se tumbaron las ovejas y se tuvo que tumbar también el ama, de rendida que estaba.

Al principio el ama no podía hablar, de la fatiga que tenía, pero cuando se tranquilizó y descansó, le dijo al pastor que ella no podía consentir la burla de haberle hecho bailar y que quedaba despedido; que a la noche fuera a la casa para darle la cuenta.

Volvió el ama a su casa. El marido la vio sofocada y comprendió que había estado bailando como él.

—¿Has visto bailar a las ovejas?

Y contestó muy furiosa:

—¡Sí! He visto bailar a las ovejas y he bailado yo, hasta que ese bestia le ha dado la gana, y lo he despedido. A la noche vendrá por la cuenta. Esa vergüenza de que me haya hecho bailar un pastor, no se la puedo consentir.

Por la noche despidieron al pastor, y el pobre muchacho se marchó a casa de su padre y sus hermanos. Les dijo que el ama le había despedido, pero no les dijo por qué, ni habló para nada de la gaita.

El padre le dijo que, aunque era tan inútil, ya procuraría buscarle otra colocación y que comprendiera que sus hermanos iban a tener que trabajar para él.

Entonces dijo el muchacho:

—Si a mí me gusta mucho ser pastor. Lo que ha pasado es que el ama se ha enfadado conmigo porque le he hecho bailar, y me ha despedido.

Al oír eso sus hermanos empezaron a reírse y a burlarse de él, y el muchacho se calló.

Al día siguiente el padre mandó al hermano mayor que saliera a vender manzanas. Cogió un cesto grande, lo llenó de manzanas y se marchó. Le salió al encuentro una viejecita y le preguntó:

—¿Qué vendes?

—Vendo ratas.

—Pues ratas se te volverán.

Siguió andando, con su gran cesta al brazo, entró en una casa y preguntó si querían manzanas. Le dijeron que las enseñara, y al abrir la cesta empezaron a salir ratas y se le quedó la cesta vacía. Los de la casa salieron corriendo, llamaron a todos los vecinos y entre todos le pegaron una paliza por haberles llenado la casa de ratas.

Llegó a su casa y se tuvo que meter en la cama.

Al día siguiente fue el hermano mediano a vender manzanas con la misma cesta. Le salió al encuentro la misma viejecita que le había salido al hermano y le preguntó:

—¿Qué vendes?

—Vendo pájaros.

—Pues pájaros se te volverán.

Luego entró en una casa a vender manzanas. Le dijeron que sí, que se las enseñara. Al abrir la cesta salieron volando una gran cantidad de pájaros y se le quedó la cesta vacía. Los de la casa se rieron de la broma de llevar pájaros y el muchacho se fue a su casa muy desconsolado.

El hermano menor dijo a su padre que quería ir a vender manzanas y dijeron sus hermanos:

—No le haga usté caso. ¿Dónde va a ir esa calamidad?

Pero el padre le dejó que llenara la cesta de manzanas y que se marchara con ellas.

Le salió al encuentro la misma vieja y le preguntó:

—¿Qué vendes?

—Vendo manzanas, muy hermosas. Tome usté, pruébelas. Aunque no me compre; yo se las regalo.

—No, muchas gracias. Anda, véndelas.

Entró después en una casa vendiendo manzanas, le dijeron que se las enseñara, vieron que eran muy hermosas y le compraron media cesta. Echó el dinero en un taleguillo y se fue a otra casa.

Ofreció manzanas, le dijeron que se las enseñara y al abrir la cesta vio que la tenía llena. Le compraron media cesta, se guardó el dinero en el taleguillo y siguió su camino. Cada vez que entraba en una casa y abría la cesta se la encontraba llena; así fue vendiendo manzanas y manzanas, llenó de dinero el taleguillo, todos los bolsillos y un pañuelo, que ató por las cuatro puntas.

Ya se volvía a su casa, decidido a no vender más manzanas, y sacó la gaita para entretenerse tocando, cuando se encontró con la anjana que le dio la gaita y le dijo:

—No toques la gaita hasta que llegues a tu casa.

Se guardó la gaita y en su casa estaban solamente sus hermanos. Le miraron la cesta y al verla llena de manzanas empezaron, como siempre, a burlarse de él. Entonces sacó la gaita, empezaron a bailar sus hermanos y los estuvo haciendo bailar hasta que vio entrar al padre con la anjana y paró de tocar.

Se sentaron, rendidos, los dos bailarines, y el padre les dijo que no volvieran a burlarse de su hermano, porque era el mejor de los tres. La anjana dijo a los dos mayores que ella era la vieja que había convertido las manzanas en ratas y pájaros, y al pequeño le dijo que le devolviera la gaita, porque ya él no la iba a necesitar para nada.

Como los mayores ya no volvieron a molestar a su hermano, y el pequeño empezó desde aquel día a trabajar, vivieron muy felices y comieron perdices.

96. EL PRÍNCIPE QUICO

Un Rey tenía una hija que siempre estaba muy triste y nunca se reía.

Los médicos de palacio y los mejores especialistas no sabían curarle la melancolía, y el Rey, de acuerdo con su hija, mandó echar un pregón ofreciendo casar a la Princesa con el joven que se comprometiera a hacerla reír.

A todos los que pretendían hacerla reír les advertía el Rey que si la Princesa no reía, quedarían ellos encerrados en un sótano de palacio.

Con esta condición, unos pretendientes desistían, y otros, más decididos, después de fracasar, iban al sótano.

Ya había en el sótano más de treinta, cuando una mañana salió de su pueblo uno de esos tontos, que hacen tontear, que debía ser por el estilo del de la copla que dice:

A mí me llaman el tonto,
el tonto de mi lugar:
todos comen trabajando,
yo como sin trabajar.

El muchacho se llamaba Francisco, pero le decían Quico, y tenía una gracia tan natural y unas ocurrencias tan peregrinas, que todo el mundo se reía con él y a todos era muy simpático. Llevaba por todo equipaje una guitarra, con la que se acompañaba al recitar o cantar romances y canciones de toda clase.

En el primer ventorro que había en el camino encontró unos amigos, porque tenía amigos en todas partes, y le dijeron:

—¿Dónde vas, Quico?

—Voy a ver si hago reír a la Princesa.

—Donde vas tú es al calabozo, a comer sin trabajar, como siempre. Quédate un rato con nosotros.

Se quedó Quico con sus amigos, haciendo las delicias de todos ellos y de la muchacha que servía en el ventorro, a la que hacía objeto de apasionadas declaraciones de amor coreadas con carcajadas generales de todos los presentes. Después de un par de horas de juerga se despidió Quico. Todos sus amigos le regalaron dinero y la muchacha del ventorro le dijo:

—Yo no tengo dinero que darte, pero toma esta servilleta. Con ella no te faltará que comer, porque en cuanto digas: ¡Componte, servilleta!, se te aparecerá una mesa con los manjares más exquisitos.

Emprendió de nuevo el camino y cerca del mediodía entró en otro ventorro, con intención de tomar algo que comer y beber, y se encontró con otros conocidos que también estaban de broma. Todos se alegraron al verle, presumiendo lo que se iban a divertir con él, y le convidaron a comer con ellos. Quico empezó a hacer y a decir gansadas y tonterías, se dedicó también a enamorar a la moza del ventorro, y cuando le pareció que ya les había divertido bastante, se despidió de ellos. Le regalaron entre todos unas cuantas pesetas y la moza del ventorro le dijo:

—Yo, Quico, no te puedo dar dinero, pero te voy a regalar un vaso para que siempre que quieras toda clase de bebidas, digas: ¡Componte, vaso!

Tomó Quico el camino de palacio y poco antes de ponerse el Sol estaba a las puertas de la ciudad.

Se le ocurrió meterse en otro ventorro para descansar un rato y tomarse un refresco, y allí se encontró con varios mozos de su pueblo y de otros pueblos vecinos que celebraban el que aquel día les habían dado la licencia de soldado y se marchaban a sus casas. Le obligaron a tomar parte en la fiesta y le hicieron tocar y cantar.

Quico lució parte de su repertorio, bromeó con la muchacha del ventorro diciéndole todo lo que pensaba decir a la Princesa y cuando ya anochecía se despidió de todos. Le dieron unas pesetillas y la muchacha del ventorro, agradecida a los piropos que le había echado, le dijo:

—Te voy a cambiar tu guitarra por otra que cuando la toques hará bailar a todo el que la oiga.

Con su nueva guitarra y con su ilusión de hacer reír a la Princesa se presentó en palacio.

Le recibió el Rey; le advirtió que antes de probar a hacer reír a la Princesa, supiera que se exponía a ir a los sótanos de palacio, y Quico aceptó la condición.

La Princesa melancólica estaba en su alcoba. Quico pasó, empezó a contar cosas y casos, a decir chistes y gansadas, que siempre habían hecho reír a la gente, y la Princesa se iba poniendo cada vez más malhumorada hasta que no pudo aguantar más y exclamó:

—¡Que se lleven a este idiota! ¡Pronto! ¡Que no lo puedo resistir más!

Vinieron unos criados y se llevaron a Quico a los calabozos.

El Rey le dijo a su hija:

—¡Otro fracaso más!

—Y contestó la Princesa:

—Sí, ¡qué le vamos a hacer! Y este muchacho al entrar me fue muy simpático; pero luego hizo las mismas vulgaridades que todos y se puso tan estúpido como todos.

Mientras tanto, había llegado la hora de cenar, y los criados de palacio llevaron la comida a los presos del sótano. Cogió Quico toda la comida y la tiró por la ventana. Todos los compañeros le querían pegar una paliza; pero él les dijo que no se apuraran, porque les convidaba a cosas mejores. Sacó la servilleta y dijo:

—¡Componte, servilleta!

En el acto aparecieron sobre la mesa muchas cosas de comer, tan buenas, que empezaron todos a dar vivas a Quico, y armaron tal escándalo, que una de las doncellas bajó para enterarse de lo que ocurría y subió corriendo a decírselo a la Princesa.

Enseguida bajó la doncella a decir a Quico de parte de su señora la Princesa cuánto quería por su servilleta, y Quico contestó que no quería dinero, que se la daría si le enseñaba el dedo gordo del pie.

La Princesa se indignó al saber la pretensión, pero la doncella la convenció de que se hiciera un agujero en la media y otro en la zapatilla para enseñarle el dedo gordo. Lo hizo así la Princesa, mandó subir a Quico, le tomó la servilleta, le enseñó el dedo gordo y muy seria le dijo:

—¡No pretenderías hacerme reír con esta estupidez!

Bajaron a Quico al sótano. Al día siguiente, a la hora de la comida, cogió Quico las jarras de agua, las tiró por la ventana y dijo a sus compañeros:

—Ayer nos tocó comer, hoy nos toca beber. ¡Componte, vaso!

Y por arte de magia aparecieron botellas de vinos y licores. El escándalo que se armó fue monumental. La misma doncella del día anterior se enteró de lo que pasaba y subió a decirle a la Princesa que Quico tenía un vaso que con decirle ¡Componte, vaso!, llenaba la mesa de vinos y licores. Como el día anterior bajó la doncella a preguntarle cuánto quería por el vaso y Quico contestó que de dinero nada, pero que le daría el vaso a la Princesa si le enseñaba el hueso de la rodilla.

La Princesa dijo que era un grosero, que lo debían ahorcar, pero la doncella propuso que se cortara un trozo de tela del vestido en el sitio de la rodilla, porque bien lo valía el vaso prodigioso.

Luego hizo que subiera Quico y que le diera el vaso. Le enseñó el hueso de la rodilla, como había dicho la doncella, y mandó que lo llevasen otra vez al sótano, después de insultarle con la cara muy seria.

Por la noche llegó la hora de cenar, llevaron la cena a los presos y Quico les dijo que como había dado la servilleta y el vaso a la princesa no les podía volver a convidar, pero que se iban a divertir de verdad. Sacó Quico la guitarra, se puso a tocar y en el acto se pusieron todos a bailar y corear la música. Se armó tal bullicio que bajó el Rey y en cuanto entró en el sótano se puso a bailar y le mandó que parase de tocar la guitarra.

El Rey se subió riendo y entró también riendo en el cuarto de la Princesa.

—¿De qué te ríes?

—De que Quico tiene una guitarra que hace bailar a todo el mundo, sin tener ganas.

—¿Y eso te hace gracia? Pues a mí, maldita la gracia que me hace.

En vista de lo cual se marchó el Rey y se quedaron solas la Princesa y su doncella.

La doncella dijo a la Princesa que si le comprara la guitarra y con ella hiciera bailar a todo el mundo, de seguro que le entraba la risa y se le iba la melancolía.

—Ya se me había ocurrido comprársela, dijo la Princesa, pero al mismo tiempo he pensado en qué clase de hueso tendré que enseñarle.

—Sea el que sea, ya lo dirá él —replicó la doncella.

Conque bajó la doncella y le dijo a Quico que subiera con la guitarra a ver a la Princesa.

Entró Quico con la doncella en la alcoba de la Princesa y la vio sentada en un gran sillón, con la cara de siempre.

—Supongo que no querrás dinero por la guitarra. ¿Qué hueso quieres que te enseñe?

—Ni dinero, ni huesos. Yo le doy la guitarra si se compromete a decirme que no a todo lo que yo diga.

Se quedó pensando un rato la Princesa, miraba y consultaba a la doncella con la mirada, y al fin dijo:

—Pues desde luego, ¡no! ¡Dame la guitarra!

Le dio la guitarra y preguntó:

—¿Quiere usted que me salga?

—No.

—Pues aquí me quedo.

—¿Va usted a salir de aquí?

—No.

—¿Y se va a quedar aquí la doncella?

—No.

Entonces Quico miró a la doncella. La doncella salió y se quedó escuchando detrás de la puerta.

—¿Se va usted a estar sentada en el sillón toda la noche?

—No.

Y la Princesa se acostó vestida en la cama.

—¿Y voy a quedarme yo sin dormir toda la noche?

—No.

—Pues como no puedo salir, me acostaré. —Y se acostó vestido en la misma cama de la Princesa.

—¿Quiere usted que le siga haciendo preguntas?

—No.

—Pues a dormir.

La Princesa se hizo la dormida. En la habitación había un silencio absoluto. La doncella estaba intrigadísima. Al cabo de un rato oyó que la Princesa reía y decía:

—¡Estáte quieto, no me hagas cosquillas!

Y la doncella se fue dando voces hasta la habitación del Rey, diciendo:

—¡Señor, que la Princesa ríe! ¡Señor, que la Princesa ríe! ¡Viva el Príncipe Quico!

97. LAS MANITAS NEGRAS

Este era un zapatero que tenía tres hijas, y aunque él hacía muchos zapatos y ellas le ayudaban en lo que podían, lo pasaban muy mal, porque hacía mucho tiempo que no iba nadie a la zapatería a encargar calzado ni a comprarlo hecho.

Llegaron a quedarse sin recursos, y a pasar hambre, y a no comer nada en dos días, y estando en esta situación tan apurada, se le ocurrió a la hija menor la idea de que podía coger unos cuantos pares de zapatos y marcharse con ellos por todas las casas a ver si vendía algo para poder comer.

Entonces dijo la mayor:

—Eso es, tú que eres la más pequeña vas a ir por ahí a vender zapatos; ¿qué has de vender tú?; ya iré yo.

Y la mediana dijo:

—Tampoco a ti te está bien el ir por esas calles siendo tan alta; más natural es que vaya yo.

Y como las tres querían ir y cada una quería ser la primera, dijo el padre:

—Ea, pues, vamos a echar pajas; y cogió una pajita, la partió en tres pedazos desiguales, cerró la mano izquierda, sujetó las tres pajitas entre el dedo pulgar y el índice doblado, ocultando con esos dedos la desigualdad de las pajas, y dijo:

—Coged una pajita cada una; la que coja la más larga irá la primera a vender zapatos; la que coja la mediana irá la segunda, y la que coja la más corta irá la tercera.

Cogió cada una una pajita, y dio la casualidad de que la hija mayor sacó la más larga; la mediana, la mediana, y la menor sacó la más corta.

Inmediatamente llenó una cesta de zapatos de mujer y de niño la hija mayor, y se fue a ver cuántos vendía. Desde la casa de al lado fue llamando en todas las puertas:

—¡Tras, tras!

—¿Quién?

—La zapatera. ¿Compra usted zapatos?

—¡No queremos zapatos!

No encontró quién le comprara siquiera un par, y la pobre, cansada de dar vueltas por el pueblo, se volvió a casa tan tristecita y tan avergonzada.

Enseguida coge la cesta la mediana y empieza a correr calles, gritando:

—¡Quién me compra zapatos, buenos, bonitos y, además, baratos!

¡Con las tres bes!
¿Los quién ustés?

Sale una mujer a la puerta de la calle, y dice:
—¡Eh, zapatera!, a ver los zapatos.

—Míremelos,
y, si son de su gusto,
cómpremelos.

Los miró; se probó unos, no le venían bien; se probó otros, tampoco; se probó otros, y esos le estaban pintiparados, como si se hubieran hecho a su medida. Después de mucho regatear, se los quedó en catorce reales, y la zapatera se volvió tan contenta a su casa sin tratar de vender más zapatos, pues para comer aquel día ya llevaba bastante dinero y corría mucha prisa el comer, porque hacía tres días que no se desayunaban.

Comieron todos tan alegres, el zapatero y sus tres hijas, y al otro día dijo la pequeña:

—Hoy me toca a mí.

Cogió su cesta y fue dando voces por las calles, y además llamando por las casas. Pero llamó en una muy grande, muy grande, y muy antigua, que le decían en el pueblo la Casa encantada, y no le contestaron. Como la puerta estaba de par en par, se entra tan campante, y pasa por un gran jardín que tenía muchísimas flores y muy hermosas; pero se acercó a olerlas y no olían, y es que estaban encantadas; y siguió andando y llegó a unas caballerizas lujosas, que tenían muchos caballos muy soberbios, pero vio que estaban encantados; y estando entretenida con esto, que le chocaba tanto, oyó un gran ruido, y vio que era que se cerraban las puertas de aquel palacio, y dijo tan serena:

—Pues ya no puedo salir.

Pero no se apuró; siguió andando, y dijo:

—Ya, lo veré todo.

Y vio que en el jardín había grandes estanques, muy bonitos, con cisnes más blancos que la nieve y peces de muchísimos colores; pero el agua de los estanques y de las fuentes estaba helada, y los cisnes y los peces no se movían, y es que todo estaba encantado. Vio una escalera de jaspe, muy ancha, para subir a las habitaciones del palacio y dijo:

—Pues yo voy a ver los salones, ya que estoy aquí.

Y subió y lo vio todo; pero, en éstas, oye las doce, y dice:

—Esto es lo peor, las doce; ya no me acordaba yo de la comida; y ya me va picando el estómago; de buena gana comería ahora; y a saber cuándo podré salir de aquí.

Y de repente se le presentan dos manitas negras, y le ponen una mesa muy bien puesta, con cubiertos de plata y todo el consonante, y le sacan sopa de arroz muy rica. La zapatera dice:

—¡Bah!, se conoce que esto es para mí.

Se sentó y empezó a comerse la sopa, y cuando ya no quiso más, fueron las manitas negras, le quitaron el plato y le pusieron otro con pepitoria de gallina. Comió hasta que se cansó, y las manitas negras le quitaron el plato y le pusieron otro con pescados fritos, y después otro con ternera mechada, y luego otro con cabrito asado, y después una ensalada de escarola, y después una barbaridad de postres: ciruelas claudias, cerezas de Lérida, melocotones de Campiel, pasas de Málaga, higos de Fraga, flan, requesón de Miraflores, queso de Villalón, de Burgos y de otras muchas clases, mantequillas de Soria, mantecadas de Astorga, rosquillas de Fuenlabrada, turrón de Jijona, mazapán de Toledo, bizcochos grandes de Calatayud, almendras de Alcalá y otras muchas cosas.

En cuanto dejó de comer y de beber, se llevaron todo las manitas negras y la muchacha se bajó al jardín para verlo más detenidamente. Por allí se estuvo mucho rato y subió otra vez a las habitaciones, y volvió a ver todas aquellas maravillas: tantos cuadros, tantos muebles de lujo, tantos espejos, tantos jarrones y tantas otras cosas tan preciosas... En fin, que pasó la tarde muy entretenida; pero llegó la noche y entonces dijo:

—Y ahora, ¿qué voy a hacer aquí, todo tan oscuro?

Pero, hija, de repente se presentan las manitas negras y encienden arañas y lámparas por todas las habitaciones.

—¡Bah! —dice—, ya tengo luz.

Y aún siguió viendo lo mucho que había que ver en aquel palacio; pero de pronto se para y queda sorprendida por una música muy agradable que empezó a oír, aunque sin saber de qué habitación salía el sonido. Como de cuando en cuando tocaban algo que se podía bailar, se puso a bailar la zapatera y así estuvo tan alegre y tan distraída hasta que le volvió a picar el gusano, y entonces se cansó de bailes y se acordó de la cena.

Se sentó para descansar y dijo:

—Si las manitas negras me dieran de cenar... ¡qué bien!

Y enseguida se presentan las manitas negras, ponen la mesa y le sacan una cena opípara. Cenó muy bien, y, como se había bebido unas copitas de Valdepeñas, Jerez, Málaga y Cariñena, al poco rato empezó a dar cabezadas y dijo:

—Parece que me duermo; me echaré a dormir en ese sofá.

Pero las manitas negras quitaron la mesa y descorrieron una cortina, y entonces vio la zapatera una cama con colgaduras de Damasco, y dijo:

—¿Será para mí?

Y se acercó a la cama para acostarse. ¡Qué atrevida!

—La música sí que no me va a dejar dormir, y ¡tantas luces también!...

Calló la música, y las manitas negras encendieron una lamparilla que alumbraba poco y apagaron todas las demás luces. Cuando la chiquilla fue a desnudarse, se le presentaron las manitas negras, la desnudaron, la metieron en la cama y la taparon bien tapadita.

No tardó nada en dormirse; pero a medianoche se despierta y se encuentra con un viejo en la misma cama, profundamente dormido, con unas barbas muy blancas y muy largas y unas velas más largas que las barbas. La chica que lo ve, empieza a pegarle con el índice en la nariz y a decirle:

—Viejazo, quítate ese mocazo; viejazo, quítate ese mocazo; viejazo, quítate ese mocazo.

Pero el viejo, ¡nada!, dormir y callar. Se volvió a quedar dormida, y cuando a la mañanita se despertó, ya no estaba el viejo.

La vistieron las manitas negras, le pusieron agua para lavarse, la peinaron y le dieron chocolate con leche y con bizcochos; después se bajó al jardín y subió y bajó y volvió a subir y bajar, y cuando oyó las doce volvió a subir y le dieron de comer las manitas negras y pasó la tarde como el día anterior y cenó y las manitas negras la acostaron y se despertó a medianoche y también se encontró con el viejo dormido como un lirón, con las velas tan largas, y le pegó golpecitos en la nariz, diciéndole:

—Viejazo, quítate ese mocazo.

A la mañana ya no estaba el viejo, y se levantó la muchacha y la vistieron las manitas negras y pasó el día lo mismo que el de antes y a la medianoche, cuando se despierta, en vez de encontrarse con el viejo de las otras veces, se encuentra con un joven muy despierto, que casi casi no tenía barba y que llevaba las narices muy limpias.

Ella que lo ve se vuelve del otro lado haciéndose la dormida y a la mañana, cuando se despierta, se encuentra con el mismo joven, que le dice:

—Yo soy el viejo de las otras noches; ya estoy desencantado; soy un Príncipe muy rico, dueño de este palacio; las manitas negras que has visto son mis criados que estaban encantados también, pero ahora ya los verás completos según son; y verás cómo huelen las flores del jardín y qué líquida está el agua de los estanques y de las fuentes y cómo nadan los peces y los cisnes; ahora entrarán mis doncellas y te vestirán y todo lo verás tal como es, porque ya está todo desencantado.

Llamó a las doncellas, entraron y vistieron a la zapatera; pero no le pusieron el vestido que llevaba cuando entró en el palacio, sino un vestido de novia, todo de raso blanco, bordado con estrellas de oro, pulseras de oro, pendientes de oro con brillantes, diadema de oro y brillantes, velo blanco, guantes blancos, zapatos blancos (mejores que los que llevaba en la cesta), y la zapatera y aquel Príncipe se fueron derechos a la iglesia para que el cura les echara la bendición. De allí se fueron a casa del maestro de obra prima; contaron lo que había sucedido, se llevaron a palacio al padre y a las dos hermanas, y desde entonces vivieron todos muy felices.

98. EL CASTILLO DE «IRÁS Y NO VOLVERÁS»

Un pescador de oficio se fue un día a pescar. El primer pez que pescó era muy pequeño, le habló al pescador y le dijo:

—Échame otra vez al agua, que otro día estaré más gordo.

El pescador desenganchó el pez del anzuelo, lo tiró al agua y siguió pescando.

Al poco rato cogió otro pez, también pequeño, que también le habló y le dijo lo mismo: que lo tirara al agua, que otro día estaría más gordo. Y también lo tiró al agua.

Después cogió un pez muy grande y el pescador dijo:

—¿No me dirás tú también que te tire al agua?

Y contestó el pez:

—No, yo voy a hacer tu felicidad, si haces lo que yo te diga.

—¿Y qué es ello?

—Pues que al llegar a casa me hagas ocho pedazos: dos para tu mujer, dos para tu perra, dos para tu yegua y dos para que los entierres en el basurero.

Lo hizo así el pescador y primero salieron del basurero dos espadas perfectamente iguales; luego la perra parió dos perritos completamente iguales; después la mujer tuvo dos niños gemelos que eran igualitos; y la yegua, por último, parió dos potros, exactamente iguales.

Cuando bautizaron a los niños, al uno le pusieron José Luis y al otro, Luis José.

Pasaron varios años y los hijos del pescador dijeron que querían marcharse a correr el mundo y buscar fortuna. El padre los convenció de que era mejor que primero fuera uno y después el otro. Los dos hermanos se pusieron a discutir acerca de quién iba y quién se quedaba, y como eran tan iguales que sus mismos padres los confundían, dijo el padre que siendo como eran, tan iguales, daba lo mismo que se fuera el uno o el otro, pero que lo echaran a suertes. Se sortearon y le tocó marcharse a José Luis. Al despedirse le dio a su hermano una botella de agua y le dijo:

—Mientras el agua esté transparente es que todo me va bien; pero si un día ves el agua turbia es que estoy en peligro.

Cogió una de las dos espadas, uno de los dos perros y uno de los dos caballos, se despidió de todos y se marchó.

Recorriendo tierras y lugares, vio un día un palacio soberbio a la entrada de un pueblo; se acercó a la puerta, llamó y no contestó nadie. Cogió el picaporte de la puerta, para abrir y meterse, cuando le llamó una vecina y le dijo:

—¡No entre usted, que el que entra no sale! Ese es un palacio encantado donde hay una Princesa encantada.

—Pues yo voy a entrar. A ver si salgo.

Dejó el caballo a la puerta y entró, con la espada al cinto, seguido de su perro. Atravesó un patio, se metió en un salón donde estaba la Princesa, que al verle le dijo:

—¿Qué has hecho, desgraciado? ¡Márchate, antes de que venga la serpiente de siete cabezas!

En ese momento salió la serpiente, él azuzó al perro y mientras la serpiente luchaba con el perro, sacó él la espada, mató a la serpiente, cortó las siete lenguas de las siete cabezas y se las guardó.

La Princesa le dijo que la había desencantado y que ya podían marcharse al palacio de su padre para casarse. El muchacho le dijo que quería recorrer más mundo, que se marchara ella y le esperara, que no tardaría en volver.

Curó la Princesa al perro las heridas que le había hecho la serpiente y salió a la puerta del palacio para despedir a su novio, que se marchó en su caballo y con el perro.

En el pueblo se dijo que el palacio y la Princesa estaban ya desencantados y que el que había desencantado a la Princesa la había despreciado y se había marchado sin querer casarse con ella.

La gente del pueblo entraba, sin miedo a la serpiente, a ver el palacio, y llegó un mozo, cortó las siete cabezas a la serpiente muerta, y se fue al palacio del Rey diciendo que había sido él el que había matado a la serpiente y se iba a casar con la Princesa.

El Rey le aceptó como yerno, porque esa era la promesa que había hecho, pero la Princesa decía que no había sido él quien la había desencantado. Creyó el Rey que la Princesa lo negaba porque no le gustaba y la obligó a casarse y prepararon un banquete.

Se sentaron a la mesa. La Princesa estaba muy triste. El novio falso estaba al lado de la Princesa y cogió un pedazo de jamón para comérselo, pero llegó el perro de José Luis, dio un mordisco en la mano al novio, le quitó el jamón y se marchó el perro.

La Princesa gritó:

—¡Ay, qué alegría! ¡Que sigan a ese perro y que traigan a su dueño!

El Rey dijo:

—¡Haced lo que dice la Princesa!

Siguieron al perro y le vieron entrar en una casa, preguntaron por su dueño y dijeron a José Luis que el Rey y la Princesa le llamaban.

Acudió a palacio, le llevaron al comedor, la Princesa le reconoció enseguida, pero se calló, y el Rey le dijo:

—La Princesa quiere que asistas al banquete celebrando la boda con el héroe que la desencantó y mató la serpiente de las siete cabezas.

—¿Y cómo lo prueba?

—¿Qué mejor prueba que haber traído las siete cabezas, que aquí están en esta bandeja?

—Pues eso no es prueba. ¿Dónde se han visto cabezas sin lengua?

Miraron las cabezas y vieron que tenían cortadas las lenguas.

—¿Y dónde están las lenguas? —dijo el Rey.

—¡Aquí!

José Luis las sacó del bolsillo, se las entregó al Rey y dijo la Princesa:

—Sí, padre, éste es el que me desencantó, y este perro que me está lamiendo las manos es su perro, y el que ha traído las cabezas es un impostor.

El Rey mandó a los criados que cogieran al novio falso, le dieran una paliza y lo encerraran. Luego dijo a José Luis que se sentara junto a la Princesa y que después del banquete se casarían.

Se celebró el banquete y la boda con todas las fiestas que se habían preparado.

Al día siguiente salieron de paseo los recién casados y vieron un gran castillo en lo alto de un monte.

—¿Qué castillo es ese?, —preguntó José Luis.

—El castillo de «Irás y no volverás» —contestó su mujer.

—Mañana iré a verlo —dijo él.

Al otro día dijo José Luis que se iba de caza, cogió su espada, montó en su caballo y seguido del perro se encaminó hacia el castillo de «Irás y no volverás».

Llegó al palacio, llamó, salió a abrir una bruja y preguntó José Luis:

—¿Puedo entrar a ver el palacio?

—Sí, sí, pase usted.

Se apeó José Luis del caballo, entró con el caballo y el perro y se quedaron encantados los tres.

La Princesa, al ver que no volvía su marido, se puso muy triste, sospechando que en lugar de irse de caza se había ido al castillo, y que ya no lo volvería a ver más.

A la misma hora que José Luis se quedó encantado, vio Luis José que el agua de la botella se había puesto turbia, como de barro, cogió la otra espada, el otro caballo y el otro perro, y les dijo a sus padres que se iba en busca de su hermano, que estaba en peligro.

Se marchó al palacio del Rey para ver si le daban noticias de él los criados que fueron a buscar a su hermano, y cuando llegó a palacio observó que le recibían muy contentos. Los criados de la puerta le dijeron que subiera enseguida a ver a la Princesa, que estaba muy triste. Un criado se adelantó a decir a la Princesa que ya había llegado su marido y salió corriendo la Princesa a recibirle.

Al verle, creyó que era José Luis, se abrazó a él, le besó todo lo que quiso, y Luis José estaba sorprendido y confuso, sin decir una palabra y sin abrazar ni besar a la Princesa.

—¿Te fuiste al castillo de «Irás y no volverás», verdad, marido mío?

Luis José tomó la determinación de no hablar o de hablar muy poco, hasta poder averiguar lo que había sido de su hermano, y comprendió que su hermano era el marido de la Princesa, y que la Princesa lo estaba confundiendo con su hermano.

—Dime, ¿qué tal te ha ido?

—Bien, —dijo Luis José, quedándose pensativo.

—Anda, vamos a cenar, y luego, cuando nos acostemos, me lo contarás todo.

Cenaron, se acostaron y Luis José puso su espada en la cama, entre la Princesa y él.

—¿Para qué pones aquí tu espada?

—Tengo hecha una promesa y hasta que no la cumpla no puedo dormir contigo.

A la mañana siguiente le dijo la Princesa:

—Vamos a dar un paseo, a ver si te distraes, que estás muy preocupado.

—Vamos donde quieras.

Iban paseando y la Princesa le decía:

—¿Por qué no me cuentas lo que te ocurre? ¡Si hasta el perro, que me quería tanto, no me hace ninguna caricia!

—Ya lo sabrás todo, ten calma. Oye, ¿qué castillo es aquél?

—Pero, José Luis, ¡el castillo de «Irás y no volverás»! ¿No estuviste ayer allí?

Y pensó Luis José: «Allí debe estar mi hermano».

A la vuelta del paseo dijo Luis José a la Princesa que se iba al castillo de «Irás y no volverás», cogió la espada, el caballo y el perro y se marchó al castillo.

Llegó, llamó, abrió la bruja y le dijo que entrara.

Se apeó del caballo, sacó la espada y dijo a la bruja:

—Si no me entregas ahora mismo a mi hermano te mato.

Se asustó la bruja, desencantó a José Luis, al caballo y al perro, y le dijo:

—Aquí viene a buscarte tu hermano, después de haber pasado la noche acostado con tu mujer.

José Luis preguntó a su hermano si era verdad lo que decía la bruja; el hermano dijo que era verdad, y sin esperar más explicaciones sacó José Luis la espada, se la clavó en el pecho a su hermano, lo dejó tendido en el suelo, se montó a caballo y se fue a galope a palacio.

—¡Qué pronto has vuelto hoy!, —dijo la Princesa—. ¿Has cumplido ya la promesa?

—¿Qué promesa?

Se pusieron a hablar y vino a ponerse en claro todo lo que había ocurrido.

José Luis dijo que era un criminal sin perdón por lo que había hecho y que se volvía corriendo al castillo a buscar a su hermano.

Al llegar vio que la bruja estaba curando a Luis José de la herida del pecho.

José Luis dijo a su hermano que montara a caballo para ir juntos a palacio y que en el camino hablarían.

Llegaron a palacio los dos hermanos tan iguales, en dos caballos iguales, con las espadas iguales, que la Princesa no supo cuál era su marido.

—¿Quién me dice ahora cuál es mi marido?

El perro de José Luis empezó a acariciar a la Princesa y por el perro supo quién era su marido de verdad.

Contaron José Luis y Luis José todo lo que había ocurrido y para vivir felices volaron con pólvora, al día siguiente, el castillo de «Irás y no volverás», con la bruja dentro.

99. EL CURA QUE NO SE COMIÓ LAS PERDICES, SIENDO PARA ÉL

Se acercaba el día de la función de la Virgen del Carmen y ya no se hablaba de otra cosa en todo el pueblo más que de los preparativos para aquel día, y el que más apurado estaba era el mayordomo de la Cofradía, pues él tenía que disponer muchas cosas y casi de lo que él dispusiera dependía que la función fuera buena o mala. Lo que más le preocupaba al mayordomo era encontrar un predicador que diera gusto y, como no podía ser buen predicador si no venía de fuera, se echó a buscar uno de fama por todos los pueblos del contorno.

Por fin encontró uno que le llenó el ojo, lo dejó apalabrado para la víspera del día de la función y se volvió a su casa tan contento que no podía disimular su regocijo. Sin embargo, no quiso extender por el pueblo la voz de que aquel año vendría un predicador como no se vio nunca, por varias razones: la una porque no dijeran que se daba tono, ya que traía él lo que no supieron encontrar los mayordomos de otros años; la otra, para que todo el pueblo se sorprendiera agradablemente al oír una palabra tan divina, sin que antes se la hubieran ponderado, al revés de lo que siempre había sucedido, que se habían hecho muchas alabanzas del padre predicador y luego decían todos: «Mal empleao dinero; para eso no hacía falta traer de fuera el predicador»; y la otra, para no verse corrido como una mona si, contra todas sus presunciones, llegaba a dar su predicador el mismo chasco que los otros. Así es que cuando le preguntaban: «¿Y qué tal predicador nos traerá usted este año?», no respondía otra cosa que: «Veremos a ver», aunque al decir esto revelaba, sin poder remediarlo, la gran satisfacción que sentía por lo seguro que estaba de que había de dar gusto el predicador.

Únicamente a su mujer manifestó el mayordomo todo su contento. Sólo hablando con ella dejó ver bien claro todo su orgullo por haber encontrado lo que nadie supo encontrar y lo que ni siquiera se merecía el pueblo, ni sabía apreciar ni agradecer. Y no contaba a su mujer las maravillas que podía contar del predicador con la idea de que ella las divulgara por el pueblo, sino para prevenirla favorablemente, a fin de que tratara a cuerpo de rey a un huésped tan ilustre como el que dentro de pocos días habría de alojar en su casa.

Pues, señor, el día 15 de julio, muy de mañanita, ensilló el caballo y aparejó una mula el mayordomo, y más hueco que un capazo boca abajo se fue a buscar al padre predicador.

Al caer la tarde emprendieron para el mayordomo la vuelta y para el padre predicador la ida, éste en el caballo y aquél en la mula, el mayordomo celebrando ya su propio triunfo por el éxito que indudablemente habría de alcanzar el predicador, aunque hablando de varias cosas, éste pensando sin cesar si afianzaría o perdería su fama con el sermón que había de predicar al día siguiente y dudando de conseguir el éxito que tan seguro veía su acompañante. Porque decía el predicador:

—Supongamos que lo hago bien, pero, ¿y si no gusta? Ya sabe usted que vale más caer en gracia...

Sin necesidad de que el mayordomo hubiera elogiado mucho al predicador, desde antes de llegar a las eras del pueblo ya se encontraron al pueblo en masa, que salió a las dos o las tres de la tarde y allí se estuvo hasta muy cerca de las diez de la noche, que es cuando llegaron los viajeros. Todo el pueblo se entusiasmó hasta más no poder; allí se dieron vivas al padre predicador, a la Virgen del Carmen, a toda la Cofradía, al alcalde, a la alcaldesa, a la mayordoma, hasta al Gobierno; en fin, a todos menos al pobre cura del pueblo, a quien no se atrevieron a vitorear, no porque no se lo mereciera, sino por lo que el pueblo diría: «Pues si echamos vivas al señor cura, ¿por qué van a buscar otro?».

No el médico, ni el boticario, porque creían que creía la gente que era impropio de ellos; pero el alcalde y todos los ricachos del lugar se hubieran llevado a su casa de buena gana al padre predicador y le hubieran agasajado con voluntad verdadera si no fuera porque el honor de hospedar a tan principal personaje correspondía de derecho al mayordomo, y se aguantaron la gana, quedándose cada uno con la esperanza de que otro año le tocaría a él esa distinción, sin que nadie se la pudiera disputar.

Se apearon los dos jinetes, saludaron a la comisión oficial que les salió al encuentro, pasaron por entre las dos filas que formaban los hermanos y las hermanas de la Virgen y por entre medias de todo el pueblo se fueron andando, seguidos de toda aquella entusiasta comitiva, hasta la casa del mayordomo, adonce únicamente se atrevieron a subir los principales del lugar, si bien es verdad que, exceptuando unos pocos jornaleros, todos se tuvieron entonces por principales.

La mayordoma había estado todo el día preparando la cena para aquella noche, y como, a su entender, era cena que se podría presentar en cualquier parte, tenía mucho empeño en que el padre predicador cenara antes de que se fuera la multitud que, como Pedro por su casa, se le había entrado por las puertas de la suya sin necesidad de invitación. No se salió la mayordoma con su intento, pues entre que el predicador traía más ganas de descansar que de comer, y que algunos de los principales estuvieron tan posmas que no se marcharon de allí hasta después de medianoche, el reverendo no tomó absolutamente nada, y allá a la una, acordándose del refrán que dice: «Lección dormida, lección sabida», se fue a la cama a dar unos repasos a su sermón hasta que se quedara dormido.

A sus solas, algo contrariado el mayordomo por no estar acompañado del predicador, y muy contrariada la mayordoma por estar ya sin testigos que lo presenciaran, el matrimonio se cenó sus judías, sus albóndigas de bacalao y... nada más, porque aunque hubiera sacado la mayordoma arrope, aceitunas, queso y algunos otros postres si hubiera cenado el señor cura, ni aun las rosquillas que hizo aquella tarde quiso sacar; lo uno de coraje y lo otro por si le hubieran de hacer falta para obsequiar a los convidados en la tarde siguiente.

Bien encargado se lo tenía el mayordomo a su consorte; pero volvió a encargarle que dispusiera buena y abundante comida para después de la función de iglesia, tanto más cuanto que se había acostado sin cenar el huésped, a quien debían obsequiar hasta la impertinencia.

—¿Y qué te parece a ti que añadamos?, —dijo la mayordoma.

—Pues, mira, añade lo que te parezca; pero, por lo menos, fríe con tomate unas lonchas de jamón para todos y haz un par de perdices estofadas sólo para el predicador. Mientras el sermón puedes estofar las perdices, y después, cuando yo venga a casa, ya te cortaré el jamón para que salgan las lonchas más iguales y tengan mejor vista, que eso se fríe en un instante.

Tranquilizada ya la mayordoma, y esperando dar gusto en la comida, se fueron a dormir en paz y gracia de Dios, y aún estuvieron un buen rato hablando en la cama sobre lo que ya estaba preparado para la comida, lo que faltaba preparar, por qué orden se habían de presentar los platos, etc., etc.

Poco durmió la mayordoma, pues al rayar el alba se levantó para ir preparando la comida, no fuera que salieran duros los garbanzos; aunque ya se sabía que se cocerían bien, porque eran gordos y porque los había tenido en remojo con abadejo.

Allá a las siete se fue a decir misa el padre predicador, y en cuanto volvió a casa le sacó la mayordoma una gran jícara de chocolate con bizcochos, un gran vaso de leche y una bandeja de rosquillas; pero temiendo que si cargaba demasiado el estómago no estaría bastante despejada la cabeza para predicar, y además se le quitaría la gana de comer, no probó el chocolate, ni los bizcochos, ni la leche, ni las rosquillas, por más instancias que le hizo la mayordoma. Estuvo allí un buen rato tan contento el padre predicador haciendo tiempo hasta que se acercara la hora de ir a predicar, y cuando bien le pareció se despidió hasta luego de la mayordoma y se volvió a la iglesia. La mayordoma, que ya llevaba en buenas la comida, cuando tuvo estofadas las perdices probó el caldito a ver cómo lo encontraba, y lo encontró tan bueno, que dijo:

—Qué rico está.

Probó otra vez:

—Qué rico está.

Probó una patita a ver si la carne estaba bien tierna, y dijo:

—Qué rica está.

Sacó una patita entera y dijo:

—Bah, una patita no se conocerá.

Y se la comió. Sacó otra y dijo:

—No, que se conocerá.

Pero sacó una pechugita y dijo:

—Bah, esta pechuguita no se conocerá.

Sacó una alita y dijo:

—Esta alita no se conocerá.

Y sacó otra alita, y una cabecita, y otra alita, y otra pechuguita y siempre decía:

—No se conocerá.

Y así fue sacando hasta que todo se lo comió. Entonces comenzó su apuro y su desesperación y su remordimiento, porque decía:

—¿Qué dirá mi marido, que tenía tanto empeño en que comiera perdices el padre predicador? ¿Y qué haré yo ahora? ¿Qué excusa daré? ¿Qué otra cosa prepararé, si ya no hay tiempo, si enseguida van a venir? ¡Maldita sea mi golosina! Pero yo me las compondré.

En éstas entró el cura tan satisfecho, porque ya había predicado su sermón, y saludó tan afablemente a la mayordoma; pero ésta no estuvo muy expresiva con el señor cura, y al momento comenzó a suspirar.

En cuanto el señor cura notó la turbación y los suspiros de la mayordoma, trató de consolarla y de saber qué penas tenía, y ella, que ya tenía prisa de decírselo, porque el mayordomo llegaría pronto, le dijo:

—¡Ay, señor! Trabajos como los que a mí me pasan no le pasan a nadie.

Y todo era suspirar y más suspirar.

—Vamos, vamos, sosiéguese usted, tranquilícese usted y deje las penas a un lado, aunque no sea más que por ser hoy el día de la Virgen.

—¡Ay!, si por mí fuera no me daría cuidado; pero es que mi marido tiene manías y se ha empeñado en cortarle a usted las orejas antes de comer.

—¡Ja, ja, ja! ¡Calle usted, por Dios, señora! ¡Qué bromista es usted!

—Cá, no, señor, que es de veras; ya verá usted cómo, en cuanto venga, va a la cocina, afila el cuchillo y viene a cortarle a usted las orejas.

—Vamos, que no lo creo. ¡Si su marido de usted es un hombre tan razonable y tan cariñoso; si le he caído tan en gracia! De cualquiera podría creer esa barbaridad menos de él; lo he de ver y no lo he de creer.

—Nada; usted esté alerta, y si observa usted que afila el cuchillo, escóndase usted, por Dios.

—Bien, bien, tranquilícese usted, y no tenga esos pensamientos.

El mayordomo, que ya había recogido las hachas y había dispuesto lo necesario para la procesión de por la tarde, entra tan contento y saluda tan cariñosamente al predicador.

—¡Vamos, vamos, qué buen sermoncito nos ha echao usted!

—¡Bah!, no, hombre, no; eso es favor que usted me dispensa.

—No, señor, no; que todo el pueblo lo dice; que no hemos tenido nunca predicador como el de este año. Ya sabía yo que daría usted el golpe; por eso le busqué a usted. Primero me dejo cortar las orejas que traer un predicador como algunos que han venido otros años a este pueblo. ¡Conque a ver si otro año viene usted!

—No sé, no sé; ya veremos cómo salimos ahora de aquí.

—¡Ea!, pues ya...; ¡mayordoma! ¿Está la comida?

—Sí.

—Pues pon, pon la mesa, que ya tendrá buena gana el padre predicador. Pero hombre, ¡no haber cenao anoche ni un bocao siquiera!

—Y si tú supieras que tampoco se ha desayunao estas mañana...; ya puedes tener compasión de él y anímale a comer.

—¡Los dos le animaremos!

Dio media vuelta el mayordomo y se fue a la cocina a cortar las lonchas del jamón. Cogió el cuchillo, y como cortaba poco, se puso a afilarlo en la boca de una tinaja. La golosa de la mujer va enseguida a avisar al señor cura; pero el cura, que estaba con el oído de un palmo, en cuanto oyó el ris, ras, ris, ras del cuchillo no esperó el aviso de la mayordoma; aún se determinó a entrar en la cocina a ver si era cierto lo que le decían sus oídos; y en cuanto vio con sus mismos ojos que, efectivamente, el mayordomo afilaba el cuchillo, creyó perdidas sus orejas y echó a correr como un desesperado hacia su pueblo. Así que la mujer notó que el predicador se había ido le dijo al marido muy azorada:

—¡Mira, que el padre predicador se ha escapao con el puchero de las perdices! ¡Anda, corre, asómate y pídele siquiera una!

Y el mayordomo, que se había hecho la ilusión de que el predicador no se comería más que una perdiz, y dejaría la otra para que se la comiera el matrimonio, salió al balcón corriendo y gritó:

—¡Eh! ¡Eh! ¡Siquiera una!

Y el predicador, tocándose las orejas, decía asustado:

—¿Una? ¡Ni ninguna! ¡Ni ninguna!

100. LA MUÑECA DE MIEL

(Primera versión)

Este era un Rey que no tenía más que una hija. Un día en que salieron de paseo el Rey, la Reina y la Princesita, se encontraron con una gitana que les dijo que si querían que leyera el sino de la Princesa.

Los Reyes dijeron que sí, que se lo leyera, y la gitana, en vez de inventar cosas agradables, fue y les dijo que tuvieran mucho cuidado con la niña, porque el día que cumpliera los dieciocho años sería asesinada.

El sino de la Princesa tenía tan preocupados a los Reyes que decidieron hacer un castillo en lo más oculto del bosque para que viviera la Princesita con un ama que tenía una hija de la misma edad de la Princesa.

En muy poco tiempo hicieron el castillo y lo llenaron de todo lo que las tres pudieran necesitar hasta que la Princesa cumpliera los dieciocho años. Allí había toda clase de ropas y vestidos, allí había, dentro del castillo, una granja con vacas, cerdos, conejos, gallinas y palomas; allí había grandes almacenes de víveres y muchos juguetes y muchos libros.

Y allí vivían las tres muy contentas, y pasaron los meses y los años, y ya la Princesita iba a cumplir los dieciocho años, cuando un día se asomó a una ventana del castillo y vio que de una cueva salían cuatro hombres. En un descuido del ama salió del castillo, descolgándose por una escala de cuerda desde la ventana, y se fue hacia la cueva para ver lo que era.

Conque entró y vio a un muchacho que estaba guisando y le tiró toda la comida que tenía preparada. Después revolvió todo lo que había en la cueva y se marchó al castillo.

Esta cueva era una cueva de ladrones, y el muchacho que estaba haciendo la comida era el hijo del capitán.

Así que la Princesa llegó al castillo, le contó a su amiga, la hija del ama, lo que había hecho, pero le encargó que no dijera nada a su madre, que al día siguiente iban a ir las dos.

Como el muchacho contó a los ladrones lo que le había pasado, al día siguiente se quedó uno de los ladrones en la cueva.

Cuando llegaron la Princesa y la hija del ama, el ladrón las recibió muy cariñoso y les dijo que les iba a enseñar toda la cueva. La Princesa comprendió que el ladrón llevaba malas intenciones y dijo:

—Después la veremos, lo primero es poner la mesa y comer.

Y mientras el ladrón se entretuvo en ir a por las cosas para poner la mesa ellas se escaparon y se fueron corriendo al castillo.

Conque al día siguiente se quedó en la cueva el capitán. Llegó la Princesa; el capitán la recibió muy bien y le dijo que pasara, que le iba a enseñar toda la cueva. Y la Princesa le dijo:

—Ya la veremos luego; lo primero quiero llevarte a mi castillo.

El capitán pensó enseguida que así podría robar el castillo y se fue con ella. Cuando llegaron al castillo ella empezó a subir por la escala de la cuerda y le dijo al capitán que subiera detrás de ella. Pero cuando la Princesa llegó arriba, cortó la escala y el capitán se cayó desde lo alto y quedó magullado y con muchos dolores, y se marchó a la cueva pensando en vengarse.

Y va la Princesa y se disfraza de médico y se marcha a curarle. Lo encontró en la cama y dijo que tenía que darle unas friegas, y fue y le dio unas friegas con ortigas que por poco lo mata, y se marchó y le dijo al marcharse:

—¡Yo soy Rosa Verde, para que se acuerde!

Conque pasaron unos días y la Princesa se disfrazó de barbero y desde la puerta de la cueva gritó:

—¿Hay alguien que quiera afeitarse?

El capitán tenía las barbas muy largas de tantos días como llevaba en la cama, y la Princesa le enjabonó y empezó a afeitarle y le llenó la cara de cortaduras. Cuando se marchó le dijo:

—¡Yo soy Rosa Verde, para que se acuerde!

Al día siguiente cumplía la Princesa los dieciocho años y fueron sus padres a buscarla para tenerla en palacio, con muchos guardianes para que no se pudiera cumplir su sino.

Conque en éstas llegó a palacio el capitán a decir a los Reyes que quería casarse con la Princesa, y la llamaron y ella dijo que sí, que aquel mismo día se quería casar. Y llamaron a un cura y los casaron.

Pero la Princesa había comprendido que el capitán se casaba sólo por vengarse y mandó a un confitero que hiciera una muñeca de dulce de la misma figura que ella, rellena de almíbar, y metió en la cama la muñeca de dulce con una cuerdecita en la cabeza para que dijera que sí y que no.

Cuando llegó la noche dijo la Princesa que iba a acostarse ella primero, y se fue a su alcoba, se metió debajo de la cama y desde su escondite gritó:

—¡Ya puedes pasar!

Entró el capitán, llegó a la cama y le dijo a la muñeca:

—¿Te acuerdas, Rosa Verde, de cuando nos estropeaste la comida en la cueva? —Y la muñeca dijo que sí con la cabeza.

—¿Te acuerdas, Rosa Verde, del día que en tu castillo me cortaste la escala y por poco me matas? —Y la muñeca volvió a decir que sí con la cabeza.

—¿Te acuerdas, Rosa Verde, de las friegas que me diste? —Y otra vez dijo que sí con la cabeza.

—¿Te acuerdas, Rosa Verde, de todas las cortaduras que me hizo el barbero? —Y dijo que sí.

—Pues ahora vas a morir. —Y la muñeca dijo con la cabeza que no.

El capitán, entonces, sacó un puñal y se lo clavó en el corazón, y saltó un chorro de almíbar que le llenó la cara al capitán, y se creyó que era sangre dulce y dijo:

—¡Ay, Rosa Verde de mi vida! Yo no sabía que tenías la sangre tan dulce. Si yo lo hubiera sabido, ¡cómo iba a matarte! ¡Perdóname, Rosa Verde!

Y entonces la Princesa salió de debajo de la cama y le abrazó y le dijo:

—Eres mi marido y te perdono si tú olvidas todo lo que yo te hice.

Y se abrazaron para hacer las paces y vivieron felices y comieron perdices.

(Segunda versión)

Vivía en un pueblo un hombre viudo muy rico, que se dedicaba a negocios y tenía una hija de corta edad. Todos los años hacía un viaje largo, con motivo de sus asuntos, y la niña se quedaba al cuidado de los criados.

Un año, cuando la niña ya era mocita, pensó el padre que podía ser un peligro dejar a su hija sola en el pueblo, porque ya andaban los muchachos detrás de ella, y determinó llevársela a una finca en pleno campo y dejarla encerrada con todo lo necesario y todo lo que ella además quisiera, para que no tuviera necesidad de salir a nada.

Cuando se lo dijo a la niña, se puso muy contenta y le pidió al padre que se fueran a vivir con ella once amigas que tenía, entre las cuales había una muy graciosa y traviesa a la que llamaban «Mariquilla la Traviesa».

Al padre le pareció muy bien la idea, consiguió de las once familias el permiso para que todas fueran una temporada al campo y se llevó a la finca a las doce muchachas, dejándolas bien provistas de todo lo que pudieran necesitar. Una vez allí se despidió de ellas y las dejó encerradas con llave para que no salieran.

El primer día lo pasaron muy alegres y contentas, y por la noche, estando asomadas en un balcón corrido, vieron en el campo, a lo lejos, una lucecita. Y dijo Mariquilla:

—¿Qué será aquella luz? Yo querría ir a ver lo que era.

Y dijo una de las otras:

—¿Pero no ves que estamos encerradas? ¿Cómo vas a ir?

A lo que contestó Mariquilla:

—¿Y tú no sabes que tengo una llave que abre la puerta? Yo me voy a ver. ¿Queréis venir?

Y las doce muchachas se escaparon, muy contentas de su travesura.

Conque se fueron hacia la luz, y cuando llegaron vieron que era una cueva de ladrones y que había un viejo que estaba guisando en un caldero. Va Mariquita y tira el caldero al suelo, y luego todas juntas empezaron a tirar todo lo que veían y se escaparon corriendo.

Cuando volvieron los ladrones les dijo el viejo que habían estado doce demonios y que le habían revuelto todo y le habían tirado el caldero del guiso. Y los ladrones le dijeron al viejo que buena borrachera había cogido.

A los dos días después, por la noche, volvió Mariquilla a ver la misma luz y dijo a sus compañeras:

—¡Vamos a ver al viejo de la cueva!

Y fueron y volvieron a tirarle el caldero y a revolverle todo lo que tenía y se escaparon corriendo.

Así que volvieron los ladrones, les contó el viejo que habían vuelto los demonios, que eran doce muchachas jóvenes, y que él no había bebido ni una gota de vino. Entonces el capitán dijo que desde el día siguiente se quedarían dos hombres de guardia para ver qué muchachas o qué demonios eran esos.

Conque a los pocos días van las doce muchachas otra vez, en ocasión en que estaban todos los ladrones. Las recibieron muy amables y les dijeron que las iban a invitar a cenar, y que después harían cama redonda, porque ya no las dejaban salir de la cueva.

Todas las muchachas se quedaron atónitas menos Mariquilla, que dijo:

—¡Ah, pues muy bien! ¡Vamos a cenar!

Ante la actitud de Mariquilla, en cuyo ingenio confiaban ciegamente, se tranquilizaron las muchachas y cenaron todos juntos.

Al acabar de cenar dijo Mariquilla:

—Bueno, pues ahora que se acuesten primero los hombres, porque las mujeres necesitamos un lebrillo grande de agua caliente para espulgarnos.

Los ladrones se metieron en el interior de la cueva y se quedaron las muchachas solas. Mariquilla dijo en alta voz:

—Vamos a apagar la luz par que no nos vean desnudar. —Y luego fue diciendo por lo bajo a cada una:

—Cuando yo diga ¡ahora, tú!, te escapas.

Mariquilla empezó a chapotear el agua del lebrillo e iba diciendo:

—¡Ahora, tú!... ¡Ahora, tú!... ¡Ahora, tú!

Y así se fueron escapando todas; cuando Mariquilla se quedó sola, metió una gallina viva dentro del lebrillo para que los ladrones creyeran que los aleteos de la gallina eran los movimientos de Mariquilla, y también se escapó.

Al poco rato descubrieron los ladrones que las muchachas se habían escapado, y el capitán les dijo:

—Yo las arreglaré.

Al día siguiente el capitán se disfrazó de vieja, cogió una cesta llena de «higos de sueño» y se fue hacia la casa de las muchachas.

Llamó a la puerta, salieron las doce al balcón a ver quién llamaba y Mariquilla dijo:

—¿Qué quiere usted, buena vieja?

—Recójanme, por caridad, que vengo aspeadita y muerta de cansancio.

Bajaron todas, abrieron la puerta, entró la vieja dándoles las gracias y subieron a la habitación del balcón. Una vez allí preguntó Mariquilla:

—¿Qué lleva usted en esa cesta?

—Llevo unos higos para el señor cura del pueblo.

—¡Dénos unos pocos para probarlos!

—No, no, no, imposible. Lo reconocería el cura y me regañaría.

—Ande, viejecita, uno a cada una nada más.

La vieja volvió a decir: —¡No! ¡No!, pero con un tono de concesión que parecía que quería decir «¡Sí! ¡Sí!», por lo cual cada una cogió un higo y se lo comió.

Mariquilla, que también cogió un higo, hizo como que se lo comía, pero no se lo comió, al ver que las primeras se iban quedando dormidas, y cayó en la cuenta de que la vieja era uno de los ladrones, y se hizo la dormida.

Entonces la vieja, creyendo a todas dormidas, se asomó al balcón, tocó un pito para llamar a los demás ladrones, y Mariquilla, muy rápidamente, dio un empujón a la vieja y la tiró por el balcón abajo.

Cuando llegaron los ladrones recogieron al capitán, que estaba medio muerto, con algún hueso roto, y se lo llevaron a toda prisa, no sólo para curarle, sino porque, además, vieron venir hacia la casa dos coches con los caballos a galope.

Se pararon los coches frente a la casa, bajó el negociante, abrió la puerta y vio a las doce muchachas, que ya salían a recibirle. Luego les entregó los regalos que traía a todas y en el mismo coche las volvió todas al pueblo.

«Mariquilla la Traviesa» se agenció un vestido de hombre, un bastón, un cuchillo, unas vendas y un paquete de sal, y disfrazada de médico se fue a la cueva de los ladrones a curar al capitán. Al entrar dijo a los ladrones que tenía que estar solo y sin testigos para hacerle la cura, y que aunque oyeran gritos no entraran. Cuando se quedó sola sacó el cuchillo, y el capitán la reconoció y empezó a pedirle perdón; pero ella le puso sal en las heridas que tenía, se las vendó y salió deprisa, diciendo a los ladrones que no entraran a verle hasta después de dos horas. Llegó Mariquilla al pueblo y contó a sus amigas su última travesura.

Mientras tanto los ladrones se enteraron de cómo los había engañado y querían buscarla y matarla, pero el capitán les prohibió hacer nada.

Al cabo de unos meses el capitán, completamente curado, quiso poner en práctica su venganza. Se disfrazó de caballero elegantemente vestido, fue al pueblo, se instaló en una fonda y se dedicó a pasear la calle a Mariquilla. Le echaba requiebros, y cuando tuvo ocasión la pretendió para casarse con ella. Todas las amigas le daban la enhorabuena por tener un novio tan elegante, y ninguna conoció al capitán; pero Mariquilla, que lo había conocido, se calló y no lo dijo a nadie.

El novio propuso que la boda se celebrara pronto; Mariquilla tuvo muchos regalos y luego se celebró la boda con mucha alegría.

La astuta de Mariquilla le había encargado al confitero una muñeca de dulce que estuviera por dentro llena de miel y que pudiera mover la cabeza tirando con una cuerda.

El día de la boda por la noche, cuando aún estaban divirtiéndose los invitados, dijo Mariquilla a su marido:

—Voy a acostarme yo primero y tú entras dentro de un rato.

Mariquilla se metió en la habitación, sacó la muñeca, la colocó dentro de la cama, pasó por entre los barrotes de la cabecera la cuerda que le hacía mover la cabeza a la muñeca y ella se escondió debajo de la cama.

Al poco rato entró el capitán, cerró la puerta, se fue hacia la cama y dando unos empujones a la muñeca dijo:

—Ya ha llegado la hora de que las pagues todas juntas.

La muñeca empezó a mover la cabeza y el capitán sacó el cuchillo, se lo clavó en el pecho a la muñeca y saltó un chorro de miel a la cara del capitán, que dijo:

—¡Qué sangre más dulce! ¡Qué lástima de Mariquilla!

Luego se puso a abrazar y besar a la muñeca y dijo:

—¡Qué loco he sido!

Y se echó a llorar diciendo:

—¡Mariquilla! ¡Mariquilla! ¡Mi Mariquilla!

Entonces Mariquilla salió de su escondite y dijo:
—No llores, hombre. Si tu Mariquilla está viva.
Se abrazaron y quedaron de acuerdo en olvidar todo lo pasado y vivir como Dios manda.

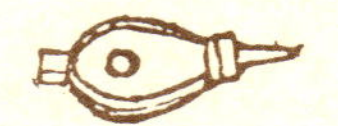

ÍNDICE GENERAL

ÍNDICE POR SECCIONES

De hadas, anjanas (brujas buenas) o varita de virtudes

Números: 39, 60, 87, 89 y 95.

De hechiceros o brujas

Números: 61, 70, 74, 76, 84 y 98.

De muertos

Números: 26, 34, 59, 67 y 78.

De premiar virtudes y castigar vicios

Números: 9, 17, 32, 36, 38, 39, 52, 54, 58, 60, 64, 66, 70, 73 y 83.

De tema sucio, no indecoroso

Números: 2, 46, 48, 69, 76, 87 y 90.

De curas y frailes

Números: 5, 6, 21, 24, 26, 34, 66, 67, 68, 82 y 99.

De monjas

Número: 44.

De ladrones y de miedo

Números: 34, 52, 57, 67, 72, 78 y 100.

De pastores

Números: 90, 94 y 95.

De encantamiento

Números: 36, 45, 47, 51, 60, 63, 75, 77, 84, 86, 88, 89, 92, 96, 97 y 98.

De animales que hablan

Números: 45, 56, 63, 75, 90, 91, 94 y 98.

De gran fantasía o maravillas

Números: 32, 36, 39, 45, 47, 51, 53, 57, 60, 63, 74, 76, 77, 81, 84, 86, 87, 88, 89, 90, 91, 92, 94, 96 y 98.

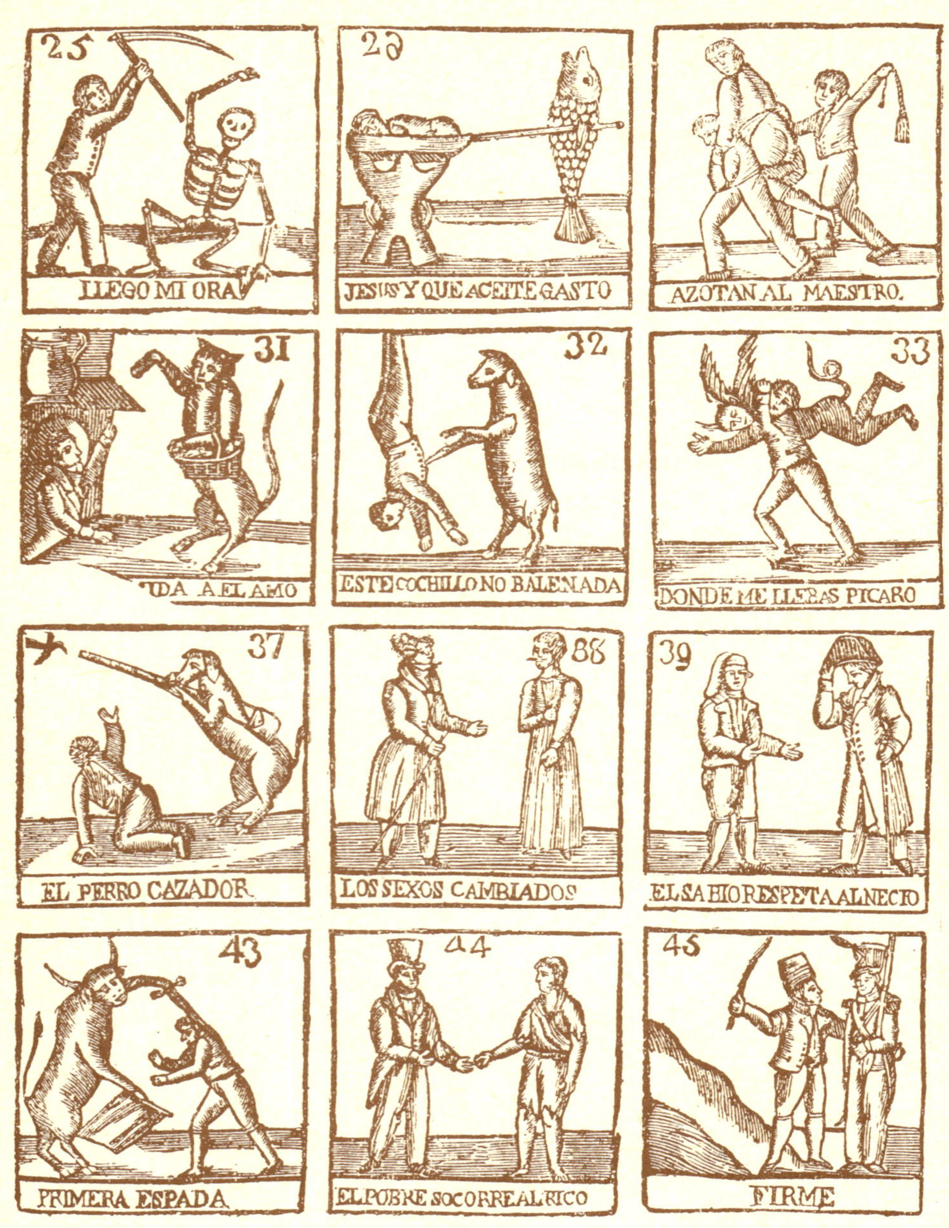

Barcelona: En casa Juan Llorens,

Calle de la Palma de Santa Catalina.

(De la col·lecció de Josep Colominas.)